控えよ小十郎

佐藤巖太郎

講談社

目次

控えよ小十郎

一章

小《こ》十《じゅう》郎《ろう》、傅《もり》役《やく》補《ぶ》任《にん》之《の》事《こと》

1

稲が熟して穂をたれると、田は黄金色に染まる。

ここ二日ほど、在郷の農民は実った稲を刈り始めた。黒茶の地面が現れれば、そこにあまたの生き物が集まってくる。

出羽《でわ》国置賜《おきたま》の秋の風景。天には蜻蛉《とんぼ》が浮かび、雀《すずめ》が群れをなす。地には蛇が走り、白鷺《しらさぎ》が蛙《かえる》を探す。

だが、肝心の農民たちがいない。刈られた稲が無造作に捨て置かれている。

片倉《かたくら》小十郎景綱《かげつな》は、小道の先にある丘に目を向けた。ブナの木に覆われた丘の向こうには、多くの人家がある。田んぼにいないならば、皆は集落に留まったままだ。

刈り入れ時だというのに……。田んぼに誰もいない光景が、警戒心を呼び起こした。

小十郎は、林の中の細い小道を駆け出した。

肩には、鳥を射るための弓と矢入れがある。土地の者でも踏み入れない獣道だが、この辺りを遊び場に育った小十郎にはなじみの通り道だった。幼い頃から、大木によじ登り、鹿や兎《うさぎ》を追いかけ、栃《とち》の実を拾い、池で泳いだ。遠くに見える出羽の山並は、小十郎が子どもの時分から見慣れた風景であった。

丘の頂上付近まで一気に駆け上がる。

反対側は急勾配の崖になっていて、すぐ下に百姓組頭の家がある。

静まり返る屋敷《やしき》を眺めながら、胸騒ぎがした。

木立の裏にかがんで身を隠した。口を開いて呼吸するのをやめ、静かに一息つく。弓は地面に置いた。息を押し殺して、民家を見つめ続けた。

母屋《おもや》の茅葺《かやぶき》屋根で遮られて、大戸口の様子まではわからない。

中の様子が見える場所まで移動しようとして、小十郎は弓に手を伸ばしかけた。

静寂を破って、母屋から怒号が響いた。すぐに、野良着姿の男が外に走り出してきた。

慌てたせいか、足がついていかない。そんな不格好な走り方だった。

その後ろから別の男が現れ、逃げる男を追いかけていく。あっさり追いつくと、手に持った刀を振り上げ、前を逃げる男の背中を斬った。

のけぞるように野良着姿の男が転がる。斬った男は、倒れた相手を蹴り飛ばした。

泣き声が響いて、新たに女房らしき女が現れると、転がった男の体に駆け寄りすがりつく。

その後を追って、もう二人の男が庭に現れた。

草摺《くさずり》の長い雪下胴《ゆきのしたどう》を着けている。特徴のある当世具足。北にある小松《こまつ》城を居城とした中野宗《なかのむね》時《とき》父子に仕えた残党だ。

ここ置賜郡は伊達《だて》輝宗《てるむね》領だが、二年前、守護代の中野宗時父子が謀反を企《たくら》んで失敗し、相馬《そうま》に敗走した。禄《ろく》を失った郎党の一部が、この地で徒党を組んで村を荒らしている。彼らは昨年も村落を襲い、収穫した蓄えを奪っていった。

　元は武家に仕えた者たちだけに、腕もたつ。ただの野伏せりよりもやっかいな集団であった。伊達家でも幾度か捕縛しようと軍勢を繰り出したが、その都度逃げられている。相馬との戦いに兵を割かれ、監視の目が行き届かないのだ。

　村人を斬り殺した男は、獣皮で作った袖なし羽織《ばおり》をまとっていた。自分の刀を死体の衣服にこすりつけ、血をぬぐっている。

　その姿を見ながら、小十郎は矢をつがえた。射ぬいてやる。狙いを定めながら弓弦《ゆづる》を引こうとした。

「やめておけ」

　突如、声がした。背後に、誰かが立っている。

　近づく気配にさえ気づかなかった。小十郎は思わず、後ろを振り返る。

「ここからは遠すぎる。どうせ当たらぬ」

　茶色の鈴懸衣《すずかけごろも》に、泥だらけの白の裁付袴《たっつけばかま》。頭には薄汚れた頭襟《ときん》。

　声をかけてきたのは、山伏姿の修験者らしき男だった。

　羽州三山のうち、とくに月山《がっさん》は古くから死霊が登る山として納骨供養の習俗が残り、山岳信仰により崇《あが》められてきた。この地を通る修験者は多い。彼らは山岳にこもり、呪術や託宣などの能力を身に着けるため修行に明け暮れるのだ。

　小十郎は警告を発した。

「早くここから離れろ。矢を放てば、やつらは追ってくるぞ」

「大勢が登ってくるとわかっていて、矢を射るのか。その後はどうするつもりだ」

修験者は落ち着いた声で応じてくる。

齢《よわい》は四十に届くぐらいだろうか。蓬髪《ほうはつ》はほこりをかぶり、体はあばらが浮き出るほどにやせ細っている。ぎらぎらとした眼力《がんりき》で、小十郎を眺め回した。

「怖いなら逃げるがよい」

小十郎が言い放つと、修験者は首をかしげて笑みを見せた。

「射た後のことを考えよ。やつらは本気になって殺そうとしてくるだろう。それよりも、食い物を与えて命を守ったほうがよいとは思わぬか」

「その命が、もう奪われている」

小十郎は短く答えた。

「連中に弓を射るのは、自分から鬼の口の中に手を入れるのに等しいぞ。争いになれば、おまえを殺しにくる。その覚悟はできているのだな」

修験者が念を押した。

鬼の口の中に手を入れる自分を想像した。恐怖はない。

「ここから二十間《けん》ほど先に大岩があるだろう」

言いながら、小十郎は左の方角を示した。

「下の場所からここまで登って来るには、あの大岩の横の小道を通るはずだ。他に足場はない。あの小道は人ひとりが通れるだけの幅しかない。大勢で登って来ても、一人ずつ矢で倒せる」

聞いた修験者の目が宙をにらんだ。思案している。小十郎の顔をのぞき見た。そして、目線は弓に移った。弓には鹿の握り革が巻いてある。その消耗具合から使い込んだ形跡がわかる。最後にまた、小十郎を無言で見つめた。

自分を値踏みしている。小十郎は口の端をわずかに上げながら、うなずいて見せた。覚悟を示したつもりである。

「小僧、いくつだ」

「十六」

「名は」

「片倉小十郎」

ふう、と声を出しながら、修験者はため息をついた。

「よし、小十郎。おまえの腕前を信じよう。はずした相手は引き受ける。大岩で迎え討つ」

言うや否や、修験者は錫杖《しゃくじょう》を持って、もう駆け出していた。

小十郎は矢をつがえた。

狙う男との距離を測る。

もっと小さな鳥でさえ当ててきた。小十郎は、右手《めて》で弦を引き絞り狙いを定めた。

即座に矢を放つ。

びしっ。

嫌な音とともに、弦《つる》が頬を叩《たた》いた。焦りは、痛みより少し遅れてやってきた。

右手の離れが早かったのだ。弓を持つ手の内が決まる前に、弦を離してしまった。

矢は相手に届かず、下方の民家の屋根に刺さった。的にはほど遠い。

視界の片隅に大岩の上に立つ修験者の姿が見える。何をやっている。そうした意味の非難を、両手を広げて伝えてきた。そして、肩を大きく上下に動かす動作を示した。力を抜け、とその仕草が言っている。

小十郎は民家の庭にいる男たちの動きを目で追った。矢の刺さる音が聞こえたのだろう。しきりに屋根を仰ぎ見ている。だが、この丘の上までは注視していない。

もう一度だ。

手の内を柔らかに整え、狙いを定めた。

「人の命を奪いしことの罰」

つぶやいて矢を放つ。

真っすぐの線を引くように、一人の男の首に刺さった。

襲撃者たちは全員が母屋から出てきて、騒ぎ出している。残りは六人いた。皆、小十郎のいる丘を見ている。丘は木々に覆われ、簡単には見つからない。

小十郎は、次の矢をつがえて構える。

「食い物を奪いしことの罰」

矢を放った時には、もう的中を確信していた。当たるのも見ずに、次の矢に手を伸ばす。

一人が崩れ落ちるように倒れるのを感じながら、更なる相手に狙いを定める。

男たちはわめきながら、こちらを指さしている。矢が飛んできた先に小十郎を見つけたのだろう。登り口を見つけて走り出した。

その一人に向けて矢を放つが、これははずれた。そこから、小十郎は唯一の登り道に向かって走り出す。一本道を登って来る敵を、一人ずつ倒すためだ。

道の上から立ったまま、弓を構えた。

現れた最初の一人めがけて矢を放つ。相手の腹に命中して倒れた。それを見た後ろの四人が、道の横の林の中に飛びのく。

見えなくなった敵を探して、林の中に目をこらす。と、敵にも射手がいたらしく、矢がすぐ近くの木に刺さった。

飛んできた方向を見ると、弓を持つ男が自分を見ている。ひるまずに、小十郎も相手に狙いをつけた。

双方、弓を構える動作がほぼ同時だった。互いに一呼吸置く。

直後に耳元で風の音がした。相手の矢は、小十郎の頭のすぐそばを、かすめるように飛んで行った。揺れた枝から葉が飛び散った。

舞い落ちる葉の向こうで、相手の男がひっくり返った。

息をつく間もなく、残りの三人が小十郎めがけて駆け寄ろうとしている。その行く手を、修験者が遮った。錫杖で相手の腹を突き、前のめりになったところで胸を突き飛ばした。相手は仰向けに倒れ、転がり落ちて行った。

最後の二人が斬りかかるが、修験者は錫杖を素早く振り回して、刀を受け、寄せ付けない。小十郎が矢をつがえながら走り寄ると、二人は顔を見合わせ、民家目がけて逃げ出した。

辺りはいきなり、静かになった。

小十郎は矢の数を数える。あと七本。

暴れ回った修験者の息が整うのを待って、二人で丘を下り、民家に向かった。

下りる途中で、馬のいななきを聞いた。直後に、二頭の馬が馬小屋から走り去るのが見えた。

家の前まで来ると、中から、農民たちが出てきた。

「おふたりが追い払ってくれたのか。礼を言う」

家の主が白髪頭を下げた。すぐ後ろでは、先刻見た女房らしき老女が、斬られた男にまだすがりついている。横たわる若い男はすでにこと切れている。骸《むくろ》を見やりながら、主人の顔には諦めの表情が浮かんだ。

「亡骸《なきがら》を弔うのが先だな。手伝うぞ」

修験者が声をかけた。場違いなほど、冷静な声だった。集まった村人数人が、無言で戸板を用意し始めた。

小十郎はしばらく棒立ちになったままその様子を見つめたが、亡骸を運び出すところで、戸板を運ぶ男たちに加わった。

襲った連中の亡骸も、同じように戸板に乗せて運んだ。

「このあたりの村の者の葬地は、村はずれにございます」

男たちは目が合わないように足元だけを見つめ、ただ足並みをそろえた。途中、亡骸がずり落ちそうになり、その時は力を入れて戸板を持ち上げる格好となって、皆で互いに目を見合わせた。それでも、誰も何も言わなかった。

襲撃した連中と戦い、何人かを殺し、追い払った。小十郎の勝ちといってよい。だが、高揚感がない。あるのは漠然とした不安であり、落ちつかぬ心だった。小十郎はいら立っていた。

鋤《すき》を使って土を掘り起こしていると、ようやく心が鎮まった。さび色の土の下から新しい土が現れ、小山になって積み重なっていく。亡骸を穴の中に移し、元通りに土をかける。不安が土に溶けていくような気がした。

「具《ぐ》一《いっ》切《さい》功《く》徳《どく》慈《じ》眼《げん》視《じ》衆《しゅ》生《じょう》福《ふく》聚《じゅ》海《かい》無《む》量《りょう》……」

修験者が経を唱え、それが終わると村人は頭を下げて去って行く。皆の顔には一様に暗い色が浮かんでいた。

小十郎は声を掛けなかった。陰りを帯びた表情の理由が、身近な者を亡くしたせいだけではないと気づいていた。

「あの者たちが仕返しを恐れていること、わかっておろうな」

修験者の声が後ろから聞こえた。小十郎は振り返った。

「人を集めて見張りと護衛をさせればどうということはない。相手は落ちぶれた烏合《うごう》の衆。見張りがいれば、不覚を取ることはあるまい」

言いわけがましく、小十郎は応じた。

「農民にそんな余裕があるのか。朝から晩まで田畑の仕事に明け暮れ、あげくに収穫は雲行きしだい。災害や飢饉《ききん》もある。野盗を取り締まるのは、年貢を取り立てる侍の仕事ではないか」

ここ米沢《よねざわ》は伊達家の領である。当主は十六代目に当たる輝宗公。

伊達家は、十四代・稙宗《たねむね》が左京大夫《さきょうのだいぶ》の官途を取得、さらに室町公方《くぼう》から陸奥《むつ》守護職を賜った。さらに、次の十五代・晴宗《はるむね》は、念願の奥州探題の地位まで獲得した。源頼朝《みなもとのよりとも》の時代から続く名家だが、今は相馬との争いに兵を割かれ、国は荒れている。

小十郎は黙って聞いていた。修験者が話を続ける。

「この地の領主は伊達家であろう。伊達家に限らず、今はどこの国衆《くにしゅう》も隣国と領土争いをしておる。領国の中に目を転じれば、これまた家臣どもの勢力争いばかりよ。領民はたまったものではない」

小十郎は相変わらず黙している。だが、伊達家を弁護したいという本音が表情に表れたのだろう。修験者は小十郎の内幕に感付いた。

「小十郎。おぬし、伊達の家人《けにん》の子か」

小十郎の祖父・片倉伊豆守景時《いずのかみかげとき》は伊達家に仕え、置賜郡小松郷に采地を賜って居館を構えた。次男・片倉景重《かげしげ》はその館を継いだが、そこに生まれたのが小十郎である。伊達家を批判できる立場ではない。

修験者は穏やかに話を転じた。

「何も伊達家だけが悪いと言っておるのではない。この奥羽には弱小の分国があまたある。小さな国の集まりというのは、どの家にも他家を従える力がないということだ。それゆえ、自領を少しでも広げようとして国境で紛争が絶えないというわけだ」

自領の人々が困窮する時、誰もが他人から奪おうとする。古来、人はそうやって争いを繰り返してきた。それが人の世の移り変わりだと修験者はいう。

「この世に生きる者の業だな」

「争いを断ち切ることはできないのか」

「人の心に欲というものがある限り、できぬな。持たざる者は持つ者から奪おうとする。この村も、また襲われるぞ」

「何か手立てはないものか」

小十郎は独り言のように口にして、遠くの山を眺めた。

気づけば、修験者が小十郎を見つめていた。表情を読んでいるというよりも、小十郎の胸の奥を感じ取っているかのような目だった。

「どうすればよいのか、本当に知りたいか」

修験者の問いに、小十郎はうなずいて応じた。

「そなた、武士の世の在り方の根本を知っておるか」

修験者はそう言って小十郎の反応を見た。

武士としての出世が小十郎にとっての望みだが、にもかかわらず何も口にすることができない。初めて聞かれた問いに面食らいつつ、修験者の語り口にいつの間にか興味を惹《ひ》かれていた。

この修験者は何者だろうか。流れるように錫杖を振るった先刻の動きから、武士かもしれぬと値踏みをしていたが、経を読んだことを思えば僧職者のようでもある。

「古《いにしえ》の時代、この奥羽の地よりはるか西の倭《やまと》の国に、帝《みかど》と呼ばれる王がいた。この帝の家に連なる者が、やがて大陸にならって律令《りつりょう》を作りあげた」

修験者の透き通る声には、ある種の威厳が含まれている。

日の本の国を治める天子様の話は、小十郎も聞き及んでいた。姉から『太平記』の話を聞かされていたのだ。

「その際、この国を五畿七道に区切った。陸奥国《むつのくに》は東山道に位置付けられたのだ」

東山道という道の奥。だから、この地を「みちのく」といい、そこから「むつのくに」（陸奥国）と呼ばれるようになった。ここ置賜は、古来、陸奥国に属したが、のちに出羽国に切り替えられた。二国合わせて、奥羽という。修験者は淡々と話を続ける。

「各地には律令を守らせるための国司が送られた。土地を支配し管理する役目の者だ。帝の権力は強大だったから、多くはこれに従い、もし反乱を企てる者がおれば、兵が送られ鎮圧された」

当初、帝の威光は、この地に住む者たちにも広く浸透していたという。その説明は、姉に聞かされた話とつながる部分もあり、合点《がてん》がいった。武士なら誰でも知る武家の棟梁《とうりょう》・八幡《はちまん》太郎《たろう》義《よし》家《いえ》も、帝から派遣されたと聞いている。

「やがて武士たちが力を持つようになる。祖先からの土地を治める者の中から弓や刀を手に取る者が現れ、武力を持つようになって実権を握ったのだ。戦で争い勝ち残った者は、戦功のあった家人に占領地を分割して与えた。武士の一番上に立つのが公方だが、当初はやはり力があったから、世の中は穏やかだった」

武士の世の中――。源氏の血を引く頼朝が鎌倉で政《まつりごと》を行う。伊達家は、源頼朝の奥州征伐の際に功績を認められたことで、南奥羽の伊達郡に所領を与えられ在地領主となった。これは、小十郎も知っている話だった。

「よいか。この地は、都の朝廷や公方という力の強い者の後ろ楯《だて》があってこそ、平穏無事が保たれた。だが今や、都に往年の力はない。各地の在地領主がそれぞれに村から年貢を取り立て、軍役を課し、治めている。他者を圧倒し、ひとまとめにする大きな力が働かぬということだ」

他者を服従させる力を持つ者がいなければ、それぞれが横並びで優劣を決められない。国衆たちは我欲に従って領土を拡張しようとする。

　そう聞いて、小十郎は疑問を口にした。

「伊達家は力があるではないか。わが姉がよく口にするぞ。伊達家は奥州探題職の家柄だと」

「その探題やら各地の守護やらを任命したのは、京にいる室町将軍だ。後ろ楯になるべき将軍そのものが、力を失っている。京の混乱はひどいものでな。数年前には、将軍が殺される事態まで起きたほどだ」

　初めて聞く話に、小十郎は驚いた。頭のどこかで、世の中の仕組みには強固な秩序があるものだとばかり思っていた。だが、そうではないらしい。

「奥羽の在地領主はそれぞれ小国だ。力の強い者がまとめなければ、争いは収まらないであろうな。伊達家でさえ、奥州探題職の家柄なのに、他家からつけこまれている」

　横並びの家同士が乱立する奥羽では、勝手次第が目立ち、隙あらば境界を争って戦になる。

「どうすればよいとお思いか」

　今度の問いはただの疑問ではない。この修験者に教えを乞うつもりだった。

「奥羽の地から戦をなくすには、今までのように都の力を借りて国衆を従えるのではなく、自らの力で新しい国造りをする必要がある」

　他者の力を借りて領主になったとしても、安定した支配は続かない。なぜなら、その後の運命は後ろ楯になってくれた者の状況に左右されるからだ。修験者の話は熱を帯びた。

「一つの家が自分の力だけで国衆をまとめれば、もはや、その権《けん》に逆らう家はない。他者に頼らない独自の力ならば、誰も逆らおうとは思わないのだ。五十年やそこらは、この地の結束は強まる。さすれば、その間だけは泰平が訪れる」

泰平ということばが、小十郎の胸を打った。

「たやすくはないがな」

修験者は夢物語でもしたかのように、話を締めくくった。

しばらくの間、二人は黙り込んだ。

小十郎は、たったいま埋めたばかりの墓を見た。墓といっても、骸の上に土をかけただけの代物だ。人の生など、呆気《あっけ》ない。まして野盗に殺されたとあれば、なおさらだった。

村の者が殺されたのを見て、小十郎は野盗を殺すことだけを考えた。殺して仕返しをする。その一念しか思い浮かばなかった。

だが、この修験者は争いの根本を説いた。奥羽の国衆がまとまり、誰も逆らおうとしない新しい権ができれば、対立はなくなる。ならば、仕返しなど些事《さじ》にすぎず、新しい秩序の実現こそ務めではないのか。

ふと気づくと、修験僧は墓の前に立ち、双眸《そうぼう》を閉じたまま手を合わせ、何か経を唱えている。野盗に弓を引いても、同様の狼藉《ろうぜき》が別の場所で起きるだけだ。堂々巡りの繰り返しが続くにすぎない。

今まで、この世の中の正しい有り様を説く修験者のような男に出会ったことがなかった。

小十郎の胸にかすかな火が灯《とも》った。漠然とだが、自分の進む道が見えた気がしたのだ。

経を唱える修験者の後ろ姿が、夕闇に溶けようとしていた。

2

鳥居の向こう側には神が宿る。

そう教えてくれたのは、二十ほども歳上《としうえ》の姉・喜多《きた》だった。大昔、岩戸に隠れた光の神に出てきてもらおうと、神々や動物たちが押し寄せる変事が起きたという。その時、朝を告げるために飛来した鶏の止まり木が鳥居の形になった、と教えられた。

だから小十郎は、鳥居をくぐる際に立ち止まって一礼する。奥に宿る神に敬意を払うためだ。

本殿脇の家屋に入ると、草鞋《わらじ》を脱いで喜多を探す。

奥には、座して筆を持つ後ろ姿があった。淡い柿色の小袖に襷《たすき》文様の入った紺色の裳袴《もばかま》。

喜多は文字を書いていた。無言で筆を操る手元を見ると、大きな字で「酉《とり》」と書かれている。辺りの床には、「子《ね》」「丑《うし》」「寅《とら》」の文字の書かれた紙が置かれている。十二支の文字を教えるための手本にするのだろう。小十郎はそれを見せる相手に思いを馳《は》せた。

「姉上、ただいま戻りました」

小十郎が声をかけると、筆を置いた喜多が振り返った。

長い髪を後ろに束ねた姉は、平素の垂髪《すいはつ》の時よりも細身に見える。

「お帰りなさいませ。今、手習い用の教本を作ろうとしていました」

「梵天丸《ぼんてんまる》様にお見せするのでござるか」

姉の話に出てくる梵天丸について、小十郎は多くを知らない。伊達家当主・輝宗の長子であり、いずれ伊達家を率いる立場とはいえ、何といってもまだ六歳。今は、大過なく元服を迎えるのを見守る時期だ。

「先日、いくつかの文字をお見せしたところ、若君は熱心に見ておられました。そして私に尋ねたのです。喜多はどの字が好きか、と」

字を見て、好き嫌いの情を示したということだ。

「正直に申せば、文字の好き嫌いなど考えたこともありませぬゆえ、返答に窮しました。とっさに、若君はどの文字がお好きですか、と返しましたが」

小十郎自身も、文字に好き嫌いなどない。あえて言えば、覚えやすいかどうか、と考えるぐらいだろう。

「それで、梵天丸様はどの文字をお選びになりましたか」

「さらっと目を通して、『木』の字を選ばれました。武士が両手を広げているようだと……。聡《そう》明《めい》なお方です」

喜多は、梵天丸の保姆《ほぼ》。幼い嫡男の養育を担っていた。三十半ばまでどこにも嫁がずに己を律し、教養を深め研鑽《けんさん》に励んだ結果である。その姉が、穏やかに小十郎に尋ねた。

「今日は何か変わったことはありませんでしたか」

「そのことでござる」

小十郎は、襲撃者との一連の戦いについて語った。また、その場で出会った不思議な修験者にも話は及んだ。

「薄汚れた身なりをした修験者でしたが、話の内容に興を覚えました。奥羽はこれまで、遠い都や近くても関東で力を持った者の威光によって治められてきました。それだと、他所《よそ》に住む者が力を失えば、おのずと乱れるのが道理」

奥羽では、領主となる者が土地と人を支配し、年貢を取り立てて治める。たとえば、伊達家がそうだ。他に相馬や最上《もがみ》、芦名《あしな》や畠山《はたけやま》などがいる。小十郎が見ていたのはそこまでだ。各領主の力の源泉がどこにあるかまでは考えたことがなかった。そうした力は室町公方から与えられたものだから、その衰退とともに世は乱れる。

「その方は、この地の者が己の力で新たな筋道を作れば各家はまとまる、と説いたのですね」

喜多はあらましの内容を吟味している。胸の中に火が灯る思いがした小十郎と違って、喜多は同じ話を聞いても思案げな表情を崩さなかった。

「政の在り方をそこまで変えるのは、戦によって、ということですね」

小十郎がうなずくと、喜多が指摘する。

「合戦ともなれば、武具や糧食が必要となり、人々の負担も増えましょう。死傷者が出ればその家族の苦労は計り知れない。戦場となった土地は荒廃し、耕作にも支障が出る。とすれば、そなたが恐れる略奪もまた、増えるではありませぬか」

反論しようと小十郎が口を開く前に、喜多はことばを継いだ。

「今一つの懸念もあります。人というものは、他人に促された変化には抵抗するものなのです」

赤ん坊でさえその兆しがある、と喜多は言う。お食い初めの時期が来て、薄めに作った粥《かゆ》を舌に載せても、小さな体でささやかな拒絶を示して吐き出そうとするらしい。

「とくに武家はしきたりに厳しい。すでにある作法を重んじて、変わるのを嫌います。歳を重ねたご重役になるほど、そうした風潮を感じます」

「ということは、まだ子どもならば、大人よりも変化に応じられる、ということでござるな」

間髪を容《い》れずに小十郎が声をあげると、喜多がまじまじと見つめてきた。よく見れば、その目が笑っている。

「たとえば六歳の若君ですか」

「たとえば六歳の若君でござる」

後ろ楯のない強い国ならば、戦はなくなる。強い国を造るには、ふさわしい将が必要だ。

喜多の言う武家のしきたりを乗り越えるだけの力を持つ将——。

小十郎は喜多の訓育を受けた。同じように喜多が養育する梵天丸なら、同じ夢を抱いてくれるのではないか。梵天丸が聡明なら一縷《いちる》の望みをかけたい。

喜多が養育する梵天丸。その梵天丸がいずれ治める奥羽。一つにまとまった新しい奥羽の国を、小十郎は想像した。飢えがなく、誰も死なない世の中だ。

「姉上、梵天丸様にお目通りがかなうよう、取り計らってはもらえませぬか」

小十郎を見つめる喜多の目から穏やかさが消えた。しばらく黙っていた。ことばを選んでいるのがわかった。

「お会いして、いかがするつもりですか」

「梵天丸様のお役に立ちたい。それにはお会いしなければ始まりませぬ」

喜多が居住まいを正して、両手を太ももの上に置いた。

「そなたに話しておくことがあります。そなたにとっては耳の痛い話かもしれませぬが」

喜多は落ち着いた口調で、ゆっくりとことばを継いだ。それは小十郎を落胆させぬように思いやったうえでの説諭に違いなかった。

「父・片倉式部《しきぶ》は伊達家の先代晴宗公より、ここ小松郷に知行が認められました。片倉家は代々この地を守り、八幡神社《はちまんじんじゃ》の祭祀《さいし》を司《つかさど》る定めです。今のところ、若君へのお目通りは望むべくもありませぬ」

お目通りの叶《かな》う氏素性ではない、とは言わなかった。だが小十郎は、喜多のことばの端に、その種の意味合いを感じ取った。

置賜郡小松の塩《しお》ノ沢《さわ》にある八幡神社。その神職を担ったのが小十郎の父・景重である。純粋な武家とは言いがたい。小十郎には異母兄がいるが、次男の小十郎は兄の元で神職の手伝いをするか、他家の養子に入ってその家を継ぐ定めにある。いずれにせよ、今のままではお目通りすら叶わない。

「同じ片倉家の姉上は、今や梵天丸様の保姆として大いなる信頼を得ております。私にもせめてお目通りの機会を与えていただきたい」

自分が何者かはわからない。だが、確固たる自信が胸の奥に宿って、その高まりを抑えられない。漠然とはしているが、自分は役に立てる人間だという、抑えがたい信念だ。

では、何によって役に立つというのか。武功だ。そこに迷いはない。まだ幼い頃に父母が亡くなったために、二十ほど年上の喜多に養育された。文武両道の教えを受け、兵書を聞かされて育ったのだ。武の神である八幡神への信仰は、弓術の錬磨へとつながり、弓の扱いにかけて同世代では小十郎に並ぶ者はいない。

「いずれは、己の武で若君を支える侍となります」

神職の家の次男という己の不利な立場は、理解している。実際、次男の小十郎は生まれて間もなく親戚筋の藤田《ふじた》家へ養子に出されたこともある。その時は、藤田家に嫡男が生まれたために再び片倉家に戻されたのだ。だが、同じ片倉家の姉の喜多は、今や若君の保姆役だ。小十郎にも機会は訪れるかもしれない、という思いがある。

そうした小十郎の内心を見透かすかのように、喜多はしみじみと言った。

「伊達家当主を支えるのは、まず、ご一門やご一家。次に、ご先祖に功のあった宿老方。さらにその下にあまたの役職があります。神職の片倉家はいわば職人の家。戦働きをするにも兵卒扱いになることでしょう。そこからの出頭は容易ではありませぬ」

むろん米沢城周辺で戦ともなれば、付近の神社は居城守護の役割を果たす。神職といえども、弓を取って戦うことになる。だが、平素の八幡宮神職の家にそうした役目が期待されているわけではない。郷村出身者は馬上を許されず、大番組の下に組士、卒として組み込まれる。厳格な位階の中での最下層という立場である。

「武芸に秀でただけでは、お目通りのお声がかかるにも難儀します。我慢強く耐え忍んで時機を待つ心胆も必要となりますよ」

喜多は甘いことばを一切言わなかった。

困難は承知している。だが、自分の立場を変えられないようなら、新しい国への再生などできるはずもない。小十郎はあきらめるつもりなどなかった。

3

「小童《こわっぱ》、人を殺《あや》めたことがあるな」

綾藺笠《あやいがさ》をかぶった狩装束の侍に、声をかけられた。場所は、資福《しふく》寺の境内である。男は腰に太刀を佩《は》いたままのいで立ちで、濡《ぬ》れ縁《えん》に腰かけていた。

余計なことを……。指摘された小十郎は、足を止めて男をにらんだ。

――資福寺に、伊達家から招かれた虎哉宗乙《こさいそうおつ》という住持がおられます。梵天丸様の学問の師でもあるから相談してみるとよいでしょう。

姉の喜多からそう言われて、一里以上の道のりを進んで、ようやく到着したばかりだ。人を殺めたと誰かに知られれば、まとまる話すらまとまらなくなる。

「まずいことを聞いたかな」

小十郎の無言の意味を推し測ったのか、男は微笑《ほほえ》みながら肩をすくめた。それがまた、小十郎には、からかうような仕草に見えた。

「まさか、殺した相手の供養を頼みに来たのではなかろうな」

「違いまする。虎哉和尚にご挨拶をしに参りました」

「人を殺めたことは否定しないのだな」

ふふ、と侍が笑った時、開いた戸の奥から、黄褐色の法衣《ほうえ》に身を包んだ僧侶が現れた。

「拙僧が虎哉だが、どなたかな」

背の高い僧侶は、大股で濡れ縁の端まで近づいてきた。柔和な目元をもつ整った顔立ちが特徴で、小十郎はその外見を見て思わずほっとした。

「小松の八幡宮の神職・片倉家の次男、小十郎と申します。姉・喜多からご住職にお会いするように言われ、まかりこしました」

「喜多殿の弟御か。母君が男《お》の子の懐胎を待ち望んでようやく授かったらしいの。喜多殿から聞いたぞ。そなたが噂《うわさ》の男の子か」

小十郎と姉・喜多は母が同じでも、父親が違う。喜多の父は鬼庭《おにわ》左月《さげつ》斎《さい》良直《よしなお》。喜多の母は左月斎の正室だったが跡継ぎの男子に恵まれず、側室が男子を生むと離縁された。その後、母が片倉景重に再嫁したため、連れ子の喜多も片倉家に入った。喜多十九の時に生まれたのが小十郎だ。

小十郎がまだ幼い頃、両親は亡くなった。親代わりに育ててくれたのが、異父姉の喜多である。

「して、どのようなご用件かな」

小十郎の願いはただ一つだ。梵天丸様にお目通りが叶うよう、取り計らってもらいたい。学問を教えている虎哉和尚ならその力があると思っていた。

近寄って説明をしようと口を開きかけた時、件《くだん》の侍が遮るように横から口を出した。

「喜多と申すのは、梵大丸様の保姆役の女だな。川西《かわにし》で森林が焼けた際には、火消しに功があったと聞いた。なんでも、大火が人家に迫ろうとした時、人を集めて火除《ひよ》け地を作り、火を食い止めたとか」

小十郎に話すというより、立ったままの虎哉和尚を見上げるように、侍が話しかけた。直後に考え込むように遠くを見つめた。

「だが、不思議だ。あの辺りの人家は草木が生い茂っていて、そう簡単に火除け地など作れるものではない。人手で草木を刈るのはさぞ難儀であろう。それを火が迫る中でやってのけたとか」

「ほう。そんな話があるのですか」

虎哉和尚が目を輝かせながら興味を示した。

「よほど人使いがうまいのであろうな」

これには、小十郎は同意できなかった。

「人使いがうまいというより、機略に長じているのでしょう」

つい、声が漏れた。小十郎のことばに潜む確信めいた響きが伝わったのか、侍がいぶかしげな目を見せた。何ゆえそう思う、と聞いた。

小十郎自身、喜多の指示を最初に聞いた時には首をひねったものだ。その場に居合わせたから、じつは、その時の一部始終を知っていた。

「姉上は、草木を燃やしたのです。その後ろで、少人数の者に松葉の枝を持たせました。人家に火が移るのを松葉の枝で防ぎつつ、草木を燃やし尽くしました。あとには火事の火と人家の間に、広大な火除け地ができあがったというわけです」

侍が考えていた。やがて口を開いた。

「なるほど。火が迫る中で新たに草木地に火事を起こし、火除け地を作って、人家に燃え移るを防いだということか」

小十郎がうなずいた。侍はそのやり方に満足しなかったらしい。

「だが、人家のすぐ裏手に火を放つというのは、一歩間違えば里人に被害が出る恐れもあるはず。危ない策のような気もするが」

頬を膨らませると、あごを上に向けて考え込んだ。

「森林の火勢から、いずれにせよ人家に燃え移るのは防ぎようもない事態でした。それがしが考えるに、人家はたとえ燃えても、どのみち同じこと。一か八か火が消えれば儲《もう》けもの。姉上はそれぐらいの気構えだったように存じます」

「どのみち同じ、か。豪気だな」

侍が笑い声をあげた。本気で面白がっているようだ。

「いずれにせよ、火事から人家を守ったのは疑いようもない事実。どうやら片倉姉弟の働きがあったようだ」

草木を燃やし、そのうえで人家に燃え移らないように松葉枝で火を遮る。あの時は小十郎も必死に働いたものだった。

「そうそう、ここに来た本題をまだ聞いていなかったのう」

虎哉和尚が身内を迎えるような仕草で手招きした。小十郎に興味を持ってくれたようだ。

「ご住職は梵天丸様の学問の師だと聞き及びました。梵天丸様にお目通りが叶うよう、お口添えをいただきたく、参りました」

小十郎は思い切って来訪の目的を告げた。

「お目通りして、どうする気だ」

問い返したのは虎哉和尚ではなく、綾藺笠の侍だった。

答えようかどうか躊躇《ちゅうちょ》していると、虎哉和尚が促すようにうなずく仕草をした。

「それがし、必ずや梵天丸様のお役に立てると思います」

「自分が役に立つ人物だと直訴するつもりか」

小十郎のことばを胡散臭《うさんくさ》いと思ったのか、侍はそう言って肩をすくめた。

むっとした小十郎は、必ずお役に立ちます、と繰り返した。

「どんな役に立つというのだ」

そう問われて、小十郎は悪びれずに答えた。

「他人の力を借りることなく独自の力で、梵天丸様は奥羽に新しい国をお造りになるお方と存じます。さすれば、奥羽から今のような小競り合いはなくなり、他家が進んで従う強大な国ができましょう。そのお役に立てると申しております」

一気に言った。聞いていた二人が呆気に取られた様子で押し黙ったのが見えた。長い間、沈黙が続いた。

最初に口を開いたのは、虎哉和尚ではなく、侍のほうだった。

「今のこの領国の治政では不服か」

「伊達家の地位は、京の公方様のお力を背景とするもの。かように、誰かの力に頼っておる限り、奥羽の人心の安定にきしみが生まれましょう」

小十郎は、先日会った修験者のことばを思い出していた。一つの家が自分の力だけで国衆をまとめれば、五十年やそこらはこの地の結束は強まる——。たしか、そう言ったはずだ。

「伊達家が誰の力も借りることなく国衆をまとめれば、もはや領土拡張を狙ったいざこざはなくなり、五十年やそこらはこの地の結束は強まると存じます」

それを聞いた侍が、けらけらと大笑いをした。

「小童。大そうな風呂敷《ふろしき》を広げるではないか。それはおぬしの考えか、それとも喜多からの受け売りか」

「姉上の受け売りではありませぬ」

修験者の受け売りだとは言わなかった。他者から教わったにせよ、その正しさを信じるなら、それは己自身の考えだと言いたかった。

侍が小十郎に向き合った。

「たしかに伊達家が他家を臣従させれば、奥羽は今より安定するであろう。だが、おぬしは何者だというのだ。梵天丸様は伊達家の次期当主になられるお方。支えるのは門閥の方々だ。片倉の家は譜代ではあるまい」

喜多と同じことを言った。伊達家では、いわば門閥中心に家政を行う枠組みができあがっており、片倉家はその下層に位置する家柄にすぎない。次期当主にお目見えできる立場ではない、と言いたいのだろう。

「それがしは、梵天丸様のお役に立てるはずです」

必死に声を張ったが、相手の侍は大きく首を横に振った。その目は、今は笑っていなかった。

「門閥とは、それだけ伊達家に忠義を尽くしてきた歴史があるからこそ、その地位を与えられている。父や祖父だけではない。何代にもわたって伊達家に奉公してきたのだ。だから、主君からの信も厚い。そうでない家柄に生まれたとあれば、戦で功を立ててから栄達を望むのだな」

小十郎は返答に窮した。無感情の相手の顔を見つめながら、反論してもむなしく終わるだろうと、そんな予感を抱いていた。

「どうした。お目通りをあきらめる気になったか」

小十郎の沈黙を前に、侍が声をかけてきた。頭の中の雑念を振り払うように、首を小刻みに動かしている。

「人というものは――」

自分が武士として恥ずかしくない風格を持てるよう、いつも鍛えてくれた人の顔を思い浮かべた。そのせいか、抑揚まで姉の話し方に似てしまった。

「他人に促された変化には抵抗するものです。されど、今の仕組みをも変えるお方が現れるやもしれませぬ。梵天丸様はそういうお方だと存じまする」

すぐに反論が返ってくると身構えた。が、侍は黙り込んだままだった。大きな目は小十郎を見ているようにも見えるし、別の何かを見つめているようでもある。ただ一言、簡単ではなかろうな、という小声が聞こえた。

「梵天丸様へのお目通りを叶えて進ぜると約束はできぬが――」

虎哉が場を取り繕うように、ことばをかけてきた。柔和な表情は明らかに小十郎を励まそうとしていた。

「天命を受けていれば、いずれ道は開ける。それまでは機を待つしかあるまい」

そう言われて、小十郎はかえって後悔した。この寺に来る途中、どんなふうに自分の夢を口にすればよいか、何度も考えた。虎哉和尚が梵天丸様へのお目通りの労を取ってくれた暁には、何とお礼を言えばよいのか、と想像が膨らんだ。和尚がわが子に接するような温情を示し、力を尽くしてくれると思い描いていた。

だが、来るべきではなかったのだ。小十郎は屈辱ともいえる思いを抱いたまま、遠くに目をやった。墓参も途絶えたであろう、いくつかの古ぼけた墓石群が、不規則に散らばっている。そうした石の数だけ、そこに眠る者は身分に縛られた生を終えたのだろうか。

「そう気を落とすな」

虎哉和尚の声はやや大きく響いた気がした。小十郎はすでに帰ろうと歩き始めたところだった。声の大きさに促されるように、足を止めて振り返った。

「そなたは今、生まれた家柄のせいで進もうとする道を塞がれておる。立ちはだかっているのは武家にとっては自明の、上下の別というものだ。だが、その壁は厚く堅固に見えて、どこかに突破できる穴がある。そなた、遠藤内匠《えんどうたくみ》という名を聞いたことがあるか」

唐突に人の名前を出され、あわてて頭を働かせた。

遠藤内匠基信《もとのぶ》は昨今、何かと伊達家では話題になる人物だ。当主・輝宗公の懐刀《ふところがたな》。伊達家の執政を背負うべき期待の星といわれている。

先日の中野の残党たちとも深い因縁のある人物だ。

小十郎は虎哉和尚に向かって、一つうなずいて見せた。それを見た和尚が話を続けた。

「権勢を誇った重臣の中野父子がご当主輝宗公に反旗を翻そうとした時、事前に告発したのが遠藤殿だ。そのおかげで、中野父子のもくろみは失敗した。遠藤殿自身は中野家に仕える陪臣の立場だったから、門閥の出ではない。それが今はどうだ。新参にもかかわらず、宿老に引き立てられ内政と外交を担っている」

　謀反を企てた中野父子は一昨年、相馬へと出奔した。以来、伊達家と相馬氏の関係は悪化の一途をたどっている。宿老に抜擢《ばってき》された遠藤基信は、相馬との確執においても、軍略を練るのに余念がない。役行者《えんのぎょうじゃ》の流れをくむ修験者の子という噂に尾ひれがついて、前途の見通しを尋ねれば十に八つは外れることがない、と言われている。

「家柄による上下の区別をものともしない人物がいるということだ。誰か一人にそれができたのなら、今後は他の者も同じように登用されるかもしれぬ」

　それは虎哉和尚の労《いたわ》りの言葉といえた。だが、話を聞いても己の道のりが遠いことに変わりはない。そんな思いを抱きつつ、和尚の傍《そば》に座す侍の表情を盗み見た。遠藤内匠の話を聞いても無言を貫き、表情に変化は見えなかった。その姿から、この侍は遠藤家家中の者ではないのか、と漠然と考えていた。


　数日後——。

　小十郎への突然の沙汰は、喜多を通して伝えられた。

「おめでとうございまする。そなたは、ご当主より徒小姓《かちこしょう》を申し付けられました」

　嬉《うれ》しさより、なぜなのかという疑問が先だった。しばらく茫然《ぼうぜん》としていた。小十郎が喜ばないのを見て、喜多が毅然《きぜん》として補足した。

「遠藤内匠様よりのご推挙があったとの由。虎哉和尚によれば、遠藤様はそなたを大層見込んでくれたとか」

あれが遠藤内匠基信だったのか。

小十郎は、そこで出会った綾藺笠の侍の物憂い顔を振り返った。

感慨にふける小十郎は、喜多から遠藤の伝言を聞いた。

「あとは武士になれるかどうかだ、と仰せとのこと」

では、今はまだ武士だと認められていないということだ。小十郎は、いいだろう、と心の中でつぶやいた。誰からも認められる武士に必ずなってみせる、と気持ちを奮い起こした。

4

最上川《もがみがわ》は、米沢盆地を二つに分かちながら、平地の中央を走って北に向かう。この地に城が築かれたのは、山々に遮られた平地と豊かな水源の存在が理由だろう。流れが緩やかに変わった頃合いの西岸に、米沢城はある。

川の方角から吹く風を背中に受けながら、小十郎は城門をくぐった。城を囲む濠《ほり》の中に入るのはこれが初めてだ。小十郎は抜け目なく周りを見ながら、喜多の後ろを歩いて行く。

想像するだけだった城塞は、中に入って見ると明らかに小十郎の思い描いていたさまと違う。

捨てられた片方だけの草履。壊れた桶《おけ》。蜘蛛《くも》の巣の払われていない白樫《しらかし》の木。その横を、若い侍はがさつな歩き方で通り過ぎ、年寄りは気だるそうに進んでいる。

喜多は小十郎を広間の前まで案内し、開けられた襖《ふすま》の少し後方で座り込んだ。小十郎もそれにならい、二人で胡座したまま待機する。しばらくして、広間の中ほどまで進むように、と喜多は小十郎を促した。声を潜める喜多の顔に笑みはない。むしろ強張《こわば》っているように見えた。そのまま、小十郎を置き去りにして廊下を戻って行った。

　ここに来る道すがら、自分の思いを素直に伝えようと思案していた。新しい奥羽の姿を思い浮かべる自分を、伊達家の当主は尊重してくれるはず、と勝手に決めつけたところがあった。だが、そうした思いはどこかへ吹っ飛んで消えた。奇妙な居心地の悪さが自分を圧倒している。いつもと違う内心の動揺を感じて、胸が激しい鼓動を伝えてくる。

　と、前方から静かな声が降りてきた。

「座ったあとは、まず両手をついて頭を下げるのだ。自分から口を開く必要はない。問われたら、答える。それだけでよい。まずはそこからだ」

　批判の含みはなく、ただ所作を教える口ぶりだった。小十郎は、頭すら下げずに固まっている己に初めて気がついた。慌てて、額を床に押し付ける。頭の中では自分自身をののしっていた。

「喜多の弟だな」

　一段高い畳の上に座る男は、穏やかな声音で確認した。

「片倉喜多の弟、小十郎にございます」

　小十郎は顔を上げて、初めて眼前に座る当主の姿を見た。くつろいだ格好であぐらを組み、紺色の陣羽織《じんばおり》を着ている。穏やかな表情を見せながら、それでいて隙のない風情をたたえている。眼光は優しかった。全身から高貴な空気を発している。

　小十郎は、伊達輝宗に向かい合うことができた。

　伊達家の先祖はもともと常陸《ひたち》南部の出身で、源頼朝による奥州征伐において武功をあげ、奥州南部の伊達地方を賜った。輝宗公は十六代目にあたると聞く。代々続く家柄の重みが、人柄にも格式を与えているのだろう。虚勢とは無縁の、にじみ出るような自信をまとっている。

　輝宗は身分の低い小十郎を突き放したりはしなかった。自分から気軽に話しかけてくる。

「喜多にはよく驚かされる。博識なだけでなく、強い芯を持っている。型破りな物の見方も気に入っておるのだ」

　輝宗は、姉の喜多よりいくつか歳下《としした》のはずだ。たしか来年で三十であったか。知らない者が聞けば、一回り歳下の者を評していると思いかねないような、そんな話しぶりだ。

「だから、そなたには期待をかけているのだ。喜多の薫陶を受けた男を梵天丸の身近に置きたい。梵天丸が自分の考えで伊達家を率いるようになるまで、支えてほしいと思うておる」

　小十郎にとっては、身に余る光栄といえる。

「身命を賭してお役目に努めたく存じまする。梵天丸様の身の回りの世話など、何なりとこの小十郎にお申し付けくださいませ」

　通り一遍の受け答えをしたにすぎなかったが、輝宗の目が初めて曇り、思案顔に変わった。

「身の回りの世話は門閥の家の小姓がやる。そなたの仕事ではない」

　伊達家と血縁関係のある家や創成期から功労のあった諸家は、門閥と呼ばれる。小姓がそうした家から輩出されるのが定めならば、片倉家の出番ではない、ということか。

「梵天丸の養育は喜多に任せるが、その教えを実践する模範となる案内役が欲しい」

「案内役でございますか」

「身分は小姓だが、梵天丸の将来の傅役《もりやく》と同じ仕事だと思えばよい」

輝宗は取りなすように付け加えた。小十郎は思いがけない指示にうろたえた。

小十郎の考える傅役とは、将来を担う世継ぎを育てる役職であり、幼いうちは護衛や教育を担当し、成長してからも進退を共にする者である。とくに武家においては、家督を継承するにふさわしい気品や度量、さらには知識やしきたりを教える役割だと思っていた。

身の回りの世話よりも重い仕事である。小十郎は気負って応諾した。

「承知いたしました。未熟者ではありますが、それがしも伊達家のしきたりなどを学び、若君に伝えるよう努めてまいりまする」

「そうではない」

輝宗は言下に否定すると、少し考えて説明した。

「よいか。今、しきたりと口にしたが、そうした武家の習いといったものは放っておいても身に付くものなのだ。いや、身に染みると言ったほうがよいか。人はどんな境遇で成長したとしても、そこで目にした旧習に飲み込まれずにはいられないのだ。そして、それは必ずしも繁栄を約束するものではない」

輝宗が伊達家のしきたりを無条件に信頼していないことだけは、小十郎にも伝わった。だが、その理由は何なのか。

「伊達家の者はな。自分の心の内に刻まれた過ちを踏襲してしまう。たとえ居城を替えても同じことだった。過去の争いの歴史を聞き、そのことを思い出すたびに負の感情の連鎖に囚《とら》われる。そして結局のところ、避けようとした因習をくり返すことになるのだ」

小十郎は輝宗の話から、伊達家にまつわる不穏な空気を感じ取った。

この当主は過去の伊達家の因習を嫌悪しているらしい。ただ、輝宗が実際のところ何を警戒しているのか、はっきりとはつかめずにいた。

「何を言っているのかわからないであろう。だが、それでよいのだ。そちがわかっていなければ、梵天丸に伝えようもないからな」

わからなくてよいと言われても、小十郎はことば通りに受け取れない。

「お尋ねすること、お許しください。梵天丸様に伊達家のしきたりを教えないほうがよい、と聞こえましたが、それでよろしゅうございまするか」

小十郎の顔に困惑の色が表れたのかもしれない。その様子が面白かったのか、輝宗には穏やかな笑みが浮かんだ。

「そちの歳では、知らずにいることの利がわからぬやもしれぬな。よいか――」

考えをまとめているのだろう、輝宗の目が天井を見つめている。

「人の頭の中の大半は、他人が選んで決めたこの世の教えによってもたらされたものだ。教えとは、しきたりや慣習や式目などいろいろだが、一門の作法なども含まれる。要するに、生まれた後に心の中に組み込まれたもので、最初から心の中にあるものではなかった。ここまではわかるか。知らなければ、そうした呪縛に囚われることもない、ということだ」

「先人の教えは、ただの呪縛ということでござりましょうか」

「むろん、役に立つ教えもある。だが、伊達家の男たちは悪《あ》しき宿世《すくせ》の縁に縛られておるようでな」

悪しき宿世の縁が何なのか、輝宗は言わなかった。ただ、糸口になりそうなことばを口にした。

「崇徳院《すとくいん》の遺恨の話は聞いたことがあるだろう」

似たようなものだ、と口にした小さな声が、小十郎の耳に届いた。

「伊達家の過去の因習やしきたりに左右されずに、自分で考える男に育てたい。それだけがわしの望みなのだ」

輝宗は遠くを見るまなざしを見せながら、自分に言い聞かせるようにつぶやいた。

かつて崇徳院は、同母弟・後白河天皇《ごしらかわてんのう》に対し挙兵して敗れ、配所の讃岐《さぬき》国で失意のうちに崩じた。世に保元《ほうげん》の乱と言われている。そうした事情を小十郎が知っているのは、崇徳院の死後、怨霊として人々に恐れられているからだ。迷信にすぎないと気にも留めていなかったが、輝宗はそうした呪いの類いを恐れているのだろうか。

「ところで、梵天丸の右目の話は喜多から聞いておるか」

いきなり、輝宗は話を変えた。

「存じております」

梵天丸は昨年、病魔に襲われた。疱瘡《ほうそう》にかかって病状思わしくなく、長い間伏せったすえに、余毒が右目に回った。なんとか治癒したものの、すでに右目は見えず、今では周囲もあきらめているという。母君・義《よし》姫の落胆は並々でなく、人が変わってしまったかのごとく内にこもられていると噂されている。

「ならばよい。さっそく梵天丸に会うとよい」

それが、輝宗の接見の終わりの合図だった。

5

城の本丸は水濠に囲まれた方形の曲輪《くるわ》で、北側の両隅には櫓《やぐら》が建てられている。櫓の一つのすぐ隣が梵天丸の居室だが、昼下がりのこの時刻、当人は書院にいるという。姉・喜多の配慮もあったのか、小十郎は差し向かいで梵天丸に会える段取りになっていた。書院に通じる濡れ縁の板張りを踏み歩きながら、湧き上がる興奮を抑えるのに苦労した。

初めて会う人物にこれほど深い思い入れを抱いたことはない。まだ会ってもいない次の当主への期待が膨らみ、気が高ぶっている。

どんなお方だろうか。聡明なお方だと喜多は言った。本音を言えば、小十郎には別の願いがある。知よりも勇。たとえ鬼に出会っても、逃げることなく興味を示して近づいて行くような子どもであってほしい。

「楊柳《ようりゅう》之《の》風《ふう》」と読める墨蹟《ぼくせき》の掛けられた床の間を背に、童顔の少年は座していた。

空のように青い小袖を着て、何かを待っている。華やかな衣装を見て、梵天丸は生まれついての貴種なのだ、と実感した。短い間が空いて、小十郎の口上を待っているのだと気づいた。

「梵天丸様。お目にかかれて恐悦に存じまする。そば勤めを仰せつかりました片倉小十郎でござりまする。身命を賭してお役目に励みますゆえ、向後は何なりとお申しつけくださいませ」

梵天丸は興味津々という体で、小十郎をしげしげと見つめる。

「喜多の弟というから、喜多と同じぐらいかと思ったが……」

梵天丸は小十郎の歳のことを言っている。思ったことを口にしながら、子ども特有の仕草で体を揺らした。親しみのもてる身振りが小十郎の笑いを誘った。顔に笑みを浮かべながら、小十郎は優しく話した。

「それがしは十六でござる。姉とは二十近くの歳の差がありますゆえに、姉はなにかと母親のように命じてきまする」

それを聞いた梵天丸が小さく笑った。大きな丸い目を見開いている。強い芯を感じさせるとともに、柔和な雰囲気を伝えてくる瞳だ。目鼻立ちは整っていて、一言でいえば眉目秀麗の部類だろう。ただし、右目は白布の眼帯に覆われてはいるが――。

「それで、そなたは……」

そこまで言って、梵天丸が言い淀《よど》んだ。間が空かないように代わりに言葉をつなぐ。

「小十郎とお呼びくだされ」

「ならば、小十郎。そなたはこの梵天丸の何を変えようというのだ」

梵天丸の顔に、瞬時浮かんだ不満の感情を読み取った。伊達家の跡継ぎという立場から、梵天丸には多くの世話役がつけられる。皆、その素質を伸ばそうとすることだろう。だが、本人にとっては、自己を変えようとする波しぶきに終始さらされているようなものだ。

大勢の世話役と同じ負の力を、梵天丸に加えるわけにはいかない。

「若君を変えようとする者がおりまするか」

梵天丸の表情が曇り、訴えるような目を向けてくる。

「皆、変えようとする。梵天丸に何か不服があるのか」

小十郎は座ったまま姿勢を正した。

「何の不服がありましょうや。皆様方は、梵天丸様のお力をさらにお伸ばししようと考えているにすぎませぬ。仮にそれが若君の意に添わぬならば――」

小十郎は充分な間を取った。梵天丸がその先を聞きたがっているのがわかる。

「ひとこと『控えよ』とお申しつけなされよ」

声には出さなかったが、口の形で読み取れた。

梵天丸は、控えよ、ということばを胸の中でつぶやいたはずだ。そして、自信を取り戻したように飄々《ひょうひょう》たる表情を浮かべた。

「小十郎……」

梵天丸がそう呼び、何かを言いかけた。小十郎は次のことばを待ったが、梵天丸は口を閉ざしてしまった。

「何なりとお申しつけくださいませ」

「小十郎は強いのか」

まだ子どもとはいえ、主人筋に強いのかと問われ、弱いと応じる馬鹿はいない。小十郎は衣の袖をまくり、力こぶを作って見せた。

「それがし、腕には覚えがありまする。幼少の頃より腕比べで朋友《ほうゆう》に敗れたことはありませぬ」

「相手が四人でもか……」

「たちどころにひれ伏させてご覧にいれまする」

即答しながら考えていた。二人でも三人でもない、四人という数を梵天丸が出した。四というのは、例えとして出すには中途半端でふさわしくない数に思えた。

むろん、梵天丸には小十郎の内心までは読めない。読めるはずがない。ことさらに笑みを浮かべて己の自信を示したことで、梵天丸がどこか安堵《あんど》したのがわかる。

互いの距離が近くなったところで、目通りは済んだ。

小十郎は部屋を出た。屋敷の書院の外は濡れ縁が続いており、もと来た道を引き返す。部屋を出た際に格子障子を閉めたのだが、直後に背後で障子の開く音がかすかに聞こえた。

小十郎は内心ほほえんでいた。注意して静かに開けなければ、障子戸の滑る音は聞こえる。音がしたなら、梵天丸がのぞいているのは明らかだ。そこまで気が回らない梵天丸はまだ幼い。

北の櫓のすぐ下には枡形《ますがた》の通り道があるが、東の大手門からは遠く離れているためか人の気配がなく、誰かに見られる心配もなかった。

濡れ縁から飛び降りると、小十郎は枡形の横の土居の近くまで進んだ。

「用があるなら隠れていないで姿を見せよ」

小十郎は櫓の柱の陰に向かって声を掛けた。少しの間があったが、やがて自分とほぼ同じ年頃の小姓姿の男が三人現れた。皆、色とりどりの小袖に肩衣《かたぎぬ》を重ねて身を包み、紺色の馬乗り袴をはいている。

「もう一人はどうした」

小十郎が尋ねると、三人が驚いて顔を見合わせた。どうして知っているのか。そう不審に感じている顔だ。

相手が四人だと推察できたのは、先刻の梵天丸とのやり取りからだ。梵天丸は言った。相手が四人でもか――。そこから、梵天丸が何かを知っていると気づいた。知りえた内容を小十郎に伝えたい。さりとて、あからさまに伝えるわけにはいかない。そんな逡巡《しゅんじゅん》を感じ取った。おそらく何者かが小十郎を襲う話を、何かの機会に聞き知ったのだろう。小十郎が部屋を出た直後から、障子を開けて様子をうかがっているのは、事の成り行きを確かめるためだろう。

三人が通路の向こう側の物陰辺りを見ている。小十郎がその視線の先を追うと、四人目が姿を現した。

「新参の小姓というのはおまえか」

三人のうち一番背の高い男が、上から見下ろすように声を掛けてきた。頭ひとつほど小さい小十郎を値踏みするように足から顔まで見つめている。

小十郎は、素早く視線を走らせた。四人の武器は腰に差した小刀である。長さにして一尺をわずかに超える刀と見た。

「神人《じにん》の家の出と聞いたが」

背の高い男が問うた。侮蔑を含む声音だ。

「下賤《げせん》の者が」

そう言ったのは、眉目の晴れやかな色白の男だ。背の高い男の後ろから顔を出している。

「それが……」

どうした、ということばは、別の男の声に邪魔された。

「われら小姓組は門閥の家から選ばれておる。おまえがいかにして取り入ったものか子細までは知らぬが、さしたる手柄もない在郷の凡下《ぼんげ》風情が引き立てられるのは、ちと面白くない」

魚の鱗《うろこ》を思わせる荒れた肌の男が、そう言ってあごをしゃくった。

片倉家は領地宛行《あてがい》状を与えられて知行所を持つ在郷の士分だ。とはいえ、門閥から見れば、家臣団の中でも下の部類の凡下と同じ扱いなのだろう。

他家と同じように伊達家にも家格による序列があり、家臣団は上下の別が厳しく定められている。血縁関係、家臣となった時期、過去の功名などが、人の地位を決める。同じ位置にいる者は互いに足を引っ張り合い、上位者は下位者が出しゃばらぬように見張るのだ。

まだ幼い跡継ぎの身辺を任される小姓の役割は、決して軽くはない。相伴衆や譜代衆といった門閥から選ばれるのが普通だ。それゆえ、そうした立場が軽んじられないようにと汲々《きゅうきゅう》としている。要するに、家格に劣る小十郎が取り立てられるのが気に入らないのだ。

「ならば、どうする」

小十郎は静かに言い放った。言いながら、胸の奥に込み上げるものがあった。家格は主君への貢献の度合いに応じて決められる。その意義を否定する気はない。だが、それはあくまで先代の者の功績であって、目の前の彼らの功績によるものではないはずだ。

「こうさせてもらう」

背の高い男が駆けよって腕を振りかぶった。相手の目は小十郎の胸を見ている。刹那、左足を横に一歩だけずらし、わずかに体を斜めに動かすだけで、小十郎は拳をかわした。

と同時に、啞然《あぜん》としていた。小十郎の口から思わず声が漏れる。

「あのなあ……」

素早く全員の動きを注視する。誰も刀を抜いていないことに目を疑った。言うべきことがまとまらないまま、それでも感情の断片がこぼれ出る。

「身構えていたのだぞ。当然、斬りかかってくるものだと思うてな。取り囲んで挑んでくるうえは、腰の刀で斬りつけるものと見るのが当たり前であろう」

最後は怒鳴り声になった。

「素手かよ、おい」

小十郎の怒声に、相手の四人は皆、ひるんだ。色白の男は青ざめている。小十郎は一人ひとり、にらみ付けた。

「抜け。斬りかかってこい、粗忽《そこつ》者め。まとめてかかって参れ」

小十郎自身も小刀を差したまま抜いていない。しかし、小姓たち四人は二歩も三歩も後ずさりした。彼らが崩れたのは明らかだった。もはや覚悟の差は歴然だった。

「何ゆえ刀を抜かないのか。この片倉小十郎の任用が伊達家のためにならぬと、まことに思うなら斬るがよかろう」

腹の中が煮えくり返っていた。

「命をかけることなく、この小十郎と渡り合う気でいたのか。なるほど家格では、そのほうどもに隠れもない分がある。だが、その身分の所以《ゆえん》はおぬしらの手柄によるものではない。そのことをよくよく考えてみよ。それでも気が済まぬというなら、刀を抜いてかかって参れ、腰抜けが。武士が意地を通すとは、命をかけて戦うということであろうが」

危険を冒さずに、身分だけで相手を支配しようというのは甘い。だが、小十郎はそこまでは言わなかった。長い間、小姓たちは黙っていた。その沈黙の間に、自分たちが数において有利だということを思い出したのかもしれない。

全員が刀を抜いた。それを見て、小十郎は落ち着いた声で告げた。

「一人は腕の骨が折れる。一人は股間を押さえてうずくまり――」

男たちが呆然《ぼうぜん》と聞いている。

「あとの二人は逃げる」

小十郎は冷厳に宣告した。ある種の温情から出たことばだ。とはいっても、後戻りできない相手の男たちは脅しと受け取り、刀を上段に構え直す。

「おのれ」

いきり立った感情は怨嗟《えんさ》の入り交じった声になって響いた。小十郎はその声の主の動きに合わせて前に出ようと身構えた。

その時、背後から別の声が届いた。ひとことだけであった。

「控えよ」

頭に血が上ったせいか、はっきりと聞き取れたわけではない。だが、たしかにそう聞こえた。振り返るまでもなかった。高ぶりを抑えきれないほど興奮した。梵天丸がそのことばをこの場で使ったと知り、驚きと歓喜の入り交じった感情が一気に押し寄せてきた。

小十郎は動きを止め、片膝をついて頭を下げる体勢を取る。その姿を見て、あわてて小姓たちも同じく片膝をついた。

家人が意に添わぬ行いをしたなら使えばよい。そう思って、小十郎は「控えよ」ということばを教えた。直後に梵天丸はそのことばを使って争いの場を鎮めた。

小十郎は低い体勢から梵天丸をそっと仰ぎ見た。白布で右目を覆った顔はあどけない。だが、そこに立っているのはただの童《わらべ》とは思えなかった。

雰囲気が変わっている。すべてを見通すかのような透徹した目。自分の意思を通そうとする口元。梵天丸自身が変わったというより、背後にいる何か別の存在が梵天丸を動かしているかのようだった。

梵天丸は四人の小姓に人差し指を一本突きつけると、そのまま指を横にずらす仕草を見せた。その指の動きに合わせて、不思議な力に引っ張られるように、小姓たちがその場から消えた。

梵天丸はただの少年ではない。初めてそんな気がした。伊達家の血脈を継ぐ存在に、己が呑《の》まれているのだろうか。気のせいだと自らに言い聞かせてもみたが、自分の体の奥の感情が、そうではないと告げている。

梵天丸の背後に何か、大きな力が控えていると思えてならない。頭で否定しても、心がそう信じ始めている。ここぞという時、その力は梵天丸に乗り移ってその場を治める。そんな力だ。

隻眼の梵天丸は、同じ歳の子どもと違って異形ではある。そして、これを不幸とみなすこともできよう。だが、他人と同じであればあるほど、言い換えれば同じ振る舞いをすればするほど、人は周りと大差のない凡庸さを身に着けてしまう。梵天丸は、そうした罠《わな》に陥ることなく、独自の道を歩んでいけるかもしれない。小十郎の中で、その見込みが大きな期待となって徐々に膨らんでいった。

6

どこから漏れたのか、小十郎と近習《きんじゅ》四人の争いの一件は、瞬く間に城内に広まった。その結果、小十郎の勤める部屋の一角を、見物に来る士分の姿が増えた。そうした者たちは小十郎を見つけると立ち止まり、湿った視線を向けてくる。森の中で珍しい獣でも見つけたような目。この獲物をいつか仕留めたい。そんな敵意が透けて身を刺してくる。

あからさまににらみつけてくる者もいた。彼らの心底には、低い身分で梵天丸付きの傅役を任された小十郎を容認できない思いがある。身分に応じた役割分担こそが、武家集団の確たるしきたりだからだ。四人扶持《ぶち》二両の最下層の待遇の小十郎の抜擢を、快く認めようとしない。

時を同じくして、伊達家の家臣団の中に広まった警句がある。

新参者は馬を背負って走れ——。

言い出したのは梵天丸より一歳年下の伊達時宗丸《ときむねまる》（のちの成実《しげざね》）だという。

伊達時宗丸は、当主輝宗の妹を母にもつ。つまり、梵天丸の従弟《いとこ》に当たる。しかも、時宗丸の父は前当主・伊達晴宗の弟・伊達実元《さねもと》。その毛並みの良さから、宿老すら一目置く立場にある。現に時宗丸は、父・実元と同じ通称で「藤五郎《とうごろう》さま」と親しみをもって呼ばれていた。

その伊達時宗丸が、新参者は馬を背負って走れ、と言ったという。馬に乗る資格のない下級武士を当てこすったものだろうが、家中には広く伝わった。

新参者は伊達家の下層に位置するから、馬に乗る資格はない。だから、戦場ではもっぱら徒として自分の足で走り回ることになる。時宗丸はそれに留まらず、下級武士は馬を背負って走れと言った。その命令口調がいい。将の器を期待させる。この言葉が伊達家の中で広がったことに、小十郎は納得した。

小十郎は梵天丸に仕える身だから、従弟の時宗丸の振る舞いをじかに見る機会も多い。時宗丸は浅黒い肌をして、いつも口をすぼめてとがらせていた。

「我が強いな」

最初の小十郎の印象だった。もっとも、我の強さは武士にとっては褒め言葉であって、迷いのなさは勇猛に通じる、と小十郎は思っている。

時宗丸と梵天丸は、時に喧嘩《けんか》もした。親戚筋に当たる子ども同士だから、大人たちも大目に見ていた。だが、梵天丸の傅役・小十郎はそうもいかない。なにしろ、二人の喧嘩の仕方は並の子どもには見られないものだったからだ。梵天丸と時宗丸の二人が仲良く笑い声をあげていると思ったら、次の刹那には時宗丸が顔を真っ赤にして、石を拾いあげる。梵天丸はひるむ様子もなく笑い続けていた。まさか投げないだろうと思ったが、ためらいもなく、時宗丸はこぶし大の石を梵天丸めがけて投げつける。心の臓が止まるほどの小十郎の驚きをよそに、梵天丸は笑いながら、しゃがみ込んで石つぶてを避けるのだった。

「当たったら、どちらもただでは済みませぬぞ」

小十郎が落ち着いてそう諭すと、時宗丸は口惜《くや》しそうな顔でその場を去って行った。

「あの石を、よくよけられましたな」

梵天丸と向き合った時、本音が思わず口からこぼれた。

「時宗丸はまだ子どもだからな。目を見ていればどこを狙っているか、すぐにわかる」

自分も子どもだというのに、梵天丸は一つ下の時宗丸を子ども扱いにした。そして、そういう二人の関係を小十郎にだけは教えてくれた。

「あいつは、俺がこわいのだ」

確信をもった口調で、梵天丸は胸を張る。小十郎はそのわけを知りたくなった。

「小十郎の見立てでは、時宗丸さまもかなり肝が据わっていると思いまする。梵天丸さまをこわがるとは、いかなるわけでござりましょうや」

間髪を容れずに梵天丸が答える。

「以前、失明した時のことを教えてやった。自分は泣かなかったと言ったら、藤五郎は目を丸くして驚いていた」

子ども同士の力の関係は、子ども特有の発想で決まる。まだ十歳にも満たない子どもだからこそ、時宗丸は梵天丸の失明の痛みを、実感として理解した。そして、その痛みを恐れたのだ。梵天丸が泣かなかったと聞いて、自分にはない強さを感じ取ったのだろう。

梵天丸は時宗丸という僚友を得て、一門内の同じ年頃の子弟たちとのつきあいを広めながら成長していった。小十郎は、その様子を複雑な思いで見守った。

梵天丸の人間関係が広まるのは悪いことではない。だが、そうした一門同士のつきあいは、門閥の結びつきを強め、新参者の台頭を難しくする。さらに、既存の上下の体制が強まることにも通じる。家中における小十郎への風当たりは、月日が過ぎても相変わらず強いものだった。

日々の生活と言えば、武芸学問の教程作りや世話役の手配、年下の近習のしつけといった雑事が大半を占めた。その合間に、梵天丸への馬乗り・弓の指導、さらには史書の読み聞かせを行う。その繰り返しだけだ。雑多な日常に押し潰されるように季節は変わり続け、数年の時が流れていった。


年月が経《た》ち、身分は傅役になっても、小十郎の生活は変わらぬままだ。

己の才を試す機会もなく、ただ時だけが無情に過ぎて行く。想像していたより無為な毎日に、焦りを感じるようになった。小十郎は齢二十二になっていた。

遠藤基信から急に呼び出されたのは、そんな頃合いのことだった。

「近頃、表情が暗いという噂を耳にしたぞ、小十郎」

輝くほど快活な瞳で、遠藤は小十郎を一瞥《いちべつ》した。

「さようなことはありませぬ」

あわててその場を取り繕った。

「面白いことに、そなたが物静かになればなるほど、雑言を聞かなくなった。以前は、そなたの尊大さを非難する者が多かったのだが」

そこまで言うと、遠藤の瞳が強い光を帯びた。

「まさか、退屈な日常に飽いたわけではあるまいのう」

小十郎は無言でいた。遠藤が語気を強めた。

「月並の平常に埋もれるな。ありきたりのことを地道に行える者だけが大業を成し遂げる、と知れ」

雑事に飽いた心の内を、遠藤に見透かされた。思わず、小十郎は下唇を噛《か》んだ。

遠藤はそれ以上は触れずに話を変えた。

「若君の婚儀が決まった」

突然の話に頭の働きが止まった。

梵天丸は昨年の天正五年（一五七七）十一月に元服した。今では伊達藤次郎《とうじろう》政宗を名乗っている。政宗という諱《いみな》は、伊達家中興の祖・第九代当主の大膳大夫《だいぜんのだいぶ》政宗にあやかって名付けられた。とはいえ、政宗はまだ齢十二。男女が夫婦になる意味をわかっているかすら怪しい。この時点で婚儀とは、あまりに性急ではないのか。

「お相手はどなたでござろうか」

「三春《みはる》城主・田村清顕《たむらきよあき》の娘」

三春城は伊達領の八里ほど南にある。南奥州の仙道《せんどう》地域のほぼ中央に居城を構える田村家は、周囲を相馬、岩城《いわき》、石川《いしかわ》、二階堂《にかいどう》といった諸家に囲まれた小さな大名である。その微妙な立場から伊達家と誼《よしみ》を通じたいのだろう。

「して、姫の歳は」

「若君の一つ下と聞いている」

「随分と急な話でござりまするな」

田村清顕からの婚儀の相談に、当主輝宗は即座に応じたという。伊達家としても、仙道への南下のためには三春城の田村家とのつながりがほしい。両家の利害が一致したということだ。

武家にとって何より重要なのは、先祖から受け継いだ土地なのだ。その家臣が戦で励むのも、報償としての土地を求めるからで、それが武家の行動の根本理由になる。

そして与えられた土地の広狭や重要度に応じて、人の立場すなわち身分が定められている。

武家の世の定法。変わることがない。

「言うておくが」

遠藤基信が小十郎を鋭く見つめている。

「ご嫡子の婚儀ともなれば、一門衆の皆様がお集まりになる。隣国からの使者も大勢集まるだろう。そのめでたい席に、そなたの参列は叶わぬ」

当たり前のことだ。小十郎とて、自分が参列できるとは思ってもいない。

「そうした仕打ちを受け入れるか、それとも不服とするか」

答えの定まった問いだ。受け入れるしかない。なにゆえ遠藤は、そのような決まり切った問いを発するのか。

「つまはじきにされても受け入れるしかない。と、そなたは今、思うたであろう」

遠藤は試すように小十郎に語りかけた。小十郎は沈黙を貫くしかない。が、遠藤の瞳の奥にいとおしむような笑みがあるのを見て取った。

「今、奥州の南部には伊達家のほか相馬や芦名、畠山、岩城、二階堂といった諸家がある。北には最上、大崎《おおさき》がいて、群雄割拠の様相だ。こうした家同士のせめぎ合いが続いているが——」

遠藤が空を見上げて南西の方角を指差した。

「帝がおわす畿内では、室町将軍の力が弱まり、長く戦乱の世が続いていた。ところが、将軍に代わる新たな武家の棟梁が台頭している。この話は、そなたも聞いているであろう」

「織田《おだ》でござるな」

遠藤は思案顔でうなずいた。

織田家――。尾張《おわり》を本拠地とする守護代につながる家柄である。その当主・織田信長《のぶなが》の名は、今川義元《いまがわよしもと》を破った桶狭間《おけはざま》の戦いの時に奥羽にも伝わった。その後、有力だった朝倉《あさくら》、浅井《あさい》家を滅亡させ、三年前には長篠《ながしの》で鉄砲隊を率いて武田《たけだ》軍を壊滅させた。その時の衝撃は、鼠《ねずみ》が猫を倒した、とまで言われたものだ。今では、日の本を一つに統合しつつある。今後、織田家を脅かすのは、中国の毛利《もうり》、関東の北条《ほうじょう》ぐらいしか見当たらない。

「破竹の勢いとでも言うのか。織田は他家とは一線を画している。何かが違うのだ。わが殿も昨年、織田に鷹《たか》を献上している」

畿内は奥羽からあまりに遠い。織田家が伊達と敵対する事態はひとまず考えにくい。ならば、敵対するよりも誼を通じておいたほうが得策ということだろう。

一言一言、噛みしめるように遠藤の話は続く。

「織田信長は、判物に『天下布武』の印を記すらしい」

「天下布武……。いかなる意味にございますか」

「天下五畿内に武をしく、というほどの意か。詳しいことまではわからぬ。だが、室町将軍に代わり、武家による新しい政の仕組みを作るという触れの意味とも取れる」

新しい仕組み……。両腕の肌にざわつく感触が生じた。

ふふ、と遠藤の口から忍び笑いの声が漏れた。

「おぬしが奥羽に望んでいた景色もそれか。だとすれば、見所がある」

小さな領主や国衆が多数共存する奥羽では、領土を巡る坪軍《つぼいくさ》がなくならない。局地的な紛争を根絶やしにするには、全体を強固に統率する力が必要だ。織田信長は、同じような考えなのだろうか。

織田の真意は不明だが、小十郎が惹きつけられたのは、信長が用いた「天下布武」という語句の新しさだった。己の実現しようとする世の中を、文字で表すことばの感覚。そこに感心した。

「織田家では、戦に強い者が次々に重用されていると聞く。戦乱の世の中から戦をなくすことができるのは、戦に強い者だけだ。わしの言いたいことはわかるな」

小十郎も、戦で名をあげれば伊達家で重んじられる。そうなれば奥羽を変えることもできる。遠藤はそう言いたいのだろう。

戦か。それまで小十郎は戦のない奥羽の姿を望んでいた。その願いはおそらく正しい。だが、そこに至るには戦で勝ち続けて、地方豪族をまことの意味で従わせることが必要なのだ。小十郎の中で初めて、戦を待ち望む思いが膨らんでいった。

するとと、急にやるべきことがたくさん見えてきた。すでに戦い方は大きく変わりつつある。往時のように武士が名乗り合いののちに一騎討ちをしている状況ではない。

ふと、視線を感じた。遠藤がじっと自分を見つめている。

「初めて会《お》うた時から、気になっていたのだが」

「何でございましょう」

小十郎は居を正した。

「小十郎。そなた、周りの輩《ともがら》を見下しておらぬか」

「滅相もないことでございます」

深く考えることもなく、即座に否定した。

「そういう考えを抱いていると、はっきり表に出さずとも相手には伝わるものだ。才気は身を助けるが、激しすぎる才気は己を傷つける諸刃《もろは》の剣にもなる」

小十郎は改めて自分を省みた。自分が伊達家の家士に感じているのは、ある種のもどかしさだ。それは己の才が他に勝っているからなのか。

遠藤が小十郎の目をのぞき込んだ。

「よいか。これから申すことをよくよく肝に銘じよ。野心は隠して、決して表に出すな。表に出せば――」

身分の高い者にとっての脅威となる。小十郎が奥羽に新しい秩序を生み出すという途轍《とてつ》もない野心を抱く限り、譜代の家の者との軋轢《あつれき》が生まれる。遠藤は、こんこんと説いた。

「さりながら、私の望みは……」

「わかっておる。だが新たな世の中というものは、既存の勢力にとっては受け入れがたいのだ。わしの見るところ、話に出た織田でさえ――」

いつ足をすくわれるかわからない、という。遠藤は古今の例をあげて、畿内の今後は霧の中にあると自説を述べた。

そして、ここが核心だ、とばかりに人差し指で小十郎の胸を突いた。

「家中の誰よりも、主君への忠義を示すのだ。そなたの場合、若君に忠誠心を欠かすことのなきよう、常に心がけよ」

既存の武家集団の中で野心を知られることなく、望みを叶えるにはそれしかない。遠藤の声には力がみなぎっていた。

野心を忠誠心で覆い隠せ。遠藤基信は、そう言いたかったのであろう。心から小十郎の行く末を案じてくれたのだ。

ならば、若君への比類なき忠誠心をご覧に入れよう――。小十郎がそう誓ったのはその時だ。日々の雑事に追われる生活の中にも、一筋の行く道が見えた気がした。

遠藤自身はどうなのか、と考えた。主君・輝宗への遠藤の忠誠心は家中でも評判となっている。もしかすると、それは己の野心を隠すためなのか。いくら考えても、小十郎にはその真意までは判然としなかった。

7

小十郎が首を長くして待ち望んだ戦。その相手は――。

伊達領の東側に接する相馬家だった。

両家ともに奥州藤原《ふじわら》征伐の時、源頼朝軍二十八万余りの軍勢に加わった間柄である。その後、相馬家が勢力を広げたのが海沿いの行方《なめかた》・宇多《うだ》の二郡《ごおり》であり、伊達家が支配したのが仙道地方の伊達・信夫《しのぶ》の二郡だった。天文年間、伊達家で稙宗と晴宗の親子対立の騒乱が起きて以来、両家は宿命ともいえる抗争を繰り返してきた。

火種は、相馬の庇護《ひご》を受けた亡き稙宗の遺志から生じた。輝宗のこの祖父は、伊達郡のうち、相馬近隣の郷村を娘婿の相馬家に分け与えようと望んでいた。その遺志を受けた相馬家は、伊達稙宗の死後、稙宗の隠居した丸森《まるもり》城、さらには小斎《こさい》城と金山《かねやま》城の三城を抱えてしまい、伊具《いぐ》郡南東部を自領にした。以後、この地を奪還しようとする伊達は、境界を争う伊具盆地で相馬家と激戦を繰り広げている。

「小十郎。俺の初陣が決まったぞ」

部屋に呼ばれた小十郎がまだ座る前に、伊達政宗が早口にまくしたてた。

「相馬を片付ける。伊具郡の矢《や》ノ目《め》砦《とりで》に向けて出立するぞ。すぐに具足の用意だ」

婚姻から二年の歳月が経った。政宗十五歳、小十郎は二十五歳である。ついに、政宗が初陣を迎える。むろん、今では正式な傅役の小十郎も従うことになる。

知らせは、遠藤基信の配下の者が伝えてきたという。遠藤は輝宗に付き従って、国境で相馬と対峙《たいじ》しているさなかだった。

何と言っても次期当主のめでたき門出である。政宗が興奮する姿を見ても、厳かな演出が必要だった。小十郎は慇懃《いんぎん》に祝いの言葉を伝えた。

「ご出陣、おめでとうございまする。相馬家の当代は勇猛な武将と聞き及びますれば、相手にとって不足なし。八幡神のご加護によるご武運を望みおりまする」

「うむ」

このところ背も伸びた政宗が、大人びた表情でうなずいた。

阿武隈高地《あぶくまこうち》の西側を北上して流れる逢隈《おおくま》川（阿武隈川）は、伊具盆地で大きく迂曲《うきょく》する。その周辺は丸森と呼ばれる。その一角の川の東岸に伊達側の矢ノ目砦が築かれていた。ここは、伊達家が相馬と戦う際の拠点とも言うべき場所で、相馬側の小斎城からも目と鼻の先にある。

「小斎の城代を伊達に寝返らせたという報《しら》せだ」

「ほう。では、相馬も尻に火が付いたということでござるな」

小斎城には、相馬家家臣・佐藤為信《さとうためのぶ》が入城していたが、伊達輝宗の調略に応じて城ごと伊達家に寝返った。となれば、相馬家は早々、城奪還に動く。その備えに、政宗は呼ばれたのだ。

いつになく気が高ぶっていた。自分でも待ち望んだ戦にやっと参加できる。目の前がいきなり開けた気がした。

小十郎は伊達政宗に従い、伊具郡を目指して出陣した。天正九年（一五八一）四月、生温かい風が日ごとに暖気を強める時候であった。

矢ノ目砦まで、米沢城からおよそ二十里ほどの距離である。行軍を終えると、砦からは、伊達家に内応したという小斎城の櫓まで見えた。砦内の館に入るなり、小十郎は、ここで陣を張っていた遠藤基信に呼び出された。

小斎城の寝返りに対する近隣の評判と付近の地勢を偵察せよ。そう、命じられた。

小十郎は二日間の調査を行い、帰還した。到着すると、すぐに遠藤のもとに参じた。

「小十郎、ただいま戻りましてござる」

「ご苦労。郷の田夫たちに怪しまれなかったか」

「はっ。それがし、この地の神人の屋敷に世話になりましたゆえ、怪しまれてはおりませぬ。幾人かの氏子の話を聞けました。ここ丸森の地は五年の間、紛争絶えざる地にござりますれば、一郷すべての男が賦役につく決まりにござる」

「つまり、百姓に専念する者はなく、男はみな戦に出る、ということだな」

遠藤が腕を組んだ。

「して、こたびの小斎城の寝返りで、郷の者たちは相馬から伊達に鞍替《くらが》えしそうか」

「申し上げにくきことながら、直ちに伊達につくというよりは、優勢な側に与《くみ》する心積もりでござろう。郷村の民どもも、この先どちらにつくべきかを判断しかねておる次第」

遠藤は大きくうなずいた。

「まあ、予期した通りというところであろう。つまり、今後の伊達の戦いによっては、伊達側につく者も出てくるということだな」

「それがしにもそう見えました。ただ――」

小十郎は、相馬家当主・義胤《よしたね》の噂を思い出していた。

「ただ、どうした」

「相馬家当代は、武勇にすぐれた武者と聞き及びまするが、配下の者が他人を讒言《ざんげん》するとそのまま信じてしまう気質とか。小斎城代・佐藤為信の寝返りは、讒言された佐藤の父親に対する当主の冷遇が一因という声を聞きました」

「ならば、小斎城の寝返りにも同情する者たちがおるということだな」

「いかにも、そのように見受けられました」

「追い風が吹いておるな。こたびの若殿の初陣、騎馬武者の首ひとつでも討ち取れれば儲けものだが、何より無事滞りなく済ませるのが肝要。そなたは若殿のそばを離れるな」

「承知し申した」

小十郎自身、敵兵の首を取って功名をあげる期待を抱いていた。だが、大事なのは政宗を無事に出陣させ無傷で帰すことだ。それこそが傅役の使命だった。

偵察した地を思い浮かべて、小十郎は、初陣に適した場所はどこか、を思案した。

一家の嫡男の初陣において、勝敗は重要ではない。いずれ家を束ねる若殿が敵陣に一矢を放つことで、味方の士気が上がればそれでよい。陣を動かす必要すらなく、騎馬で若殿を囲んで守備するのが定法だ。

とはいえ、政宗がそうした前例に従うとは思えない。伊具郡の相馬兵を討ち取ろうと狙っているに違いない。初陣とはいえ、己の存在感を示さねば気が済まないであろう。目に見える形で手柄を挙げさせてやりたかった。

相馬では盛胤《もりたね》・義胤親子が駒ヶ嶺《こまがみね》城を出陣したという報せがある。その数三百騎。おそらく金山城か、あるいは付近の大内山に張陣している。そのため、周囲の出城にも兵が詰め寄せている。対陣はひと月に及んでいるから、兵糧や弾薬の補給に忙しいはずだ。

補給のための荷駄を襲うのが最善だろう。

小十郎はそう読んだ。少人数の荷駄を見つければ、護衛の首を取るのも難しくない。敵の首をあげれば、それで政宗も満足するにちがいないと思えた。

初陣の日は、政宗の門出を祝うような晴天であった。空の青さと雲の白さが際だって目にまぶしい。幸先《さいさき》よい日和《ひより》だ。

小十郎は政宗を金森城と駒ヶ嶺城の間の原に案内した。背後には、大崎、葛西《かさい》、名取《なとり》からの援軍が加わっている。陣屋の前では、矢来を結って旗を立て並べ、壮観な陣容で威勢を示した。

政宗は黒の五枚胴具足に、黒の漆《うるし》を塗った筋兜《すじかぶと》。兜の前立《まえだて》には金色の弦月《げんげつ》が用いられている。旗印には、白地に赤色の日の丸が描かれているが、これは父・輝宗が考えた旗である。太陽は仏教における金剛界を、そして月は胎蔵界を表している。

　小十郎はゆるやかな丘陵まで来ると、政宗とその配下の三十数騎を両手で制した。それを合図に三十人ほどが下馬する。その中には、かつての伊達時宗丸の姿も見えた。今は、伊達成実を名乗っていた。小十郎と同様、政宗のそばで楯《たて》となる役目である。

「この丘の向こうに相馬方の隠し道がございまする。高い芦《あし》がそよぎ、目立たぬ道でござる。その道も、この丘の下では道幅が狭く、ようやく二騎がすれ違えるほどの余裕しかござらぬ。相馬の荷駄が通れば、丘の上から弓で狙うのも容易と思われまする」

　道の脇に踏み入れば、足を取られる湿地である。敵にとっては逃げるにも苦労する難所だから、弓を射かけるにはこれ以上にない場所だった。

　しばらくは丘の下に留まり、頂上に物見を二人置いて相馬の荷駄が通るのを待った。半刻《はんとき》ほど経った頃、一人が丘を転がるように降りてきた。

そのまま自分の上役に近寄り、情勢を伝えようとした。これを見た政宗が怒声を発した。

「いちいち人を介するのは迂遠《うえん》だ。直答してよい。何が見えたか申せ」

物見の者は驚きながらも、頭を地面にこすりつけると早口でまくしたてる。

「緋色《ひいろ》の陣羽織の甲冑《かっちゅう》武者が一騎、道をやって来るところにございまする」

伊達の武者たちの間にどよめきが起こる。すぐに横から成実が口を出した。

「供の者は何人だ」

「徒歩の下男らしき者を二名連れておりまする」

荷駄を待っていたのだが、甲冑武者ならむしろ願ったり叶ったりだ。一騎だけで移動というのは考えにくいが、道に迷ったのかもしれない。

討ち取るぞ、と声があがり、皆が奮い立った。

三十騎を束ねるのは、亘理《わたり》元宗《もとむね》の配下の後藤という初老の男だった。政宗に近寄って、ご出陣でござる、と小声でささやく。そして皆を振り返り、声を上げた。

「新屋形さま、ご出陣」

本来なら大音声で鬨《とき》の声をあげるところだが、相手に気づかれぬように声音は押さえた。

小十郎は政宗の弓を持ち、政宗とともに丘を駆け上がる。近習衆四人と後藤のほか騎馬武者数人も、徒歩のまま後ろに続いた。

政宗は丘の頂上付近で岩陰に隠れながら、下を見下ろした。同時に小十郎も体勢を低くしながら、隠し道のあたりに目をやった。

栗毛《くりげ》の一頭に乗った騎馬武者が、芦の狭間《はざま》を通して見える。なるほど、三人の小者らしき男たちが足早に追っている。ちょうど丘から一番狙いやすい所にさしかかるところであった。

のんびりしている暇《いとま》はなかった。小十郎は弓と矢を無言で差し出した。

政宗は受け取ると二歩三歩と前に出て、いきなり弓弦を引き絞った。あわてて、小十郎が近寄って声をかける。

「ご無礼。兜をお取りいたしまする」

小十郎は政宗のすぐ後ろにまわり、顎紐《あごひも》をほどいて兜を脱がせた。政宗の兜は大きな吹き返しが細工されているので、そのまま弓を放てば弓弦が吹き返しに引っかかる。政宗はそれに気づかずに弓を射ようとしたのだ。

政宗が目をつぶり、息を大きく吸って静かに吐き出した。落ち着こうとしている。

政宗ほどの者でも、十五歳で迎える初陣はやはり緊張するのか。小十郎からすれば、そのことのほうが意外だった。

政宗は再び弓弦を引き絞ると、そのまま静止した。

いい構えだ。小十郎がそう見たのは一瞬だけだった。次の刹那にはもう、矢は放たれた。

政宗の矢は、騎馬武者めがけて真《ま》っ直《す》ぐに飛んだかのように見えた。それが証拠に、きん、という衝突音さえ聞こえた。

「お見事にござる」

その場を指揮する後藤が追従《ついしょう》の褒め言葉を口にした。だが、目視できたわけではない。矢は密集する芦の中に消えたが、武者のどこに当たったか定かではない。

近習が二人、見てきます、と丘を下って行った。

二人が草むらの中に見えなくなると、直後に一人が芦をかき分けるようにあわてて走り出てきた。その背後から武者が現れ、刀を振り下ろした。近習は音も立てずに前のめりに倒れた。

「おうい、敵がいるぞ」

武者の大音声が響く。すると、武者が向かおうとしていた方向から、数人が走ってきた。

その状況を見て合点がいった。武者は道に迷ったのではない。近くにいる味方の集団に合流しようとしていたのだ。

敵はどのくらいなのか。小十郎は即座に目をこらす。

集まってきたのは、十騎ほど。徒歩の者を加えて三十人ほどの集団だ。

相馬衆は丘の下から上を見上げている。敵もこちらの軍勢を知りたいのだ。

「殿、お引きくだされ。初陣は無事帰還すれば上首尾でござる」

小十郎が促すと、政宗が首を横に振った。

「矢を一本放っただけで何が初陣ぞ」

政宗なら、そう言う。だが、無理矢理でも連れ帰るべきだ、と小十郎の勘が告げてくる。

供の者に馬を引いてこさせて飛び乗ると、政宗はさらに畳みかけた。

「将が進まねば、諸卒がどうして勇進することがあろうか」

小十郎はためらった。

その虚を突いて、政宗が思いも寄らない行動に出た。相馬衆に大声で話しかけたのだ。

「そこにいる相馬の者ども。とくと聞け」

まさか。嫌な予感がした。

「われは、伊達家当主左京大夫が一子・伊達藤次郎政宗なり。ここで会うたは、そのほうどもにとっては千年に一度の好機と心得よ。われと刃を交えて家門の誉れとするがよいぞ」

馬に鞭《むち》を入れると、一気に丘を下り降りて行く。

無茶だ。思いながら、徒歩の小十郎も後に続く。伊達家の騎馬武者たちも、政宗に続いて気勢をあげた。

「くそう。くそう」

走りながら小十郎は怒鳴っていた。

馬に乗れない身がこれほどむなしく思えたことはない。政宗に万が一のことがあれば、死んでも死にきれぬ。

前方に顔を向けると、相馬衆の顔つきが変わっていた。大将首を取ることしか考えていない餓鬼の群れだ。

こちらに有利な点といえば、人数においてわずかに勝っていることと、上から下る勢いがあること。その二つだけだった。

爆走、疾風のごとし。伊達の騎馬武者は相馬の騎馬たちを蹴散らした。政宗は、隠れ道に沿ってひとり馬を走らせていく。その姿を相馬衆が群れになって追うが、伊達の騎馬武者に追いつかれて、面白いように背後から槍《やり》で突かれている。

やがて、隠れ道は広い原に出た。政宗はそこで反転して、背中の弓を取り、馬上から騎馬に向けて速射をしている。

「殿、味方でござる」

相馬衆を追った伊達兵が追いついてきても、政宗は弓で矢を射るのをやめない。政宗の矢を避けようとした伊達の騎馬が、二騎ほど落馬している。

小十郎は、敵の放れ馬に飛び乗った。馬を操り、ようやく政宗に近づいてゆく。政宗は小十郎に向けて矢を放ってきた。首をかがめて避けると、後方で相馬の武者が首を押さえて落馬した。

相馬の歩卒どもは、刀を力の限りに振り回している。小十郎が二人ほど切り捨てると、すぐ脇を成実の馬が通り過ぎた。

速い。小十郎は唖然とした。

成実は馬を小回りさせながら、敵の間を縫うように走り回り、相手の動きを止めている。その勢いに相馬衆は政宗に近づけずにいた。

「殿、引きまする」

その隙に、小十郎は大声を出した。

政宗は何かをつぶやいて、小十郎の要請を無視した。口の動きから「まだだ」と言ったのだと思う。馬に鞭を入れると、より広い原に向かって行く。

「そちらは危のうござる」

真っすぐ進めば、下に向かって一間ほどの高さの崖があって、行く手を妨げているのだ。小十郎は偵察に出た時に、その地形を覚えていた。

「くそう」

全速で先回りして崖の下にたどり着いた。

小十郎が上を見たのと、政宗の馬が足場を失って横向きに落ちてきたのが、同時であった。

小十郎は軽く馬の首を誘導して、政宗の馬の下に自分の馬を重ねた。馬上の小十郎の背中に、政宗の馬が降ってきた。小十郎は、馬を背中で受け止めて落下を防ぐ形になった。

政宗は――。

小十郎の腹に腕が回された。政宗は、小十郎の馬の後ろに飛び移っていた。

「殿、やり過ぎでござる」

一度、政宗を下ろすべきだが、そうすると、また勝手な動きをされそうな気がした。

小十郎は政宗を己の背後に乗せたまま、小斎城に向けて疾走した。後ろから、伊達の騎馬と足軽たちが必死に追ってくる。相馬兵に、追撃の余裕はもう残っていなかった。

後日、片倉小十郎は遠藤基信からさんざん叱られた。その様子を見て、身分賤《いや》しき下郎を傅役などにつけるから失態が生じたのだ、と噂する者が多かった。

そうした声を諫《いさ》めたのは、親戚衆の伊達成実である。成実は、家臣が集まる席で怒鳴った。

「片倉小十郎を責める資格が、誰にあるというのだ。小十郎は、落下する若殿の馬を下で待ち構えて、馬を背負ったのだぞ」

新参者は馬を背負って走れ――。

新参者をあざけることばは、誰も本気で口にしたわけではない。

だが、小十郎が身をもって馬を背負ったことで、そのことばは尾ひれをつけて広まった。しまいには、片倉小十郎が政宗の馬を背負って走ったと語られるようになった。

8

翌年の天正十年（一五八二）は、織田信長の権勢がいよいよ天下に広まった年である。奥羽でも信長の話で持ちきりとなった。二月になると、各地の夜空に赤と白の光の帯が出現した。

天変地異。人々がそんな噂をする中、片倉小十郎は馬上を認められた。早いもので、齢二十六を数えていた。政宗の側仕えとなり、十年の歳月が流れている。

ようやく、馬に乗れる身分になった。そこで、遠征戦で荷駄を運んできた駄馬を褒賞金で安く買い取り、軍馬の代わりにした。家中では、馬足軽などと揶揄《やゆ》する声も上がったが、小十郎は満足だった。戦で功名を立てた後に軍馬を買えばよい。自分の馬の肥え太った尻を撫でながら、小十郎は別の懸念を抱いていた。

折りしも、相馬勢が、寝返った小斎城を取り戻すため総攻撃を仕掛けてくる気配があった。冬の間も幾度か少人数で小斎城に押し寄せ、鉄砲を撃ちかけて伊達を驚かせていた。

相馬方の丸森城と金山城は、小斎城からは指呼の間にあり、呼べば返答がくるほど近接している。いずれ戦いの火ぶたが切られるのは必至だった。しかも相馬兵は神出鬼没。油断して付近を移動したりすれば、思わぬ所から奇襲を受けること、たびたびであった。

「申し上げます。相馬の寄せ手が城に向かって来ております」

「数は」

「五十騎」

最初に政宗が、おかしいという顔をした。

相馬が攻めてくる時は、普通なら百五、六十騎ほどはいる。相馬は小身ながら、騎馬、歩卒、百姓、寺方にいたるまで戦いに参集し、一丸となって押し寄せるのが普通だ。

「兵を二手に分けているのであろう。五十騎だけと侮って深追いすれば、別働隊が仕掛けてくるとみた」

政宗が皆を見回しながら口を開いた。小十郎もうなずいて見せた。ここまでは誰でも考えることだ。では、いかにして敵の策を破るか。

「こちらも、敵を上回る数で伏兵を潜ませまするか」

そう伺いを立てる者がいた。だが、政宗は腕を組んだまま、身じろぎもしなかった。小十郎は政宗の考えを読んだ。多勢で小勢を制するのはたやすく思えるが、馬術に長《た》けた相馬は相手が多勢だとわかると、すぐに引いてしまう。

相馬勢は騎馬戦を得意とする。味方が少数の敵を追う時は激しく進み、敵が多勢であればすぐに退く。その動きは目まぐるしく、相手の動きに翻弄されると、味方の陣形が崩れる。その隙を縫うように、将卒の首を取られる。伊達が劣勢になるのは、いつもこの形だった。

「ここ一年の間、譜代の将の策を重んじてきた。だが、そろそろ新たな戦い方が必要だ」

譜代の将たちは、気まずそうに下を向く。政宗は小十郎に顔を向けた。

「こたびは戦いのやり方を変えてみようと思う。策のある者はおるか」

誰もが小十郎を見つめている。政宗が、小十郎に具申を求めているのは明らかだった。

込み上げる喜びを飲み込んで、小十郎は考えをまとめた。

「相馬と真正面から騎馬戦を挑めば、伊達軍にとっては分の悪い戦いになりまする。相馬兵は、子どもの頃から馬と生活を共にし、人馬一体。遺憾ながら相馬と馬で競っては、俊敏さにおいてわが軍は不利」

伊達軍の不利を言い募る小十郎を、譜代の将たちがにらみつけてくる。小十郎はその視線に笑顔を向けた。

「されど、集団での騎馬の戦いにおいては、必ずしも速い方が勝つとは限りませぬ。速さが弱みとなることもありまする。要は、敵の速さを弱みに変える戦い方をすればよろしいかと……」

小十郎は自身の考えを説明した。聞いている将卒の反応を見れば、半信半疑の者が半分、苦笑しながら面白そうだとうなずく者が半分ほどであった。

皆が思案する中、政宗が全員の思惑を代弁するように話をまとめる。

「理屈はわかるが、実際にそれほどうまく行くか、おれにもわからぬ。だが――」

政宗が皆を見回している。

「ここにいる者たちは、試したがっている。そうではないか」

反論はあがらなかった。

「では、その策で行くぞ。皆、心して掛かれ」

皆が声高に、おう、と応える。

政宗の軍はすぐに行動に出た。隊は七十騎で逢隈川の南岸に沿って、東を目指した。

すぐに相馬の幟《のぼり》が目に入ってきた。一団五十騎が川辺で陣を整えている。相馬は笠形《かさがた》の陣形を敷いていた。頂点から裾広がりに扇を開くかのような陣形である。弓の矢尻部を敵に向けた形といってもよい。

小十郎は敵に至る道の脇を見た。なだらかな砂丘が伸びている。伏兵がいるとすれば、砂丘の向こうだろう。

当初の予定通り、騎馬は馬上で槍を構えた。何人かは太刀を構えている。政宗は片手打ちの太刀だ。この太刀を軍配代わりに振るって兵を動かす。

こたびもまた、その太刀を頭上に掲げてから前方に突き出した。

「掛かれっ」

七十騎が全速で駆け出した。土煙がもうもうと上がり、蹄《ひづめ》の音が豪雨のような音を立てて響き渡った。

敵までの距離、およそ百町。馬を走らせながら皆が考えるのは同じだ。

伏兵は来るのか——。

その一点だけ頭にとどめ、あとは馬の腹を足で蹴る。

だが、砂丘に敵は現れない。違ったか。そう思い始めた時、敵が姿を現した。赤や茶や紺色の色とりどりの陣羽織姿の騎馬の一団だ。

「殿、左手前方に別働隊。およそ五十騎」

やはり、相馬は兵を二手に分けていた。このまま伊達軍騎馬隊が相馬本隊とぶつかる直前に、横手から別働隊が襲いかかるつもりだ。

案の定、相馬別働隊は最初に弓矢を射ると、全騎で斜面を勢いよく下り始めた。

「行けえ」

敵の声がこだまする。その中で小十郎は戦場の潮目を探す。

ここか。いや、まだだ。

合図の時機が、成功の鍵となる。小十郎は、敵の速さと味方の速さを推し測っていた。

「よし。全軍、停止」

大声で号令を発した。

勢いのついた馬の集団は簡単には止まれない。全騎の息が合わなければ、後方の馬は前の馬に衝突する。安易に取り得る方途ではない。

だが、小十郎の策は、それでも急停止だった。速さにおいて相馬衆の馬術は他軍に勝る。だが、急に止まることができれば、次は味方が敵軍の横腹に形勢逆転の攻撃を仕掛けやすくなる。

祈る気持ちで、小十郎は自身の馬の手綱を引いた。

先頭の馬が止まるのと同時に、次々に後ろの馬が足を突っ張って動きを止める。そうして、全騎が衝突することもなく――。

止まった。

小十郎は斜め前方を走り降りる相馬兵たちの表情を見た。焦り。いや、驚愕だ。全騎が急停止したことが信じられないのだ。

当然、相馬兵も回避行動に出る。そのままでは、軍勢の横腹を攻められる位置に来てしまうからだ。

だが、斜面を下り降りる馬群はそう簡単には――。

「止まれまい」

先頭付近の三、四頭が折り重なるように転倒する。

別働隊は隊列を乱したまま、伊達側に横腹を見せる形で目の前に現れた。

すかさず、政宗が声を上げる。

「今ぞ。討ち取れ」

伊達騎馬隊は、相馬別働隊に横から襲いかかった。敵の向こうには、最初の本隊五十騎がいるが、別働隊が本体の行く手をふさいでいる。乱戦に強い成実が、表情も変えずに騎馬で突っ込んでいった。馬を縦横に操りながら、敵の騎馬兵を落馬させた。あとには歩卒が数人一組で、落馬した敵兵を囲み、討ち取ってゆく。

敵陣営は統率が取れずに混乱した。

成実は太刀を振るいながら、足軽たちを鼓舞した。

「相馬の馬は傷つけずに分捕れ。献上した者には褒美をつかわす」

成実の声に、伊達兵は奮い立った。その後には、川向こうから、伊達軍の鉄砲隊が相馬隊に銃撃を加えた。

そこから敵は、丸森城目指して逃げるばかりであった。伊達としても深追いは禁物だ。将らしき者の首をいくつか討ち取ったところで、政宗が退却の合図を出した。

伊達側の勝利だった。

小十郎は勝ち戦のうれしさに酔いしれたが、同時に相馬の動きに妙な違和感も抱いていた。


「大勝だったようだな。こたびの一番の働きは片倉小十郎。殿の仰せがあった」

矢ノ目砦では、遠藤基信が小十郎を待っていた。

「はっ。ありがたき幸せ」

小十郎は頭を下げたが、遠藤の目が小十郎の表情の陰りをとらえたらしい。

「どうした。何か不審でもあるのか。得心がいかぬ顔をしておるぞ」

「されば、相馬の戦い方でござる。われらは緒戦で優勢を取ったものの、敵味方の人数はさほど変わらず。立て直して死に物狂いに攻勢に転じればまだ戦の勝敗はわからなかったものを」

遠藤はじっと聞いている。

「粘りと申しますか。意気込みが感じられませなんだ」

「ほう。その態度をどう見た」

「相馬との戦い。今後はやり方を変えた方がよいかもしれませぬ」

小十郎は順番に話した。

「こたびの戦で感じ申した。相馬勢の兵には力みがないのでござる」

遠藤がいぶかるように片方の眉を上げた。

「泰然として余裕があるということか」

「逆でござる。命のやり取りの覚悟ある者は、いかに剛の者でも時には怖くなったり、体が硬くなったりするもの。これは生ある者の本能ゆえ逃れることはできませぬ」

本気で戦う者は筋肉が収縮し、息が浅くなる。武芸に秀でた者はこれを補う術を心得ているが、それは生き物としての習性に逆らうことでもある。

「生き死にを賭けて戦う者はもっと力が入るものでござる。おそらく」

小十郎は感じたままを口にした。

「敵であるわれらを石にかじりついても殺す。そうした殺気がないのでござる」

遠藤は困惑の表情を見せる。

「好都合ではないのか。戦に及んでも与しやすかろう」

「相馬に勝つ気がないのなら、戦に及ぶよりも、静観したほうが味方の損害は少ないかと」

遠藤もやっと理解したようだ。

「調略ということか。だが、他の領主は和睦に応じたものの、相馬だけは頑として応じなかったのだ」

「それは数年前のことでござろう。相馬との戦も今年で七年目。その間に、伊達家は伊具、亘理、名取そのほか宮城からも加勢を得ることができるようになり申した。それに比べて、相馬は当初からのまま。わが軍は、騎馬だけでもおよそ千騎、上下含めれば四千は下りませぬ。対する相馬はその半分ほど。聞くところによれば、近頃では兵卒以外に町人、百姓、房主《ほっす》、山伏までかり出されている由。そうであれば相馬の兵は疲弊し、厭戦《えんせん》気分に冒されるのはやむなきこと」

今日の戦いだけ見ても、伊達は大軍だから人を替えて戦うが、少数の相馬は替えるべき余裕もなく、終日合戦を続けることになる。それが七年目ともなって、さすがの相馬勢にも士気に陰りが見えるのだ。

「たとえ名を汚すことになったとしても、向後は力攻めは避け、兵を温存するが上策。力で攻めずとも、悠然と対陣しているだけで、いずれは――」

小十郎は間を置いて、声に力を込めた。

「相馬の諸士諸民は疲れ果て、そこに飢寒の苦しみが加われば、離反する者も出てきましょう。ついには持ちこたえられなくなると推量いたしまする」

遠藤が驚いて目を見開いている。それでも声は威厳を保っていた。

「そなた、成長したな。待つだけで伊達家がこの地を取り戻せるなら、それに越したことはない。早々、殿にお伺いを立てることとしよう」

それから遠藤は、親指と人差し指で顎をはさむように撫でた。

「おぬしは戦の功名を望んでいたであろう。互いに力攻めをやめ、形だけの競り合いを続ければ手柄も難しい。何ゆえ、己の手柄を遠ざけるような注進をする」

伊達家が静観する策に転ずれば、目覚ましい活躍をする機会も限られてしまう。それは小十郎にもわかっていた。賢く黙っていようという声が頭をよぎらなかったと言えば、嘘《うそ》になる。だが小十郎はあえて忠言を口にした。黙ってはいられなかったのである。

「それでよい」

自然と下を向いていた小十郎は、遠藤の声にわれに返った。遠藤は言う。

「この年になるまで、あまたの将を見てきた。経験の浅い若輩者の誰が優れた将に育つのか。その見分け方がわかるか」

小十郎には答えの欠片《かけら》さえわからぬ問いである。黙ったまま、首を横に振るばかりであった。

遠藤が遠くを見つめるように昔を思い出している。

「優れた将になる者はな。最初から大将のような物の見方をする。己一人の利害を超えて、部隊全体の立場から語るのだ。今の小十郎のように、な」

褒められて悪い気はしない。だが、遠藤にしては露骨な褒め言葉のような気がした。小十郎にはそれが空世辞にしか聞こえなかった。遠藤らしくもない。とっさにそう思っただけであった。

伊達家は天正四年（一五七六）七月初めから矢ノ目に対陣し、七年間、相馬との競り合いを続けた。小斎城城代・佐藤為信が伊達家に内通してからはめぼしい戦には及ばず、付近の山に砦を設け、陣所を置いただけである。相馬側は伊達輝宗の戦い方を「小身の将の業」と嘲笑した。

相馬は結局、丸森の地を守れなかった。相馬は戦に勝利しても与える知行地はなく、蔵米も底をついたので功名を挙げた兵に下す物がなかった。夫役についた百姓らには布木綿一反、帷子《かたびら》などが与えられただけである。勝ち戦でも、相馬当主より言葉掛けか盃《さかずき》の褒美だけということも珍しくなかった。相馬の疲弊は明らかだった。

　そうした中、田村領の田村清顕らの仲介に応じて両家は和睦し、長期にわたる戦は終わった。和睦の条件として、丸森城と金山城はもともと伊達領なるゆえ、伊達家に返還されたのである。

　時は天正十一年（一五八三）。天下では、織田信長が本能寺で家臣の明智光秀《あけちみつひで》に討たれ、主君の敵討ちで名を挙げた羽柴秀吉《はしばひでよし》が台頭していた。

9

　伊達家の士分は、一家総出で戦に加わることが多かった。父親が知行として扶持を受けている場合は本人が軍役に召し出されるし、その子も十四にもなれば戦に出て供をした。また、士分に抱え百姓がいる場合、あらかたは戦にかり出され、足軽として働くことになった。

　片倉小十郎と同村の出身の兵三郎《ひょうざぶろう》は、抱え百姓の子であった。

　相馬との戦いの中、小十郎は兵三郎と偶然、再会した。弓を器用に操り、次から次へと矢を放っては敵に的中させている歩卒を見つけ、話をしてみると、それが兵三郎だったのである。同い年だから、二十八歳のはずだった。

　宮森城を攻めた戦いでは、兵三郎は兜武者を射殺していた。だから当人は当然、自分が褒美に与《あずか》れると思っていたが、報償は主人の何某《なにがし》に下されただけで、兵三郎には何も与えられなかった。そうした沙汰はとくに珍しいものではない。扶持を稼ぎ、一家を養っているのは主人であり、抱え百姓は養われた者にすぎないからだ。それでも、手柄を横取りされた形になった兵三郎は、得心がいかなかった。

「敵の矢が飛んでくる中で、敵陣近くまで命がけで進み、矢を当てたのはおれだぞ。将たちは褒美をくれるどころか、声さえかけてくれぬ」

　小十郎は、身分の低い足軽たちに傷の手当てを手配し、励ましの声をかける立場にある。さりとて、この時は何を言っていいのやらわからなかった。

　小十郎は、この気の毒な兵三郎が好きだった。兵三郎が弓矢の技量に秀でていたのは、技量に見合う鍛錬を積んだからである。

　弓の達人は、風向きを把握してどこを狙うか考える。矢の通り道にそって頭の中で線を引く。そしてどこを狙うかを決めたら、今度はもう頭では余計なことを考えない。あれこれ考えるのをやめれば、体が動くようになる。逆に、不安のまま矢を放てば、必ず手がぶれて的を外す。小十郎が見るところ、兵三郎はそうした秘密に気がついているようだった。

「伊達は大身だが、それだけに家柄に重きが置かれる。おれのような抱え百姓は、いくら戦で功をなしても報われることがない」

　小十郎が兵三郎から打ち明けられたのは、伊達と相馬の和睦が成立した直後である。

「いつか認められる日がくる。それまで辛抱しておれ」

「小十郎。おれは伊達を出るぞ」

　小十郎は、あわてて周りを見回した。近くには誰もいない。

「声が大きい」

出奔すれば、伊達家では罪人扱いになる。小十郎は兵三郎を制しようと、にらみつけた。二人とも、しばらく押し黙った。

声を発したのは、小十郎のほうからだった。

「それで、どこへ行こうというのだ」

「相馬がよいと思うておる。相馬は士分だけでなく、町人や百姓まで戦に出ていた。中には功名をあげる者もいたと聞く。おれの腕があれば、士分に取り上げてくれるかもしれぬ」

「伊達では出世できぬというのか」

「おぬしのように次の殿さまの傅役ともなれば、出世も思いのままよ。だが、おれはそうはいかぬのだ」

そう告げる兵三郎の目には羨望の色はない。互いがそれぞれの立場を理解していればこそ、何でも言い合える絆《きずな》で結ばれている。

「若殿の時代になれば、伊達家も変わる」

それが小十郎の本心だった。政宗は身分にかかわらずに功をなした者を尊重する。既存の建前を変えるのは、既存の仕組みに囚われない者だ。

「若殿が当主になるのは、何年も先のことであろう。それまで待てぬのだ」

当主の伊達輝宗は齢四十一。脂の乗りきった年齢である。その治世はあと十年やそこらは続くだろう。小十郎にもそんな気がしていた。

「小十郎。出世しろよ。おぬしが侍大将になるのを、相馬の地で見届けようぞ」

兵三郎が出奔したのは、それから数日後のことだった。

小十郎は、何ゆえ止めなかったのか。小十郎が止めたとて、兵三郎は己の考えを曲げるような男ではない。一つにはそれがある。だが、それよりも、兵三郎の焦りを小十郎自身が深く心得ていたのが影響している。伊達家にいても兵三郎の位が上がるとは思えないし、禄も変わらないだろう。他家に一縷《いちる》の望みをかけたほうが、見込みがあるように思えたのである。

あれから、小十郎自身が幾度も己に問いかけている。自分はこれでいいのか。別の道を切り開くべきではないのか。兵三郎と己とを比べては、小十郎は不安を募らせていた。

歩きながら、時々長い息が漏れた。そのたびに立ち止まる。そこで話し込む二人の侍の姿が目に入った。声を潜めて辺りを見回した一人が、こちらをしばらくうかがっていた。

思案中とはいえ、小十郎は城内の侍たちの変化に気がついた。

そういえば、ここまで来る間にすれ違った家中の侍は、皆、険しい表情を浮かべていた。そう思って、付近を見渡せば、皆、どこか慌ただしい。顔面が蒼白《そうはく》な者もいれば、呆然と遠くを見つめている者もいる。

何かが起きたと予感した。

仕事部屋に着く前に、遠藤基信に呼び止められた。遠藤が手招きするので、小十郎は滑り込むように部屋に入った。

「大きな声ではいえぬが」

もともと強面《こわもて》の遠藤が、いつもより渋い表情を寄せた。

「何かありましたか」

「代替わり……。そういう話が出ている」

新たに当主が替わる代替わり。新しい当主は誰か。むろん、政宗だ。それは疑いない。だが、それなら父親の輝宗公は当主の座から降りることになる。

「殿が、家督をお譲りになるという噂だ」

「遠藤様も、殿のご内意を事前に知らされていなかったのでござるか」

「聞いておらぬ。臣下の身で殿のご意志をお尋ねするわけにもいかぬでな」

輝宗公が絶大な信頼を寄せる遠藤でさえ、詳細を知らない。家中の者たちが浮き足立つのは無理もないことだった。

「だが、この時節にいきなりの代替わりということであれば、おおよその見当はつく」

遠藤に見つめられて、小十郎もはたと思い至った。この時期に伊達家にとっても見過ごすことのできぬ出来事が、猪苗代湖《いなわしろこ》西岸の会津《あいづ》で起こっていた。

「芦名との諍《いさか》いでござるな」

芦名氏は、源頼朝の奥州征伐で会津を拝領した一族である。この頃、南奥州では伊達氏が信夫・伊達を基盤として米沢、岩出山《いわでやま》、白石《しろいし》方面にも威をはり、芦名氏は会津を本拠に仙道、越《えち》後《ご》、下野《しもつけ》、常陸へと勢力をのばし、両家は南奥州の二大勢力となっていた。

輝宗公の祖父・稙宗は芦名盛高《もりたか》の娘を正室に迎えており、一方稙宗の次女は芦名盛高の孫・盛《もり》氏《うじ》に嫁いだので、伊達・芦名氏はともに姻戚として結ばれ、良好な関係を築いてきたのだが。

「会津当主が存命であれば、かような事態には至らなかった。すべては……」

遠藤は口ごもったが、小十郎には通じた。すべては、会津黒川《くろかわ》城主・芦名盛隆《もりたか》の死去が始まりと言いたいのであろう。盛隆が急死してからひと月も経っていない。城中で寵臣《ちょうしん》とされる家臣の凶刃に斃《たお》れた奇怪な事件は、米沢城下でも大仰に語られた。

跡取りは生まれたばかりの亀王丸《かめおうまる》だが、その母は伊達晴宗の娘。亀王丸が家督を継ぐのは早すぎるから、すぐに伊達家から輝宗の意向が芦名に伝えられたと、小十郎も聞いている。

遠藤が周りを見回して、人がいないのを確かめた。

「殿は、小次郎《こじろう》殿を芦名家の継嗣に送り込もうと考えたのだ」

「それは知りませなんだ」

政宗の弟・小次郎のあどけない顔が脳裏に浮かんだ。伊達家を政宗が、芦名家を弟の小次郎が、それぞれに治めれば、伊達家は奥州南部の仙道地方を手に入れたにも等しい。輝宗公は、亀王丸の母の実家でもある伊達家から、別の当主を迎えるように伝えたということだ。だが、それが実現しなかった。芦名は伊達家に乗っ取られるのを恐れたのか。

「黒川城中にも伊達家寄りの宿老はいる。密《ひそ》かに報せて来たのだが、佐竹《さたけ》が、伊達家からの入嗣を排除せよと言ってきたようだ」

「佐竹が」

佐竹は関東八ヵ国の東に位置する常陸国の領主。近頃、奥羽に勢力を伸ばそうとする名門の家柄だ。芦名盛隆は生前、佐竹と盟約を結んでいる。

「芦名は……。佐竹との結びつきを重んじたということだ」

そこからはお互いが押し黙った。芦名が佐竹と結びつくなら、間違いなく伊達家とは対立することになる。そうした中では、揺るがない棟梁が必要だ。輝宗公が家督を譲るのは、自分がふさわしくないと認めたということか。

そんなはずはない。輝宗公は知略に長けた領主だ。相馬との戦いにおいても、敵将との戦いには応じようとしなかったが、結局、旧領を回復した。温厚な人格に信頼を寄せる家臣も多い。厚情を得た遠藤基信などは、これからさらに輝宗公をもり立てようとしていたに違いない。

実際、この時期の家督相続は側近の遠藤でさえ、首をかしげる事態だ。

「若殿はもうご存じなのですか」

「わからぬ。このところ、若殿は殿の部屋に幾度か呼ばれているが」

「若殿にお会いしてみまする」

うなずく遠藤を残して、小十郎は政宗の部屋に向かった。

部屋の外で一旦座る。中からは何の音も聞こえない。いないのかも知れぬ、と思った時。

「誰だ」

政宗の誰何《すいか》する声が聞こえた。

「小十郎にござる」

「小十郎か。入れ」

障子を少し開け、中に入り、座して礼をする。

「父上から跡目を継ぐように申し付かった」

政宗は単刀直入に言った。小十郎の心の準備はできていた。

「おめでとうございまする」

感情が高ぶった。目頭が熱くなりさえした。この当主のために全霊を傾けようと興奮していた。

理由などどうでもよい。政宗が伊達家を率いて、己は当主をもり立てるだけだ。小十郎の胸に、勇気がみなぎっていた。

「芦名の当主が替わる。まだ生まれたてというから、ただの名目にすぎぬ。背後に控えておるのは佐竹だ。今後、両家は近づくと父上は見ている」

「佐竹と争うことになりましょうな」

小十郎と遠藤の見立て通りだったようだ。輝宗公は、芦名・佐竹との対立を前に、身を引いて政宗に家督を譲った。

「亡くなった芦名盛隆は須賀川《すかがわ》城主・二階堂家の出だ。芦名が伊達家からの入嗣を拒んだのなら、二階堂は佐竹の旗下にある。さらに、佐竹から跡継ぎを迎えた白川《しらかわ》家も佐竹側についたとの仰せであった」

従来、奥羽南部の仙道地方は、小さな領主が併存して互いに牽制《けんせい》しながら生き延びてきた地だ。そこへ佐竹が進出してきたことで、芦名・佐竹という巨大な勢力ができあがり、伊達家と対峙することになる。

「小さな国同士なら、戦が起きても家の存続のためには、ほどほどのところで和睦によってまとまっていた。それが二つの勢力の対峙となると、もはや行くところまで行く、というのが父上のお考えであった」

「その戦いを率いる棟梁に殿を指名なされたわけでござるな」

政宗が二度、相槌《あいづち》を打った。

「小十郎、この命に代えて殿を奥羽の覇者にしてみせまする」

少し大げさな言い方になったが、政宗は真面目な表情で受け止めた。

「うむ。向後は父上の側近は遠ざけ、おれの判断で家臣を使え、とのありがたきおことばも承った」

当主を引退しても、その実、部下を操って政を左右しようとする大名は多い。だが、輝宗公は、取り巻きが政宗の政に口を出さないように配慮している。そこまで周到に、政宗独自の治世を実現するつもりだ。かつて、小十郎が政宗の側仕えに就いた時にも、同じ話が出たのを思い出した。輝宗公は、伊達家の過去の因習やしきたりを排除しようとしていた。

あの時、輝宗公は何と言ったか。小十郎は必死であの場面を思い浮かべようとした。

小十郎の内心を知らない政宗が話を続ける。

「父上は長い間、奥州探題の家の心構えをこのおれに説いた。あのような饒舌《じょうぜつ》な父上は初めてだ。無念の思いがあるのだろうな」

「無念……。大殿にも割り切れない気持ちがあると、そう感じたのでござるな」

「それはそうであろう」

当たり前のように、政宗は断言する。

「無念の心を振り切って、家督を譲ってくれたのだ」

当主の座を退くのは、必ずしも輝宗公の本懐ではない。政宗はそれを感じ取った。立場を投げ出したというより、やむにやまれない理由が何かあるのだ。

思い出した。輝宗公はかつて、崇徳院の遺恨の話を引き合いに出してこう言ったのだ。

伊達家の男たちは悪しき宿世の縁に縛られておるようでな――。
あの時はわからなかったが、歳を重ねた今、小十郎にも何を言っていたのか、その意味は理解できた。輝宗公の脳裏には天文の乱の弊があった。
天文の乱――。伊達家十四代稙宗と十五代晴宗の親子対立。稙宗は、十四男七女と子どもに恵まれ、その子らの政略結婚を巧みに利用して支配を広めた。ただ、伊達の自領や家臣団まで気前よく他家に与える方針だったため、譜代家臣の反感を招いた。そこで立ち上がった嫡男の伊達晴宗は、父稙宗を幽閉。稙宗は脱出し、伊達家臣だけでなく周辺諸国をも巻き込む内乱になったと聞いている。争いは六年におよび、結局、将軍足利義輝《あしかがよしてる》の和解勧告を受けてようやく終結した。

内乱の結果、伊達家はどう変わったか。

当主晴宗と対立した相馬氏などは、伊達家と敵対することになり、奥州全域の伊達家の支配力は低下した。さらに譜代家臣の中野氏の権勢が増して家中は混乱した。晴宗と輝宗の、その後の親子関係も良好とはいかなかった。

だから輝宗公は、伊達家の歴代当主の間の関係を宿縁と呼んだのだ。輝宗公が早く隠居して譜代家臣とともに政から遠ざかれば、次の政宗の時代には独自の強固な家臣団ができあがる。輝宗公の早すぎる隠居の真意はそういうことではないのか。

「父上の無念をはらすためにも、おれが奥羽をまとめる。奥州探題としての真の実権を握る。さすれば、小十郎のいう新たな世も造れる」

政宗の言を聞いて、小十郎は身震いする思いがした。この当主は自分の行く道を明確に理解している。そう感じたのだ。

相馬との戦いを通じて、政宗に対する家中の評判は高い。その大半は政宗の勇猛を認めている。そうした衆評はさほど誤りではない。だが、政宗の凄《すご》さは、当たり前のことを周到になす緻密さだと、小十郎自身は思っている。相手の弱き箇所を見つけるのがうまいだけでなく、自分の弱点にも気づいて補うことを忘れない。

宿老たちの勝手な言い分や出世争いにつまずかなければ、政宗の奥羽統一は可能かもしれぬ。

小十郎は、自然に自分の頭を拳で叩いていた。

「どうした」

政宗が怪訝《けげん》な顔を向ける。

「いえ、気合いを入れ直しただけでござる」

同郷の兵三郎は、戦で功名をあげようと相馬へと去った。その行動をどこかで羨む己がいた。

一方、当主の座にありながら、その座を捨ててまで家中の不和を断とうとする男もいる。

身分が低いために戦で名を挙げるのにこだわった己が小さく見えた。政は軍事だけで済む話ではない。時に、立場を捨てることで前進する術もある。

「この小十郎も、過去の己を捨てて一心不乱に働きまする」

奥羽はこれから雪深い季節になる。米沢に、新しい冬が白く輝きながら近づきつつあった。

二章

摺《すり》上《あげ》原《はら》合《かっ》戦《せん》始《し》末《まつ》

10

政宗が家督を継いで一年後、奥州の情勢は切迫していた。

伊達家にとっては、奥州統一に向けての正念場に早くも直面している。

「殿。軍議が始まりますぞ」

小十郎の耳に、自分を呼ぶ大声が飛び込んできた。

新たに配下となった山村六右衛門《やまむらろくえもん》が端正な顔を曇らせている。恵まれた体躯《たいく》のこの男は、小十郎の伯父・片倉意休斎景親《いきゅうさいかげちか》の家臣だったが、意休斎が片倉氏当主の座を小十郎に譲って以来、小十郎と行動を共にしている。

家中の者が小浜《おばま》城の回廊を広間に向かって歩いていく。どの顔にも笑みはなく、疲れ切った表情だった。

「何ごとか、出来《しゅったい》したか」

小十郎が尋ねると、六右衛門が声を潜めた。

「石川家の三芦《みよし》城で戦支度が始まった由。家中の者はもとより、近隣の郷村から兵が集められているとのこと」

三芦城は、白河《しらかわ》の関にほど近い石川郡の国衆・石川氏の居城。城主の石川昭光《あきみつ》は、伊達輝宗の弟で、政宗にとっては叔父にあたる。だが、昭光が養子に入った石川家は、常陸の佐竹家に従っており、政宗とは敵対関係にあった。その石川昭光が戦支度を始めたのなら、ついに強敵・佐竹が動き始めると見るべきだ。

「佐竹の動きを知りたいが」

「周辺の諸家の子細まで知りうるのは、鬼庭家や桑折《こおり》家でござります。それがし、桑折家家中には知己もおりますゆえ、このあと尋ねてみまする」

「頼む」

片倉家の郎党だけでは、集まる情報も限られている。他家の実相を知るには、間者を送らねばならない。地方の有力者とのつながりも必要だ。小十郎も郎党を抱える身になったが、伊達家の窮地を救うだけの諜報《ちょうほう》はままならない。

伊達家の他の将たちは、そうした情報をすでに集めているのだろうか。齢《よわい》二十九にもなれば戦場での手柄はあって当然。歴戦の諸将に比べれば、いまだに青侍も同然のわが身が恨めしい。

広間に集う諸将の姿を目で追いながら、小十郎は座に着いた。

宿老たちは半分ほどしかそろっていない。着座した者たちは、皆、思い思いの表情を取り繕いながらも、どこか陰を帯びている。

しばらく待つと、宿老の席がほぼ埋まり、やがて全員が座に着いた。

普段なら隣同士ではずむ無駄口が聞こえない。皆、静まり返っている。中には、目を閉じて瞑《めい》想《そう》を装う者もいる。

事の発端は、国衆である大内定綱《おおうちさだつな》の離反だった。大内は、猪苗代湖の北東部に広がる安達《あだち》郡塩松《しおのまつ》の領主。新年の祝賀には米沢城に挨拶に訪れたが、その後政宗に造反した。

　これを見過ごしては、家中の士気が下がる。政宗は当然のように大内を攻めた。大内の居城・小手森《おてのもり》城でのなで斬り。続く小浜城攻めの完勝。若くても侮れない。周辺諸侯にそう思わせるだけの、新当主の力を示せたといえる。

　その直後に事件は起こった。先代の輝宗が死んだ。そう、こたびの戦いは弔い合戦でもある。だが、伊達家の士気は思ったほど上がらない。輝宗に直接手を下したのは政宗だという噂まである。実際、政宗は変わった。その態度が疑惑を深めている。

　ほどなくして、広間に政宗が現れた。黒の陣羽織姿。冷たい表情からは何も読み取れない。皆が政宗の一挙手一投足を見ていた。

　事前に決めてあったのだろう。親の代から執政家の桑折宗長《むねなが》が最初に口を開いた。

「まずは皆に伝えることがある。佐竹が動き出した。数千の兵を集め、常陸を出立。そのまま仙道を北上する構え」

　仙道とは、陸奥《みちのく》の入口にあたる白河の関から北に向かって岩瀬、安積《あさか》、安達、信夫の諸郡を貫く街道周辺を指す。行き着くところは、いま伊達軍主力が陣を張る塩松地方だ。このまま進めば、伊達軍と衝突することになる。

　宿老たちは半ば予期していたと見える。驚きの声は上がらなかった。かえって沈黙を保ったまま、互いに顔を見合わせている。

　小十郎は政宗の顔を仰ぎ見た。

動揺はない。獲物を見定める鷹のような目で虚空を見つめている。いかなる異変が起きようとも心を動かされることはないといった体で、桑折の言を聞いているだけだ。

次に口を開いたのは、伊達家一門の留守《るす》政景《まさかげ》だった。先代・輝宗の弟で、奥州の名族・留守氏を継いだだけあって、この場での風格は際立っている。

「佐竹だけなら、まだしも……。奥羽の各家の動きを正しく読まねば、伊達家の命脈が尽きる事態になりかねんぞ。他家の動きはわかっているのか、左馬之助《さまのすけ》」

留守は、伊達家累世の宿老家にあたる原田《はらだ》左馬之助宗時《むねとき》を名指しした。

左馬之助は、政宗の二つだけ歳上の二十一歳。まだ若いが、すでに原田家十七代当主にして原田城城主である。宿老たちの中でも、若い原田宗時相手なら扱いやすいのだろう。

小十郎は、相馬表の戦いで原田宗時を知り、その才気を評価していた。案の定、原田はすらすらと情勢を述べ始めた。

「されば申し上げまする。間者の報告では、岩城の軍勢が仙道を目指して進軍しておりまする。ご存じのごとく、奥大道に出るには石川の領内を通ることになりますゆえ、両家はすでに足並みをそろえておるものと存ずる」

その言を桑折宗長が引き取った。

「つまりは、岩城、石川は佐竹軍に合流するということにござる。そして」

桑折宗長は冷静に見えた。淡々と情勢を語るだけだ。

「常陸国と国境を接する結城《ゆうき》白川は、佐竹義重《よししげ》の次男・義広《よしひろ》を養子に迎えておりますれば、ここも佐竹に従うのは必定。さらに――」

突如、政宗が鼻で笑った。小十郎以外にも数人はその仕草に気づいただろう。小十郎は身を固くしたが、桑折は気づいていない様子だ。そのまま話を続けた。

「芦名氏が佐竹と手を結んでおるのは、皆も承知の通りでござる。しからば、芦名、そして芦名が擁護する二本松《にほんまつ》も佐竹に与することになりましょう」

今度こそ一同に緊張が走った。桑折が何気なく口にした「二本松」ということばに皆が反応した。すべての目が上座の政宗の顔をうかがう。

政宗は刹那、びくりと体を動かし、険しい目つきで座を見回した。目が合った何人かが下を向く。

しわぶき一つ聞こえない静けさの中、険悪な空気を察した伊達成実が、落ち着いた声を発した。

「二本松勢にもはや力はない。取るに足りぬ。それより当面の敵は芦名だと、肝に銘じるべきだ。芦名の動きこそ肝要」

その言説を受けて、留守政景が応じる。

「芦名が仙道に向かうなら、猪苗代湖の南岸を回って須賀川を通る。須賀川の二階堂がどちらにつくか、だな」

二階堂家は芦名家の前当主・盛隆を送り出した家系である。そこからは芦名方とも受け取れるが、今は伊達輝宗と留守政景の姉・阿南姫《おなみひめ》が須賀川城主となっている。留守としては、血縁に望みをつなげたいのだろうが——。

「申し上げにくきことなれど、阿南殿はご長男の盛隆殿が芦名当主に出頭なされて以来、芦名家とは昵懇《じっこん》の仲。生家とはいえ、伊達家に味方するとは思われませぬ」

深刻な顔を取り繕って桑折がそう述べると、宿老たち皆がうなずいた。

「これで敵がはっきりしたわけだ」

皆が声の主を凝視した。政宗は、口元に笑みさえ浮かべて泰然と語り出した。

「敵の主力は常陸の佐竹。奥羽の国衆のうち、芦名、二本松、二階堂、結城白川の面々がこれに加わる」

まるで他人事《ひとごと》のような顔で一同を見回し、政宗は悠然と言ってのけた。

「おっと、忘れておったわ。わが父の弟にして、恭敬してやまない石川（昭光）。わが父の兄の嫡男にして、莫逆《ばくぎゃく》の仲の岩城（常隆《つねたか》）。きやつらも敵だったな」

政宗の口調は酒宴での戯《ざ》れ言《ごと》のように軽かった。

「皆まとめて成敗してくれるわ」

言い終わった政宗の目の殺気が、一同の胸を突き刺す。異議を受けつけない意志が感じられる。

当主の強い決意を受けて、皆がまた沈黙した。

これだけの敵が攻めてくるというのに、評議が紛糾しないのは、一同が政宗の意志をあらかじめ推し測っていたからだ。政宗が戦いを望んでいるのは、家中の誰もが知っている。

「敵の数はいかほどになりましょうや」

か細い声が上がった。諸将の一人の誰かが、かろうじて発した声だった。

これに桑折宗長が応じた。

「佐竹の手勢だけで七千。芦名は一万を超えるであろうな。刈り入れも終わったこの時期、農兵も集まりやすい。この両家だけで、まずは二万というところであろう」

収穫が済んだ農閑期、在家の農民は臨時の稼ぎ先を探している。敵が弱く命の危険が少ないと見れば、喜び勇んで集ってくる。

「残りの諸家で一万。先の二万と合わせて敵軍は、総勢三万と見積もればよろしいかと存ずる」

さすがに動揺が起きた。あちこちで「三万」という驚きの声が上がっている。

「して、味方は」

「味方の数か。今、伊達、信夫郡やここ安達で兵を集めておる。田村郡から援軍も呼ぶ。野伏《のぶし》ら雇いの兵を加えて、何とか七千に届くであろう」

桑折が答えた。

その数を聞いて、皆が頭の中で優劣を比べ始めている。敵三万に対して、味方は七千。これで勝てるか、と考えているのだ。

「それにつけても……。諸家がこぞって佐竹側になびいたのが痛いな。他家との取次役は遠藤であったか。今更、愚痴をこぼしても詮《せん》なきことではあるが」

独り言のようにつぶやいて、留守政景が腕組みをした。

取次とは、諸家の有力者と親交を深め、家同士の友誼《ゆうぎ》に努める交渉役である。先代・伊達輝宗の時代、遠藤基信が取次役であった。

遠藤殿がおれば……。小十郎は、自分を引き立ててくれた恩人でもある遠藤を思い、唇を噛みしめた。遠藤は、輝宗の墓前で自刃により殉死した。

諸家が佐竹軍に与して連合軍を形成する前に、遠藤なら何かしらの手を打てたかもしれない。そこに思いを致さず、戦での武功ばかり考えていたのでは自軍を劣勢にしてしまう。小十郎は取次役がいかに大きな役目を担っていたかを、まざまざと理解した。

「敵についた諸家のうち、切り崩せそうなところはあるか」

留守の問いに、一同が顔を見合わせている。誰も思い浮かばぬらしい。

そもそも、なにゆえ諸家は一斉に佐竹についたのか。いや、考えるまでもない。小十郎は頭を振った。答えは明々白々だ。

佐竹勢を率いるのは、佐竹義重。関東八ヵ国の東部の常陸に居を置く名門の家系の当主。居城は常陸太田《ひたちおおた》城。むろん、名門だからといって、それだけで諸家が付き従うわけではない。義重の名に皆が怯《ひる》むとすれば、むしろ彼自身の武功によるところが大きい。常陸全土を統一した後、小《お》田《だ》原《わら》の北条氏と対立し続けた。関東一と謳《うた》われる鉄砲隊を備えて戦う姿に、人は彼を鬼の義重と呼んだ。頭角を現してきた畿内の羽柴秀吉とも懇意の間柄だと聞く。佐竹と争えば、小さな領主などひとたまりもないと思わせるだけの力を持っている。

そして――。伊達政宗の家督相続により代替わりとなったが、前当主・輝宗の威光は依然として諸国に及んでいた。その輝宗が死んだ――。

伊達家の権威が崩れた今、伊達に味方する勢力は少ない、と諸家が判断している。屋台骨が緩んだとみて、もはや伊達家を恐れていない。若い政宗を侮り、強力な佐竹に味方して、この機に所領をかすめ取ろうとしているのだ。

領国支配には金がかかる。どの国主も他国から財貨や糧食を奪おうと隙をうかがっている。家督相続を終えたばかりの伊達家の前当主が討たれたとあれば、伊達領に目をつけるのは自然の成り行きであった。

小十郎は肩を落とした。

今、奥州南部の諸家はこぞって佐竹側についた。大軍を前にして、援兵もおぼつかないならば、一旦退却するのが定法である。だが、先ほどのことばから、政宗の考えはわかり切っていた。

皆まとめて成敗してくれるわ――。政宗は非戦論をあらかじめ封じている。だれもが退却を念頭に浮かべながら、しかし口にする者は見当たらない。

静けさに押しつぶされそうになりながら、皆が貝のように、一様に口を閉ざしている。小十郎の見るところ、撤退を進言できる者は皆無に思えた。

「恐れながら」

主座に座る政宗のすぐ近く上座に近い側から、しわがれた声が上がった。居並ぶ諸将が、声の主に目を合わせた。

山吹色の絹綿を風折《かざおり》烏帽子《えぼし》の形に折りたたんでかぶった老齢の男が、政宗に向き合っている。

「主の下知に釘《くぎ》を刺すのも、臣の務めと心得ておりまする」

おお。声にして発せられたわけではない。諸将の胸の中の声が、小十郎の耳に聞こえた気がした。よもや、ここで政宗の意志に異見を唱える者がいるとは、慮外の出来事だった。

声の主は、鬼庭左月斎良直《よしなお》。伊達稙宗、晴宗、輝宗、政宗と、伊達家四代に仕える重鎮。先代輝宗はこの左月斎を重んじ、評定役に抜擢して政務に当たらせた。

さらに左月斎は小十郎とも因縁があった。左月斎は小十郎の姉・喜多の実父である。喜多の母は男子が生まれなかったため鬼庭家から離縁され、その後に片倉家に入って小十郎が生まれている。

左月斎の目はどこを見ているのかわからなかった。いや、宙を漂っていた。

「この場に集うわれらは皆、殿の胸の内がわからぬわけではござらぬ。しかしながら、大殿が亡くなられてひと月余り。居城を離れて陣を張る兵たちにも疲れが見えまする。ここは一旦、引くのが良策と存ずる」

政宗は左月斎に顔を向けた。

「父上を討たれ、伊達家は今こそ奮い立つものと思うておった。そうではなかったということか」

その言辞に含まれた侮蔑の響きを、全員が感じ取った。

冷たく光る左目から、家臣を信用していないとわかる。家督相続以来、味方から寝返りの将が出ただけでなく、こたびは親戚筋すら敵に回る姿勢を見せた。政宗は周囲を信じられずにいる。

左月斎の目に映るのは、先代輝宗を失って生じた伊達家の亀裂の予兆だろうか。絞り出すような声で、政宗に語り掛ける。

「先代はわれら家臣を信用してくれました。それゆえ、先代から大恩を受けた者どもは、敵を迎え討つに命を惜しみませぬ。どうか、殿もお味方を信用あれ」

身もだえるような左月斎の願いにも、政宗は答えない。いや、沈黙そのものが答えだった。

左月斎の表情に、沈痛な悲しみが表れた。

「殿、お考えを改めあれ。味方の四倍の敵が相手では、さすがに分が悪すぎるというもの。万に一つ勝ちを得たとしても、味方はどれほどの兵を失うか。危うき戦を避けるのも、兵を預かる将の本分でござろう」

政宗が、わずかに独り言をつぶやいた。誰にも聞こえない声だった。

逃げても追ってくる――。小十郎だけが聞き取った。というより、唇の動きを読んだ。幼い時から側にいたせいで、政宗の癖はよく知っていた。時々、声にならないことばを発するのだ。

政宗が左月斎を正面から見据えた。

「よいか。刈り入れが終わったこの時期に、佐竹は兵を挙げた。兵糧も玉薬も備えは万全であろう。しかも奥羽の国衆どもは阻むどころか佐竹側に与している。この塩松から退却しても、追ってくるぞ。それだけの備えはあるはずだ。米沢城まで逃げても、不利は変わらぬ」

米沢城は濠を巡らしただけの平城だ。籠城には向かない。そもそも籠城戦で鍵となる加勢の見込みすらない。その点では政宗の言い分に一理ある。皆が考え込んで押し黙った。

「これまで奥州南部の諸家は、互いに縁組をして縁故を築き、たとえ対立しても家の滅亡だけは避けて共存してきた。小さな国主が数多く併存するこの奥羽では、それがしきたりだった。だが、ここに関東の強敵・佐竹が奥羽の諸家を従え、連合軍を作り上げた。立ち向かえるのは、わが伊達家ぐらいのものだ。二大勢力が対立した時、もはや共存はありえぬ。なぜなら、二大勢力の大戦になれば、勝った側が南奥を統一できるからだ」

政宗の弁を聞いた者は、驚かずにはいられない。滅亡をかけた戦いにすでに突入している、と政宗は言っているのだ。滅びが迫っているのなら、戦わざるを得ない。

一同はそれを理解した。

「そこまでのお考えならば、それがし、もはや何も申しませぬ」

左月斎が折れた。もはや、退却論を述べる者はいないだろう。だが、勝算はあるのだろうか。

小十郎はそんな思いで政宗を見つめた。

「小十郎。戦いの場としてどこが相応《ふさわ》しいか、目星はつけておるか」

だしぬけに、政宗が小十郎の名を呼び、諸将の視線が己に集まった。

小十郎は答えを持ち合わせていない。自分自身、軍議の内容いかんによっては、撤退もありうると考えていた。何より、情報収集さえ十分ではないのだ。

「調べておりませぬ。申し訳もござらぬ」

政宗はあからさまに不機嫌そうににらみつけてくる。

そのやりとりから、居並ぶ諸将が身を固くする。政宗と小十郎という密接な関係でさえ、怠慢は許されない。一同がそう感じたはずだ。政宗は一気に座の空気を引き締めた。

「早急に場所を割り出せ」

「はっ」

軍議は終わった。政宗が真っ先に広間を去って行く。

何気ないやり取りだったが、小十郎は自分を見つめる一同の顔に気づいた。皆、声を発しないが、数人が小さくうなずいて合図を送ってきた。

もはや、小十郎が小身の出であることにこだわる者はいない。小十郎が割り出す地勢と戦い方で、伊達家の存亡が左右される。そこにかすかな勝機を見つけ出すほかない、と頼りにしているのだ。

諸将の沈黙の願いは、小十郎の身の芯までひしひしと伝わった。

改めて政宗が消えた通路に目をやる。政宗は変わった。あの痛恨の凶事が、政宗を変えた。目に怨讐《おんしゅう》の炎を宿し、情愛のまなざしが消えた。本音をいえば、政宗には私怨でなく、奥羽に新しい秩序を作り出すために戦ってほしい。小十郎はそう願いつつ、政宗の去った通路を眺め続けた。

11

家臣の山村六右衛門が北東を指差す。

「あれが安達太良山《あだたらやま》でござる。ここからは遠くに見えまするな。そして――」

今度は反対側を振り返って見下ろしていう。

「あの光るのが逢隈川」

杉林に囲まれた小高い山の上である。すぐ奥には宝形造《ほうぎょうづくり》の梁間《はりま》三間ほどの古ぼけた観音堂がある。正面の板唐戸が朽ち、修繕されていないところを見ると、訪れる者も少ないのであろう。

片倉小十郎は、配下の者五名を従えて、本宮《もとみや》城の南の平原を視察に訪れた。

ここから南に八里ほどの須賀川表には、佐竹、芦名ら連合軍三万が集結しているはずだ。対する伊達軍は七千である。

「やはり本陣はここに置くのがよかろうな」

多勢に対して、味方は寡兵。四倍の敵を迎え撃つ伊達軍は戦慣れしているとはいえ、劣勢ゆえに逃げ出す部隊が現れかねない。心変わりしないよう目を光らせるには、どの部隊からも大将の馬印が見える位置に本陣を置くべきだ。

「それにしても、奥羽の諸家が佐竹に従うとは、乱世とはいえ、いささか心外でしたな」

小十郎に気安く語りかけてきたのは、佐藤次郎右衛門《じろうえもん》定郷《さださと》という男だ。当初は成実配下にされていたが、小十郎が頼み込んで弟の金蔵標郷《きんぞうひでさと》、大学秀直《だいがくひでなお》と共に家臣に加えた。

「殿は齢十九。若い当主を仰ぐ伊達家の土台は揺らいだ、と侮っているのだろう」

「それにしても、敵兵三万とは多すぎまするな」

経験豊富な伊達家の宿老たちでさえ、三万相手の野戦の経験はない。まして戦経験の少ない若者たちは、半ば死を覚悟している。

「もし、この戦いで生き延びれば、恩賞も期待できまするな」

山村六右衛門が笑みを浮かべながら甘い算段を披露したが、誰からも返答はなかった。

押し黙った者たちの心中はわかる。伊達家は勝てるのか。そして己は生き延びられるのか。不安が消え去ることはあるまい。

不安が恐れに変わる前に気を紛らせようと、小十郎は家臣たちに話しかけた。

「中華の『史記』という書物に、春秋戦国時代の戦いが記されておる。秦《しん》の国に対して、他の五国が同盟して合従軍《がっしょうぐん》を作り上げた。知っておったか」

皆が首を横に振る。

小十郎は、姉・喜多から教えられた話を思い出し、記憶の糸をたどった。

「数に劣る秦は、守りの堅さでは中華随一と言われた函谷関《かんこくかん》という関所で迎え撃ち、その強固さで合従軍の攻撃を跳ね返した」

関所でござるか。そんな声が聞こえた。

「ただの関所ではない。高い城門を備えた砦。砦なのだが、巨大な城と言ったほうが近い。門の上には三層の楼閣が二棟あったという。五十万で押し寄せた合従軍も抜くことはできなかった」

自分に言い聞かせるつもりで小十郎が言うと、山村六右衛門が応じた。

「守る地勢しだいでは大軍を退けられる、という話でござるな」

「そうだ」

そう言って、小十郎は眼下に広がる草原をもう一度見渡す。

目につくのは、南北に流れる逢隈川だ。そこへ三本の支流が西から東へ流れこんでいる。

「敵は、こちらの主力となる本宮城を目指して北上して来るであろう。通れる大きな街道はふたつ。北上する大軍は、二手に分かれるはずだ」

小十郎は敵が通るおおよその行程を指差した。次に、絵図を取り出して広げて見せる。

「南北に走る逢隈川へは、東西に流れる三本の川が合流している。敵軍が、本宮城にたどり着くまでには、この地で三本の川を渡河しなければならぬ」

「順に、五百《ごひゃく》川、瀬戸川、安達太良《あだたら》川でござる」

山村六右衛門が補足して、皆に教える。うなずきながら、小十郎は説明を続ける。

「函谷関のような城塞は築けぬが、三本の川は都合がよい。大軍が渡河しようとすればそこに停滞が生まれる。川を渡るには浅瀬を選ぶから、おのずと渡河地点は限られる。大軍の数の優位を消すことができる」

　小十郎が敵を迎える場所にここを選んだのは、三本の川に目をつけたからだ。大軍の動きを止め、渡ってくる部隊を個別に撃破すれば、数の優位も意味をなさない。

「列を作って渡ってくる敵を待ち伏せるなら、相手が大軍であろうと互角に渡り合えるということでござるな」

　山村は小十郎の意をくみ取った。

「そういうことだ。大軍が一斉にかかってくれば、数の優位で押される。だが、敵をできる限り分散して順番に戦えば、同数の相手と戦うだけで済む。戦う回数が増えるだけだ」

　敵が最初に渡ることになる五百川沿いには、味方の前田沢《まえだざわ》城と高倉《たかくら》城がある。敵は、この二つの城を最初に攻めてくる。ここでは、無理に討って出る必要はない。敵の一部を足止めにするだけでよいのだ。それぞれの部隊が大軍を分散させることに意味がある。

　戦う地を見つければ、あとは宿老や旗本たちが政宗に布陣を進言するだろう。鉄砲、弓矢、石《いし》礫《つぶて》で川を渡る敵を狙う。あらかじめできることは、そのための準備だ。戦が始まれば、それぞれの隊が持てる力を出し切るだけだ。

「敵はこの戦いをどう見ているのでござりましょうか。つまり、大軍ゆえ勝って当然と見ているのか、伊達を難敵と見ているのか」

　佐藤次郎右衛門が小十郎に尋ねた。

「多数の国衆の連合軍というのは、それぞれの思惑も異なる。一枚岩になるのは難しい。結束が弱い大軍が、われらを侮ってくれたら一番よいのだが、そこはわからない。干戈《かんか》を交えてみねば、敵の士気はつかめぬ」

小十郎は、正直に答えた。答えながら、伊達軍に思いをはせていた。伊達軍の士気は高いといえるだろうか。

「伊達家の士気は高いといえるでしょうか」

佐藤次郎右衛門も同じことを思ったらしい。

「むろん、士気は高い。敗れれば伊達家は崩壊し、皆、禄を失うとわかっているからな」

とっさに、当たり障りのない返答をした。

「じつは、先代の死は、殿が先代ごと敵を撃てと命じたからだ、という噂がござりまする」

「知っておる」

小十郎は素直に噂の存在を認めた。

「先代の下で政を担った重臣の中には、殿を疑い、反発する方もおられる、とも聞き及びました」

「その件では、あの場に居合わせた成実殿に確かめた。畠山が先に先代を斬ったのだ。だから、殿が鉄砲射撃を命じた。その噂はまやかしだ」

皆を見渡しながら、反論を許さぬ態度を示した。だが、佐藤次郎右衛門は不謹慎な発言をやめない。

「あれ以来、殿は変わってしまわれた。お怒りはごもっともなれど、それがしには自責からくる焦りのような姿に見えまする」

「次郎右衛門。家臣の分際で、主人の品評はやめよ」

「ご無礼つかまつった」

　佐藤が口を閉じ、一同もその話題を避けた。だが、心にかすかな疑念が残るのは、小十郎とて変わりはない。

　天正十三年（一五八五）十月。ひと月前の話である。伊達政宗が小手森城を落とすと、塩松の領主・大内定綱は、本城である小浜城を捨て、隣国の二本松に逃れ、さらに会津まで逃亡する。政宗は空城になった小浜城に入り、隠居していた先代・輝宗は宮森城に入った。すると、大内を擁護していた二本松の畠山義継《よしつぐ》は、伊達家に降伏を申し入れてきた。伊達軍の会心の勝利。政宗は畠山の領地を大幅に削減する条件で、畠山の降伏を認めた。その際、輝宗の取りなしがあったという。

　あの日も、今日のような青空が広がっていた。城門前で怒声があがるまでは、穏やかな一日が過ぎようとしていた。戦支度をする者はいない。伊達軍は勝ち戦を終えたばかりで、将から歩卒に至るまでくつろいでいた。

　その日、畠山義継は取りなしのお礼のため、輝宗のいる宮森城を訪問した。敗軍の将は投降して臣従の誓いの儀式を行い、それで丸く収まるはずだった。

　だが畠山義継は居館を退出する際、突如として輝宗に脇差しを突き付け、捕虜にした。

　居合わせた伊達成実、留守政景すら、防ぐ間もなかった。畠山一行は輝宗を拉致し、二本松目指して逃亡した。

　政宗は鷹狩りに出ていて不在だったが、急報が入り、二本松の手前の粟《あわ》の須《す》で、追いついた。

　畠山勢は総勢で二十三騎。鉄砲隊を備えて囲む政宗は総勢七十人。ここで伊達家の取るべき道は二つに分かれていた。

一つ目の道。輝宗の安全を優先して、囲みを解き、畠山勢を見送る。

二つ目の道。畠山の成敗を優先する。輝宗を見捨てることになっても、畠山義継を討つ。

政宗は二つ目の道を選んだ。それは明らかだ。畠山は伊達軍鉄砲隊によって撃たれ、その折り、輝宗も死んだ。畠山は伊達側が譲歩しないのを感じ取り、人質めがけて刀を振り下ろしたという。ほぼ同時に、伊達軍の放つ鉄砲の射撃音が響き渡る。

結局、畠山義継以下の二本松勢は骸になった。そして、輝宗も亡骸となっていた。畠山は輝宗を楯にして刀を持って立っていたから、弾は輝宗にも当たったであろう。

近習の一人が、政宗の独り言を聞いている。

「畠山が刀を振り下ろすのが先だった……。斬ったのが先だ」

隠居した身とはいえ、伊達家の前当主が人質にされて二本松に連れ去られれば、武門の名折れである。輝宗の身になり代わってみれば、かような恥辱を受けるよりは、死を選ぶであろう。輝宗の安全よりも、畠山の成敗を優先した判断は、武家の理に適《かな》っている。

だが、畠山が斬ったのが先か、伊達家鉄砲隊の銃撃が先か――。政宗の関心はその一点にあった。斬ったのが先だ。そのことばは、それ以後、幾度となく政宗の口からこぼれた。

小十郎が成実に真相を確かめたのは本当だった。成実は、畠山が先に先代・輝宗公を斬った、と言った。

気になったのは、その言い方だ。成実は、輝宗の死を避けられなかったせいか、どこか投げやりな言い方だった。

「畠山めが最初に大殿を斬った。だから殿は、撃て、と鉄砲隊に射撃を命じたのだ。それでよいではないか」

伊達成実にとっても、醒《さ》めない悪夢が昼も夜も続いているような状況だ。何が現実だったのか。どこまでが回想なのか。本人も混乱している。昨今では、話す中身も細部になると、微妙に変化していた。

その場にいた者は、多くが口を閉ざした。成実は、二本松勢を囲むため背後に回っていたと聞くから、おそらく細部までは目にしていない。

ただ、鉄砲隊の中には、輝宗が右手の手のひらを広げ、鉄砲隊に向けて制止させる仕草を取った、と恐る恐る告白する者がいた。それでも政宗は「放て」と号令をかけたというのだ。

おそらく政宗にも、その場にいた者たちにも、確かなところはわからないのだろう。畠山が刀を振り下ろしたのと伊達鉄砲隊の銃撃は、ほぼ時を同じくして行われた。

政宗が輝宗を犠牲にして殺したという噂が立つのはやむを得ないが、たとえそうだとしても政宗を責めることはできない。

だが、あれ以来、政宗は変わった。気性が荒々しくなり、目から怨念の光芒《こうぼう》を放つようになった。己の過去を断ち切るように、敵を攻める姿勢を崩さない。こたびの大軍相手の戦いでも、誰もが政宗は退却しないと見ていた。

小十郎は、逢隈川の西に広がる平原を眺めた。土地の者は、青田原と呼ぶ。観音堂の山から一番近い川は瀬戸川だ。そこに渡河しようとする連合軍と防ぐ伊達軍の双方を思い浮かべた。だが、伊達軍が勝つ光景までは浮かんでこなかった。

12

本宮城の廊下を、木板を踏み鳴らす足音が近づいてくる。

急ぐのに精一杯で、他のことは眼中にない歩き方だ。足音を聞いただけで、佐藤次郎右衛門だとわかる。次郎右衛門は紅潮した顔を部屋の中に突き出すと、立ち止まって息を整えた。

「寝返りか」

常に似ず、驚きの表情を浮かべる次郎右衛門を見て、さしずめ寝返りだと見当がついた。

小十郎の問いに、次郎右衛門がうなずく。小十郎はあえて平静を装った。

「誰だ」

「前田沢《まえださわ》兵部《ひょうぶ》」

敵が最初に渡ってくる五百川に近い城のうちのひとつ、前田沢城の城主だ。最初は二本松畠山に奉公していたが、当主義継が死ぬとすぐに伊達側に仕えた男である。政宗は恩賞を出して迎えたが、その前田沢が今度は佐竹連合軍についた。

驚くには値しない。もともと投降した敵将ゆえ、最前線に置くのは武家の習いである。人物を見極めるよりも、慣例を重んじたから、こういうことになる。

「これで、敵は前線の前田沢城近くに大軍の陣を敷けることになる」

その近辺からの五百川の渡河を止める手立てが難しくなった。

報せを聞いて、小十郎はすぐに広間に向かう。縁側の下の庭では、兵卒たちが戦支度に忙しい。

途中、鬼庭左月斎に呼び止められた。

廊下の片隅に移り、二人で話をした。

「小十郎。寝返りが出たようだな。そなたが選んだ場所での策は、これで成立しなくなったのではないか」

小十郎の選んだ場所での戦いが困難になった点を、左月斎は危惧していた。

「五百川沿いには、もう一つの高倉城が健在。こちらの守りを補強すれば、かの地での戦いの策はいまだ成立すると思うておりますが」

小十郎は自分の見通しを述べた。

「小十郎に作戦が見えておるのなら、それでよい。あとは準備を尽くすだけだな」

先日の軍議で、左月斎が政宗に自制を求めたのを思い出した。

「このところ、思い通りにいかぬ出来事が続きました。殿は味方にも不信を抱いておるようでござる」

「将というものは、多かれ少なかれ、味方も疑うものだ。だが、味方を信じ切った側が、最後には勝つ。とくに、こたびのような大きな戦ではな」

「殿は味方を信じてくれるでしょうか」

「案ずるな。それについては、わしに一つの考えがある」

「一つの考え……。して、それはどのような」

左月斎の顔に笑みが浮かんだ。

「それはまだ言えぬのう。実戦で知ることになろう。さて、そろそろ軍議が始まるぞ」

広間では、政宗と重臣たちがすでに集っていた。

怒り心頭に発した政宗の声は、怒号に近かった。

「敵を五百川沿いで迎え撃てる城は、高倉城だけになった。寝返りの恐れのない者を向かわせて補強する」

選ばれたのは、桑折宗長と伊東重信《いとうしげのぶ》らだった。譜代ゆえに寝返りの心配はない。旗本鉄砲三百をつけて高倉城にこもらせることになった。

小十郎も敵の出方を予想して、進言した。

「殿。おそらく敵は、奪った前田沢城の南の原に集結して守りを固めますぞ」

「よし。今宵《こよい》、出陣する。それぞれ持ち場につけ。俺も、観音堂山に本陣を移す。土地の者に雲合いは確かめたか」

「はっ。安達太良山の雪雲がこちらに向かっている由。雪の恐れあり、とのこと」

小十郎は抜かりなく返答した。

「よし、竹製の火種は火持ちがよいが、雪ともなると湿り気で火がつきにくい。ヒノキ製の火種を鉄砲隊に奨励せよ。漆を塗って雪に備えさせよ」

政宗が重臣たちに指示を出す。こういう所には細部まで気が回る。渡河する敵を鉄砲隊で足止めできるかが勝敗の帰趨《きすう》につながる、と承知しているのだ。

近隣の里人を動員して矢作りさせたので、矢も大量に備えた。予備の弦も抜かりない。各陣所には、河原から集めた投石用の礫石も配置した。

伊達軍は戦闘準備を終わり、息を殺すように待ち続けた。

翌日早朝――。

青田原と周辺に陣取る伊達軍の各隊を、伝令が駆け回る。静寂を切り裂きながら、切迫した声が響き渡る。

「前田沢城周辺の敵に動きあり。二手に分かれ、そのうち一隊は五百川近く高倉城めがけて北上中。岩城、白川、石川、二階堂の混成軍にて、その数一万余り」

敵は三本の川のうち、最初の五百川まで来た。高倉城の横を押し通り北上しようとする。

小十郎の陣は、瀬戸川と安達太良川のほぼ中間の地にある。すぐ背後は観音堂山の政宗本陣で、本陣の前を守るように布陣していた。

そこから半里ほどの小山の木々の間に、高倉城の黒い屋根が見えた。小山の頂に作った山城は、そう簡単には落ちない。足軽三百と馬上百五十騎が守っている。

突如、鉄砲の轟音《ごうおん》が遠くで聞こえた。片倉郎党たちも、はっとして遠くの屋根を見つめた。音は、高倉城の方角から聞こえてくる。まだ陽が上ったばかりだった。鉄砲組が緒戦で痛手を与えられるかどうかで、味方の士気が変わる。

ここが瀬戸際か。

何もせずに遠くの味方の戦いを待っていると、かえって気が高ぶり、吐く息が重くなった。

鉄砲の射撃音はまだ響いている。音が聞こえているうちは、味方の鉄砲隊が敵に銃弾を浴びせているということだ。

だが、いずれ音は途切れる。敵の数が多すぎるから、弾薬がもたなくなる。それがわかっているから余計に心の臓の鼓動が激しくなる。

四半刻《しはんとき》もすると、背中で旗指物を揺らした伝令が馬を駆って、政宗の本陣に向かっていく。途中、小十郎の隊にも戦況は伝えられた。城には城主の高倉近江《たかくらおうみ》らがいて、敵を防いでいる。伊東重信率いる遊撃隊が城を出て、足軽二百に鉄砲を撃ちかけさせ、連合軍を横から崩したという。戦況は目まぐるしく変化した。敵軍は、岩城勢に入れ替わった部隊が攻撃している。高倉城の伊達軍は同じ兵のままだ。

伝令がさらに敵主力の動きを伝えてきた。

「芦名軍、五百川を渡り、先頭は青田原を進軍中。背後の佐竹軍も五百川を渡河中」

これに対して、伊達側の鬼庭隊と白石《しろいし》隊とが防いでいるという。

大軍が川を渡る時が、味方の勝機だ。流れに足を取られて動きが鈍ったところを狙って、弓隊が大量の矢を射る。さらに、五百川の岸辺には段差があって畝《うね》となっており、これが天然の土塁の役目を果たしている。その地には、上ってくる敵を突くための槍隊が潜んでいる。こちらに有利な場所で、いかに敵の数を減らせるかが戦の分かれ目となる。

だが、小十郎の陣から見ても、青田原の向こうに敵兵が目立つようになってきた。小十郎は立ち上がって、背後の本陣を仰ぎ見る。

伝令の馬が走り込んでくる。

「片倉隊、前方の援軍に向かってくだされ。本陣警護は無用との殿の仰せにござる」

「承知」

小十郎は自分の兵を動かした。騎馬五十騎、足軽百五十人である。

最初の敵は歩兵たちであった。敵の騎馬は川を渡河した地点で集結し始めているが、恩賞目当ての統率されない歩兵がばらばらに走ってくる。

その様子を見て、盛り上がった畝の手前に弓隊を配置した。烏合の足軽が近づいたところで弓を射る。それを繰り返して敵を通さない。

だが、次第に敵の数が増えてきた。数騎の騎馬が足軽を集めて十人ほどの塊になって攻めてくる。

こちらも、相手の数に応じて、味方の兵をまとめ次々に繰り出す。やがて全部隊で敵の攻撃を食い止めることになった。

昼近い芦原《あしはら》に、矢が飛び交う。

小十郎の前面に、三騎に率いられた三十人ほどの足軽部隊が現れた。この場の味方はその半分。小十郎の馬のすぐ後ろに、山村六右衛門と佐藤次郎右衛門の馬が続く。

倍となる数を頼んで侮ったか、敵の部隊は無策で突進してくる。小十郎は、兵の一番後ろに弓を構えた五人を用意させていた。

「左右に分かれよ」

敵が近づいたところで前方の兵たちが両脇に分かれ、後方の弓隊のための道を空ける。

「よし。放て」

弓隊は各自が二矢を放った。敵の三分の一の歩兵が倒れる。

「掛かれ」

統率のとれていない敵である。足軽三人が迂闊《うかつ》に踏み込んできたところを、小十郎は馬上から立て続けに槍を繰り出す。

深く突き通せば、抜くのが難しい。敵の喉《のど》を、胸の上部を、小十郎は軽やかに突く。山村と佐藤も小十郎にならって、敵を倒している。瞬く間に敵兵の数は減っていった。

「気を抜くな」

小十郎が声をかけると、味方全員が「おう」と応じる。

掛け声が一致したことで、味方は鼓舞され、敵は勢いに押される。顔に怯《おび》えを浮かべる者、逃げ出す者で、敵に混乱が生まれている。

ここが好機と、小十郎は敵の騎馬に狙いを定めて馬を寄せる。筋兜の下の両目からは戦意が感じられない。どこか虚《うつ》ろで、小十郎が槍を構えると、すぐに馬首を返して、反対方向に逃げ出した。

「狙いまする」

山村が馬を飛び降りて弓を構えたので、小十郎は山村の横で援護する。

「よし、よく狙って放て」

小十郎が言い終わらぬうちに、弓の弦がはじける音を立てた。矢は敵騎馬の首の下に命中した。騎手を振り落として、馬だけが砂埃《すなぼこり》をあげて去って行く。

敵の足軽も味方の足軽に突かれ、倒れていく。残りの者は槍さえ投げ捨て、必死に逃走した。

ふと辺りを見回すと、小十郎の隊の左、百間ほど横に伊達成実の隊も戦っている。敵味方の隊が衝突して槍や刀を振るう中、紺糸威《こんいとおどし》の具足を着込んだ成実が、単騎で走り回るのが見えた。

成実は、騎馬で敵陣に迫る戦法を好んだ。味方の負傷者が増える代わりに、敵味方が入り乱れるため、敵の鉄砲隊がたやすく発砲できなくなる。

「鉄砲隊を弓で狙え」

乱戦の輪を広げながら、成実が味方に叫ぶ。

鉄砲隊を封じたことで、後続の味方は敵陣に攻め込んだ。成実は先頭を切って、寄って来る足軽に斬りつけている。

小十郎もまた、味方に声をかけた。

「味方は押しているぞ。成実殿の隊に遅れを取るな」

目の前には、もう別の敵が隊列を組んで迫っている。小十郎は、乱れた味方の隊列を立て直す。

辺りは次第に、敵の足軽であふれ返ってきた。固まった敵の隊を見つけては、味方の部隊がつぶしにかかる。小十郎も間断なく、槍を振り回していた。

少し離れた場所を、敵の伝令が大声を出しながら馬を駆っていった。

「高倉城は落ちた。一気に攻めかかれ」

瞬時、流言かと思ったが、振り返ると高倉城から火の手が上がっていた。

敗走する味方をまとめる者はいるのか。見回すと、伊達成実の隊が高倉城に向かって行こうとしている。

成実はよくも悪くも、伊達軍の頼みの綱だ。仮に成実が敵の手に掛かれば、伊達軍は崩れる。伊達軍の士気を保つのに欠かせない存在だった。

「成実殿。後方にお下がりあれ。高倉城の兵たちの回収にはわれらが行く」

小十郎は馬を成実に近づけて、大声で伝えた。

「小十郎はだめだ。殿を守れ。おれが行く」

「成実殿の手勢は欠かせませぬ。ここはわれらが」

言い終わらぬうちに、成実が馬首を翻して、小十郎の馬と並んだ。

「悪く思うな」

にやりと笑うと、成実は小十郎の馬の手綱に横から手を伸ばし、方向を変えた。

予想もしない行動に、小十郎が馬上で体勢を崩す。その隙に、成実が小十郎の馬の尻に鞭を入れた。

一気に馬が加速し、小十郎は振り落とされぬよう手綱にしがみつく。小十郎の馬は駆け出していた。

成実は小十郎をその場から離脱させ、手勢を率いて高倉城に向かっていった。

やむを得ない。成実に味方の救援を任せることにした。

たしかに敵の大隊には押されている。とはいえ、同数の隊が衝突すると、ほぼ伊達軍が敵を敗走させた。伊達軍の士気がそれほど高いのか。いや、敵の士気が低いのだ。

行けるかも知れぬ。そんな期待が、吐く息とともに体からせり上がってくる。

間違いなく味方は善戦していた。だが、戦う隊を交代して休ませる敵に対して、味方は戦い続けている。その分、消耗が激しい。

少し先に林が見えた。すぐ下には畝の窪《くぼ》みがあって、敵が上ってくるのを防げそうな場所だ。

小十郎は、散り散りの味方をまとめて林の中に陣を移した。

「座って休め。敵が近づいたら、一斉に出る。それまで休め」

小十郎は竹筒の水を少し口に含み、その竹筒を足軽に回した。

味方は生き残れるだろうか。体力さえもてば、大軍相手でも戦えそうな気がした。

小十郎は敵が来る前方を警戒していた。と、背後から低い馬蹄《ばてい》の音が聞こえた。百騎はいるだろう馬群が背後から迫ってきた。

身構えて太刀を取る小十郎を、山村六右衛門が制止する。

「お味方にござる」

それを聞いても、佐藤次郎右衛門がぶしつけに怒鳴る。

「誰だ、こんな時に」

誰だ、こんな時に。小十郎も心の中でつぶやく。

「殿でござる」

山村が耳打ちしてきた。

黒一色の具足に身を包んだ馬上は影武者ではない。政宗本人だ。政宗が本陣を出て自ら旗本百騎・足軽三百を率いてきた。

気づけば、小十郎は、そのまま政宗の馬をめがけて走っていた。佐藤次郎右衛門が背後からあわてて追ってくる。

口取りが手にした手綱を奪って、小十郎は自分で手綱を握る。

「殿、いかに」

「動ずるな、小十郎。敵は多勢ゆえ、兵を遊ばせる余力はない。出るぞ」

「ご乱心か。こたびの戦で、御大将自ら出るなど危なすぎまする」
「小十郎。佐竹常陸介《ひたちのすけ》がいない」
「えっ」
「鬼義重がこの場にいないのだ」

政宗は忍び笑いをかみ殺しているようだ。敵の大将不在を知って、居ても立ってもいられなくなったのか。

「確かでござるか」
「おそらくな。佐竹の馬印がどこにも見えない。北条との戦いのさなかでも、佐竹の馬印は常に義重のそばにあったと聞く。それがないのだ。本人不在としか思えぬ。間者が伝えてきた話とも一致する」

佐竹の居城・常陸太田城に、隣国からの軍勢の動きがあったという。佐竹義重の留守をついて、常陸水《み》戸《と》の豪族・江《え》戸《ど》重通《しげみち》が離反した。房総の里《さと》見《み》義頼《よしより》も連携している。これらの報が佐竹軍にもたらされたという。政宗が手際よく説明した。

小十郎はその内容の真否を考えた。江戸重通は過去にも佐竹氏との間で、従属と離反を繰り返している。佐竹義重の留守に寝返るのは、あながち虚報とは思えない。

「それで、佐竹は居城に引き返したのでござるか」
「本隊が見当たらない以上、それしかないであろう」

佐竹義重が大将でないなら、連合軍の結束が揺らぐのは必定。だから、敵の士気が下がっているのか。話の筋は通る。

「して、敵の大将はどなたでござるか」

「小野崎義政《おのざきよしまさ》」

淡々とした声で、政宗が遠くを見つめた。

その時、背後から佐藤次郎右衛門の声が聞こえた。

「誰だ」

誰だ。小十郎にも覚えのない名だった。佐竹の将らしい。

政宗が今度は声に出して、ふふ、と笑った。

「今、間者に探させておるわ。見つけたら、不意打ちで構わぬから首を取れ、とも命じた」

佐竹義重だから大軍をまとめられるのだ。無名の将では、他家の領主がおとなしく従うとは思えない。この戦の分かれ目となる話だった。

「小十郎、討って出る」

「それはなりませぬ」

「上意なり。出るぞ」

上意と言われて、小十郎は黙り込むしかない。

「弓隊、前進せよ。槍隊が後に続け」

政宗はさっさと号令をかけた。

大軍とはいえ、佐竹義重がいないなら相手に隙はできる。寝返りや退却の部隊が出るかもしれぬ。敵は結成したばかりの、統率されない混成部隊だった。

対する味方は寡兵とはいえ、歴代の伊達家に仕えた譜代の者たちの集まりだ。数の不利はあるが、大将自ら戦う姿を見せることで士気は上がる。政宗はそこを狙っている。

その判断が混じり気なしの戦法に由来するものなら、それもよいだろう。だが、父親を殺された報復感情がそうさせるなら危うい。怒りは正しい判断をねじ曲げる。

片倉隊をいかに動かすか。まずは政宗本隊のすぐ脇で目を離さぬことだ。場合によっては、本隊の前に出て政宗の動きを止めてもよい。

小十郎は本隊の左側面の防御を固めつつ、政宗に続いた。

瀬戸川の河原に到達したところで、そこに陣を置くのかと思いきや、政宗は瀬戸川渡河を命じた。陣立てする隊の脇を通り抜けようとすると、大将を見た味方の将たちが度肝を抜かれて、かしこまっていた。

政宗は足軽どもにさえ声を掛ける。

「敵の首はうち捨てておけ。手柄を立てたい者は、わが目の前で武勇を示すがよい。報償は望み次第。この目でじかに見届けるぞ」

味方は盛り上がった。鬨の声を上げ、槍や刀を振り上げる。

本隊は味方の兵を鼓舞しながら敵の隊の目前まで進んだ。見れば、敵は楯を並べてこちらの進軍を防ぐ隊列を組んでいる。

敵の数を推し測りながら、小十郎も隊列を整えさせる。

「誰の陣だ」

山村が馬を下り、駆けだしていく。旗印を見に行ったのだ。すぐに戻って小十郎に近寄る。

「芦名方、佐瀬《させ》河内守《かわちのかみ》にござります」

佐瀬隊の後ろには、数千の敵軍がいる。五百川を守っていた伊達兵たちがあちこちで取り囲まれ、槍で突き刺されている。血の臭いが風に乗って鼻をつく。囲まれてしまった兵たちへの経路は、佐瀬隊が塞いでおり、援兵を送ることさえかなわない。それを見た政宗は本隊自体を前進させ、佐瀬隊に正面から当たっていった。

弓隊が矢を放ったあと、槍隊が突撃する。騎馬に率いられた足軽部隊が敵兵に襲いかかる。

小十郎もまた政宗本隊に続いた。

敵の足軽たちが小十郎に向かってくる。いきなり突き出された槍の穂先を太刀ではね上げ、相手の胴を払うように斬る。一同やや怯んだところに、こちらから馬を進め、太刀を振り下ろし、次の一人の頭を叩き割る。もう一人にも同じように、太刀を振るったが、今度は相手に届かなかった。

「槍を使う。誰か槍をもて」

小十郎が叫ぶと、配下の者が走り寄り、小十郎めがけて槍を放り投げてくる。

「たわけ者。主人《あるじ》に向かって槍を投げるな」

言いながらも受け取った槍で、もう敵を突いている。喉を突かれた敵兵が、血しぶきを上げて倒れた。

「殿から目を離すな。敵の経路を塞げ」

小十郎は敵兵を倒し続ける。敵の佐瀬隊は政宗本隊に押され、後ろの別隊と入れ替わっていた。

先刻見た伊達成実の隊が、今は姿が見えない。政宗本隊と成実隊との間には、新たな敵軍が割り込み、経路が遮断されてしまった。

「小十郎。殿はいずこ」

敵の間を抜けて、その方角から十騎ほどの味方が駆けてくる。先頭にいるのは白石宗実《むねざね》だった。

宗実は、先の小手森城攻めで武功を立てた男だ。齢三十三で小十郎の四つ上。引き締まった顔を見せるも、さすがに疲れを隠せない。宗実の隊は高倉方面から来る岩城常隆勢と戦い、押されて各自ばらばらになったという。本隊に合流するために来た、と息を切らして説明した。

「成実殿がいずこか、ご存じか」

「来る途中で一度、成実隊に合流した。退去を勧めたが、踏みとどまると言ってきかなかった。武運を祈るしかない」

あるいは、成実は討ち死にを覚悟しているのかもしれない。敵の数が多すぎるのだ。

最前線で戦っていた隊が大軍に押されて、退却しながら政宗の本隊に合流してくる。

「大町《おおまち》三河《みかわ》殿、討ち死に」

「同じく布施《ふせ》備後《びんご》殿、討ち死に」

使い番が告げてくる。味方の損害も少なくない。

「小十郎。殿はご無事か」

しわがれた声に呼ばれた。振り返ると、鬼庭左月斎が馬を巧みに操りながら近寄ってくる。頭上には、相変わらず山吹色の風折烏帽子。重い胴丸は脱ぎ捨てていた。

「ご無事でござる」

「この場の芦名勢だけでも数千はおるだろう。殿にはいかほどの兵がついておるのか」

「先陣各隊の兵も取りまとめておりますれば、将卒以下七百を超えるかと」

　左月斎が大きくうなずく。

「それだけついておれば、しばらくは持ちこたえられるであろう。が、本隊が危うくなった時は、そなたが殿を逃がせ。決して殿を死なせてはならぬ」

「心得た」

「それと……。そなたは、わが娘の喜多が待ち望んだ男《お》の子だ。ここで死んではならぬ。また喜多に恨まれてはかなわぬでな」

　喜多の母親が左月斎から離縁されたのは、男の子が生まれなかったからだ。喜多の母親は、その後片倉家に嫁ぎ、待望の男子が生まれた。それが小十郎である。喜多が左月斎を嫌っていることに、小十郎もうすうす気づいていた。

「それより、左月様は宿老《おとな》の身。ご高齢でもありますれば、今からでもお引きくだされ」

　左月斎がしんみりとした声でささやいた。

「小十郎。わしは、この戦いで生きながらえるつもりはない」

「えっ……」

「先代に大恩受けたわしが追い腹を切らなんだは、何ゆえだと思う。戦いで死ぬためよ。伊達家のために、もうひと働きできそうだと思ったのだ」

「なりませぬ」

「まあ、聞け。わしが死んだあと、殿に言え。先代は号令をかける時、手のひらを見せて右手を上げる。しかるのちに、拳を握るようにして振り下ろす。それが癖だった、とな。亡くなる直前、鉄砲隊に右手の手のひらを見せたのは、射撃を制止するためではない。撃て、の号令の意味だったと。発砲は先代の意にかなっていた。最後にわしがそう言っていた、と伝えるのだ」

政宗は輝宗の死の真相がわからずに悩んでいた。畠山が斬ったのが先だ、と言い続けた。左月斎は、政宗の心の闇を晴らすつもりなのだろう。

「それは本当の話でござるか」

聞かなくてもよいと思ったが、それでも聞きたかった。

「どちらでもよいではないか。人が死ぬ直前に言う点に意味がある。死人に口なしと言うであろうが」

小十郎は素直に頭を下げた。左月斎は素早い身のこなしで、馬首をめぐらした。

「これで悔いはない。言うべきことは言った。小十郎、死ぬなよ」

左月斎が馬を走らせ、遠のいていった。

残された小十郎は動けずにいた。

「佐竹軍、五百川を渡河」

背後で、使い番が告げる。

止まっている場合ではなかった。新手がすぐそこまで来たということだ。

伊達軍は瀬戸川ほとりまで退却し、陣形を整える手はずとなった。だが、佐竹軍の先頭に前田沢兵部がいた。佐竹を先導している。その話が伝わると、寝返った前田沢に対する憎悪の念で、伊達軍に士気が蘇《よみがえ》った。

前田沢だけは生きて返すな。あちこちで声があがる。敵軍が隊列を組んで近づくのを見てかかろうとした時――。

敵側から銃声。途端に味方の兵が混乱する。皆、伏せている。隊列が崩れ、そこに敵の足軽が突っ込んでくる。

政宗の声が響いた。

「敵兵を味方陣内に引き入れよ。それで敵の鉄砲隊が撃てなくなる。詰め寄らせて、刀を使え。抜かるな」

「おう」

皆、地に這《は》いつくばって敵兵が来るのを待つ。近づいたところで一斉に立ち上がり、刀を振るった。

敵が鉄砲を撃ってきた時に、小十郎はとっさに馬を飛び降りた。刀を抜いて、敵兵が掛かってくるのを待つ。

間合いに入った敵の刀を受け流し、刀を持つ相手の手に斬りつける。刀を落とした相手を蹴飛ばし、別の敵兵の腕を撫で斬る。次から次へと掛かってくる敵と戦っているうちに、相手の手や腕に斬りつけるのが手っ取り早いと気がついた。

命までは取れないが、腕を斬られた敵兵はもう、戦闘能力がない。多勢の敵と戦うには便利だった。片倉隊にその方法を周知させ、他の隊以上に成果を上げた。

小十郎は政宗を目で追った。馬上の政宗自ら太刀を振るっている。かつての相馬との戦いは、政宗の武芸の腕を格段に向上させた。政宗が騎馬武者を倒すたびに味方の士気が上がった。

感心していた瞬間、銃声が響き渡る。同時に、政宗が落馬した。

撃たれた。政宗が腕から地面に落ちた。

時が止まる。

小十郎は政宗の下に走り寄る。

政宗のもとにひざまずいた時には、心配と安堵が一挙にあふれ出た。政宗が自分一人で上半身を起こしたのだ。しきりに五枚胴具足の胸を確かめている。

「殿っ」

政宗の近習衆で回りを囲み、小十郎が腕を貸して立ち上がらせる。

「大事ない。鎧《よろい》が防いだ。かすり傷だ」

小十郎は政宗の馬を探すが、どこかへ走り去っていた。

「代わりの馬を連れて来い」

命じているところに、敵兵が突進してきた。体をずらして敵の槍をかわしながら、槍の柄の真ん中を握ると、相手を振り回して転がす。総髪の足軽男が座り込んだところを、奪った槍で突こうと構えるより先に、男が叫んだ。

「敵の総大将だ。ここにおるぞ」

戦場の動きがすべて止まったかに思えた。敵味方、双方の兵たちの視線が集まった。

皆、隻眼の政宗を凝視している。

次の瞬間には、敵兵が雲霞《うんか》のごとく押し寄せてきた。

「味方は殿の前で楯となれ。少しでも時を稼げ」

叫びながら、政宗を後方に連れて行こうと探すが、もうそこに姿はない。

弦月前立の黒兜の政宗は、敵兵を迎えるかのように前に出る。

声には出さずに政宗の口が何かを叫んだ。かかって参れ。小十郎は唇を読んだ。

馬鹿な――。政宗の行動は常軌を逸している。小十郎はあわてて後を追った。

政宗は、走り寄る敵兵の槍の穂先を見事にかわして、脇の下に挟み込む。体を一回転して槍を奪い取ると、そのまま相手の胸に突き刺した。引き抜く返しの動きで、背後に迫る別の敵兵を叩き倒した。

鬼神か。小十郎の背後の味方が唸《うな》った。他の伊達兵も大将の闘志を見ていきり立った。

おう。

それぞれが一斉に敵兵を見つけて刀を振るう。食らいつくように、倒していく。

だが、大将首を狙う雑兵たちは貪欲な獣のように群がって来る。

数が多すぎた。一旦、退却して殿を安全な場所に――。

小十郎の思考は大声に遮られた。政宗の声が響く。

「佐竹の者どもは、ようく聞け。奥羽はそのほうどもが踏み入れる地ではない。早々に立ち去るがよい。立ち去らぬ時は、奥州探題が存分に相手いたすゆえ、軍勢を差し向けて来るがよい」

それを聞いた敵兵は、亡者の顔を露《あら》わにして政宗に挑みかかろうとする。

小十郎は激怒した。誰に。政宗にだ。

こうなれば、政宗の黒兜を奪って己がかぶり、政宗に代わって敵を引きつける。そこまで覚悟を決め、実際、すでに手を政宗の肩にかける寸前だった。

小十郎の動きが止まったのは、視界の端に山吹色の風折烏帽子が突進してきたからだ。

鬼庭左月斎が、駿馬《しゅんめ》を器用に操りながら、敵兵の頭ばかりを狙って槍で倒していく。追い詰めた鼠を何度も叩く猫のような動きだった。率いられた騎馬や足軽たちも、佐竹兵を追い払っている。

その目立つ姿に、敵兵たちは狙いを替えて、左月斎を追って群がっていく。

敵と戦いながら、小十郎は政宗を諭した。

「殿。左月様はおとりになるお覚悟にござるぞ」

山吹色の烏帽子めがけて矢が乱れ飛ぶ。左月斎は、馬首を右へ左へと小刻みに操り、弓兵の狙いをはずす動きに出た。追ってくる足軽には、配下の手勢が相手をしている。だが、まとわりつく足軽の繰り出す槍や刀が、何度か左月斎の体に当たっている。

手負いとなった左月斎は、もはや格好の標的だった。手柄首を欲しがる敵兵は、他の将兵には目もくれずに左月斎に襲い掛かる。

それを見た政宗が、左月斎の名を叫ぶ。腹に槍を受けた左月斎が落馬したのは、政宗の声とほぼ同時だったか。

小十郎は左月斎の死を背中に感じていた。生死を確かめている余裕はない。隙を見せれば、敵はたちまち刃を繰り出してくるだろう。

政宗は自分を見失うほど激高していた。聞き取れない叫び声を出しながら、むやみに刀を振り回している。その勢いに押されて、相手も怯んでいる。

小十郎は、政宗を取り囲む敵を数人斬り倒した。

「左月斎殿が命がけで救おうとした殿のお命。小十郎、無駄にするわけには参らぬ。ここは引きまする」

小十郎は無理矢理に政宗を連れ、瀬戸川を戻った。川の中では、味方の白石隊が殿《しんがり》となって、追ってくる佐竹兵ともみ合っている。

河原の畝を上ると、援護のために本宮城から打って出た味方の部隊が、政宗を迎え入れた。

その後も一進一退を繰り返し、敵味方ともに疲弊していった。

味方は大軍相手に瀬戸川を守り抜き、その日の陽が暮れた。

13

「かがり火は多めに焚《た》いておけ。こちらの兵数を水増しせよ。付近の野山にも火を置け」

伊達軍は、各拠点で生き残った兵をまとめ、本宮城と岩角《いわづの》城を中心に野営した。一門衆から足軽組士、農兵に至るまで一緒になって休んだ。こうなると、敵兵が紛れても見分けが付かない。本宮城のほうが防御に固いが、謀殺を恐れた小十郎は、政宗を岩角城まで案内した。

奇岩近くに政宗の陣を造営して、自らは本宮城まで再び戻った。供には、山村六右衛門と佐藤次郎右衛門をつけた。夜陰に乗じて観音堂までたどり着く。夜襲の見張りと敵情視察を兼ねるためである。

「殿、敵のかがり火が少なすぎまするな」

青田原にかがり火が点々と燃やされている。

「いかにもな」

小十郎も不審を感じた。万を超える大軍だ。かがり火や焚き火は、平原を照らすほどの明るさだと思っていた。それなのに、火の明かりはまばらで、辺りは暗闇だ。

「明かりを避けて、こちらの油断を誘っているのでは」

奥羽の冬は寒い。小雪さえちらついている。

「この寒さだ。それはないと思うが、万が一ということはある」

小十郎は踵《きびす》を返した。

「野営するぞ。見つかっても構わぬから、火を焚け。暖を取る」

その夜は小十郎自らも交代で見張りにつき、交互に眠った。

翌朝、小十郎は家臣二人に揺すられて目覚めた。

「殿」

呆気にとられた形相の二人に、小十郎は身を固くした。

「敵襲か」

「とにかく。まずはご覧あれ」

二人に急かされて、偵察に適した木の陰まで走る。そこからは青田原が見渡せる。

「あっ」

小十郎は目を見張った。予想だにしない光景だった。

昨日は、平原を埋め尽くすほどの連合軍の兵がいた。しかし今、大軍どころか小隊すら残っていない。盗人《ぬすっと》らしき者が数人、鎧や太刀を拾い集めているだけだ。

隠れようにも、この平原に万を超える兵隊が潜む場所などない。

佐藤次郎右衛門が歓喜に声を震わせる。

「殿。敵は退却しましたぞ」

佐竹義重がいない。その報は本当だったのだろう。連合軍は多勢だが、烏合の衆だった。何かの拍子で一気に崩れることがある。

全軍が退却したのだ。今はその理由よりも、事実そのものが重要だった。

「六右衛門。本宮城と岩角城に伝令に行け。敵が退却したとな。殿にご動座を願い出よ」

「承知」

山村は答えるが早く、さっそく駆けだしていった。

小十郎と佐藤次郎右衛門は瀬戸川に向かう。途中、佐竹兵と見間違えた伊達兵が殺気だって近寄ってきたが、そのたびに片倉小十郎を名乗って合流させた。

瀬戸川を見る。昨日、あの畔《あぜ》で伊達軍は奮闘した。鬼庭左月斎が討ち死にし、政宗は弾丸を受けても刀を振るった。

その政宗が青田原に出張ってきたのは、薄青い陽が高く昇ってからだった。警固の兵を引き連れている。小舟を数艘《そう》、瀬戸川に浮かべて急ごしらえの舟橋を架けさせた。

捕縛した敵の敗残兵からの話で、佐竹隊の内報がもたらされた。小十郎は政宗と共に、その知らせを聞いた。

連合軍の陣中において、大将代行の小野崎義政が下僕に殺されるという事件が起きたという。そのため配下の佐竹勢は帰国してしまったらしい。会津から派遣された芦名の諸将や奥州各家も戦闘意欲を失い、雪崩《なだれ》を打って帰陣した。敗残兵はそう語った。

「どうやら、生き延びたな。一時は死ぬかと思うたわ」

政宗が、他人事のように振り返った。

「殿。小十郎、殿をお諫めせねばなりませぬ。死ぬかと思う戦いは避けるべきでござる」

「戦いを避けるのか」

政宗は苦い顔をした。

「代わりに別の戦いを仕掛けようと思いまする。調略という別の戦いでござる」

小十郎は声を太くした。

「こたび、常陸太田城の隣国が侵入する動きを見せたことから、佐竹は代わりの大将を立てて、兵を引き申した。人は不利な話を聞けば、進むか引くかの板挟みに陥りまする。そうした人の性《さが》をあらかじめ操る戦いが必要でござる」

「だから調略か」

「敵と戦うには、敵の敵と交渉し誼を通じ、敵の動きを封じる。それがし、交渉のできる軍略家になりまする」

「父上にとっての不入斎《ふにゅうさい》がそうであったな」

政宗が遠藤の名を出した。遠藤不入斎基信は、輝宗に宿老にまで引き上げられ、輝宗の墓前で追い腹を切っている。命を捨て、輝宗の恩に報いたのだ。

そして昨日は、鬼庭左月斎が、政宗の身代わりになるようにして死んだ。

「遠藤殿と同じように、左月様の死は、武士としての本懐であった気がしてなりませぬ。最後まで勇猛に戦い、敵を引き付けてくださいました」

「左月斎は、おれの代わりに死んだのだ」

政宗が遠くを見つめた。

「おれは家臣に恵まれた」

政宗がそう言ったことで、小十郎は気づいた。

戦いの直前、左月斎は、政宗に家臣を信じさせるための「一つの考え」があると言った。

最初から、激戦の中で政宗の身代わりとして死ぬつもりだったのだ。命を捨てることで、政宗が家臣への信頼を取り戻すとわかっていたのだろう。

それだけでなく、左月斎は政宗の迷いを断ち切る策を残してくれた。

小十郎は、輝宗の射撃の合図の話をした。鬼庭左月斎が最後に伝えよと言った、輝宗の癖の話だ。

輝宗は人質に取られているさなか、伊達鉄砲隊に向けて右手をあげて、手のひらを開いて見せた。これは見ようによっては、鉄砲隊に、撃つな、と制止する合図にも見える。

だが、輝宗がそこから右拳を握りながら振り下ろすのは、「撃て」の合図だ。左月斎が最後にそう言ったと、その通りに伝えた。

それを聞いた政宗が小十郎を直視してきたのは一瞬のことで、すぐに思案気な顔で遠くを見つめた。

政宗がその話を信じたかどうかはわからない。だが、どちらでもよい気がした。そう、死人に口なし、なのだから。

「左月斎にはかなわぬ。最後の最後まで、伊達家に尽くしてくれたな」

政宗は一言そう言うと、しばらくの間、身じろぎもせず、その場に立ち尽くした。

たった一日で伊達軍は多くの兵を失った。その血は青田原の地中に染み込み、瀬戸川の流れを赤く染めた。

政宗が味方兵の死を追悼しているのは明らかだ。いつしかその両の手が胸元で合わせられ、隻眼の瞳が閉じられている。

失ったものは大きい。だが、得たものもまた大きかった。

政宗はこの戦いで、先代輝宗から多くのものを受け継いだ。

それは譜代の家臣団の力であり、互いの信頼だ。互いを信じたことで、伊達軍の結束は崩れなかった。政宗も最後には味方を信頼した。佐竹が大軍でありながら、大将の代行を立てたせいで統率力を失ったのとは正反対だった。

「殿。この地に留まりまするか」

「いや、戻る。米沢に」

上空を数十羽《わ》の白鳥が低空飛行で向かってくる。政宗と小十郎は同じように首を空に向け、その様子に見入った。白鳥の群れは、先頭の一羽を基点に右と左に斜めの隊列を組み、かん高い鳴き声を放っていった。

冬になれば訪れる鳥も、春になればまた北へと戻っていく。戦いが終わって北へ帰るわれらのようだ。渡り鳥が南北を往来するのは、自然の摂理か、あるいはただの衝動か。

失われた命と血は地中深くに染み込み、微《かす》かなぬくもりだけを宙に漂わせていた。

14

参道入口の山門には、細部まで手の込んだ竜の彫刻が飾られている。頼朝の時代にこの地に配された三浦《みうら》家の菩提寺《ぼだいじ》は、道を外れれば戻るのも難しそうな深い林の中にあった。

供の者を残して、小十郎は一人で本堂へと上がっていく。本堂の扉が開き、小坊主に中へと招き入れられた。

胡座《あぐら》を組んで座っている男は、巨軀《きょく》を茶色の陣羽織で包んでいた。

小十郎は相手の正面に座って、同じように胡座を組んだ。

「伊達家名代・片倉小十郎にござる」

「若いな」

精悍《せいかん》な顔を向けた男は、眉根の間にいら立たしげな小皺《こじわ》を作った。

小十郎は穏やかに応答した。

「伊達家は代替わりにより、当主も若返ったばかりにござれば、支える取次役のそれがしも、他家と比べて年若なほうやも知れませぬ。とは申せ、主よりの信を得てこの場におりますれば、猪《い》苗代弾正《なわしろだんじょう》殿をお迎えする備えにお疑いなきよう」

その男、猪苗代弾正盛国《もりくに》は、不承不承という体で会談に臨むのを了承したようだ。名門の出にありがちな傲慢さと自負心が、そり返った姿勢に現れている。また、そうした誉れ高き立場になければ、伊達家への帰順を勧めるためにわざわざ敵地まで訪れたりはしない。

猪苗代氏は、芦名家と血縁にある譜代の家柄だ。居城は、会津黒川城にほど近い、猪苗代湖北岸にある猪苗代城。この寺とは目と鼻の先である。

「書状は読んだ。話だけなら、聞くことは聞く。が、わしが応じるなどとは、ゆめ思うでない」

「で、ありましょうな。それがし、身に寸鉄も帯びず。お人払いを願いとうござる」

「よかろう。だが、これは離さぬぞ」

猪苗代盛国は脇に置いた太刀に、手を触れる。小十郎は小さくうなずいた。それぞれの従者が下がる。

「伊達家は、猪苗代弾正殿に新領地を知行する所存にございます」

小十郎は、一気に核心の断片を聞かせる。当然予期していたであろう弾正盛国は、間髪容れずに問い返す。

「知行とは」

「刈田《かった》と柴田の知行。さらに准一門家としてお迎えいたしまする」

「この地から離れよ、と申すか」

猪苗代氏は、湖の水利と漁業を統率し、そこからの運上金で栄えた一族だ。北方の内陸地への移転に不安を覚えるのは、もっともな話だった。

「伊達家が芦名を負かした暁には、殿は会津黒川城を居城と致しまする。付け城とも言うべき猪苗代城にはご一門家が入りますれば、そこはご容赦のほどを」

弾正盛国が鼻で笑った。目には、小十郎を見下す光が見えている。

嫌な笑いだな。小十郎は湧き上がった不快感をかろうじて抑えた。

「何か、おかしゅうござるか」

「伊達は、周囲を敵に囲まれ、兵力不足であろう。この状況で、もう会津黒川城に入る算段か。気の早い話は控えるがよい」

　弾正盛国の言う通りであった。天正十六年（一五八八）を迎えたこの時期、伊達家は佐竹、芦名、相馬、岩城、二階堂ら近隣諸侯と争い続けている。多方面の敵を抱えて、黒川城を落とす話はどこか、虚ろに響く。

　だからこそ、弾正盛国を伊達家に内応させねばならぬのだ。小十郎の交渉に今後の伊達家の趨《すう》勢《せい》がかかっている。

　巷間《こうかん》、「人取橋《ひととりばし》の戦い」と呼ばれる伊達家と佐竹・芦名連合軍との合戦から、はや二年余りが経った。

　戦いの翌年、政宗は畠山氏の一党が残る二本松城の無血開城に成功した。畠山氏は停戦して本丸を焼いて撤退した。父・輝宗の弔い合戦の面目は、十分に施したといえる。小十郎は、ひと月ほど二本松在番を命じられ、本丸の後始末をした後、信夫郡の大森城主となったばかりだ。齢は三十二になっていた。

「今後、伊達家の兵も増えまする。芦名家が擁護していた大内備前は、すでに伊達家に帰参の意図を固めてござる。あとは条件を整えるばかり。されば、安達における旧臣など、大内につく勢力も集ってきましょう」

　大内備前定綱の名を出したことで、弾正盛国の目に不気味な光が浮かんだ。

弾正盛国や芦名家中から見れば、大内定綱こそが、伊達と芦名が面と向かって対立した端緒になった人物だ。大内が伊達家に反旗を翻し、政宗が塩松を攻め、その結果として大内は芦名に走った。これにより、伊達と芦名の間の衝突が起きた。それなのに、当の本人が、今度は伊達家に帰参するというのだから、憎んでも憎みきれまい。

　政宗が嫌っていた大内定綱。彼の調略を熱心に説いたのは伊達成実だった。劣勢を挽回《ばんかい》するには、怨恨よりも損得を一義に考え、大内に所領を与えて帰参させるべきだ、と執拗《しつよう》に政宗を説き伏せたのだ。

　小十郎は畳みかけた。

「大内備前が何ゆえ、芦名を見捨て、伊達側に戻りたがるのかおわかりか」

「あれは人の道からはずれた奸物《かんぶつ》。戦乱の世なれば詭道《きどう》も用いるのが兵の道とは申せ、度を越した下種《げす》。下種の存念にまで、常人の思慮は及ばぬわ」

　地をはう毛虫でも見つけたかのように、弾正盛国は渋面を作った。

「いかにも大内備前は表裏者。されど、利に聡《さと》い大内が芦名を見限ろうとするのもまた、まことの事実でござる。芦名家中では、佐竹の新当主のもとで、かつて戦に功ありし芦名のご重臣の方々は粗略に扱われておる、と聞き及んでおります」

　四百年の長きにわたり会津を領有してきた名跡の芦名家――。十八代当主・盛隆が家臣に襲われ死去してから三年半になる。その跡を継いで生後一ヵ月で当主となった亀王丸は、わずか三歳にして疱瘡で死んだ。新しい当主を誰にするか。芦名家中は、常陸の佐竹義重の次男義広か、伊達政宗の弟小次郎かで二分された。伊達側の工作もむなしく、後継者争いで勝ったのは義広派だった。

義広は芦名の当主となり、会津に乗り込んだ。その結果、義広に従って佐竹から入った新参と、芦名歴代家臣たちとの間で対立が深まっている。伊達家が送り込んだ間者は、そう伝えてきた。

「それがし、弾正盛国殿にお聞きしとう筋がありまする。芦名家中は何ゆえ、かくも屋台骨を揺るがす家勢となり果てましたか」

「よもや、伊達家から当主を迎えれば、こうはならなかったとは申すまいな」

嘲弄するかのような弾正盛国の口ぶりではあったが、その顔には不機嫌な表情がわずかに表れていた。

「それがし、思うに……」

「言うてみよ」

「佐竹からであろうと、伊達からであろうと、そのいずれかから新当主を招けば、かような結果になるは、当初から明らかでござった」

「戯れ言を申すな」

「戯れ言にあらず」

きっぱりと小十郎は言い切った。弾正盛国が初めて沈黙した。相手の興味を引いたのがわかり、小十郎は血の騒ぐ思いを抱いたが、はやる感情を冷静に抑え込んだ。

「されば、申し上げる。芦名家は会津守護。四百年続く名跡にござる。かような名跡が安定した政を行うには、血族や忠臣に知行地を与え、自らの守りにする必要がござる。これに成功すれば、家中は治まり、かつ和合いたしまする」

ここ二年、小十郎は古今の史書を改めて読み漁《あさ》った。

「しかるに、古《いにしえ》の権力はどうであったか。源氏は、本来は味方のはずの血族を、ことごとく政敵として排除いたしましたな。そのため、執権家は邪魔者がなくなり、迅速に権を奪いました」

弾正盛国が考えながら聞き入っている。

「足利氏は源氏の轍《てつ》を踏まぬよう、忠臣や親族を封建して自らの守りにしたまではよかった。されど、自らを脅かすまでに増長させたため、戦乱を招いたのは失策でござった」

小十郎は、弾正盛国に鋭い視線を向けた。

「翻って、芦名家はどうか。四百年という気の遠くなる年月が流れれば、嫡流の男子が絶えること、なきにしもあらず。されど、さような事態に備えての血族がおりまする」

弾正盛国は沈黙している。小十郎の声は自然に優しくなった。

「弾正殿。猪苗代家は紛れもない芦名の血族。猪苗代家の高祖は、芦名家と血のつながりがありました。かような重臣がいるにもかかわらず、何ゆえ弾正殿のご嫡男が芦名当主に選ばれなかったのか。いや、話にさえのぼらなかったのか。何ゆえ、弾正殿は芦名家で重用されておらぬのか」

「それをわしに言わせたいか」

弾正盛国は睨《ね》めつけるような目を向ける。

「ご無礼つかまつった。弾正殿を貶《おとし》める意図は、さらさらござらぬ。ご承知の通り、猪苗代家は元来、自立心旺盛ゆえ、たびたび芦名宗家に反乱を起こしたお家柄。それゆえ、名跡の血族でありながら、芦名家の当主という話は出なかったものと心得ておりまする。とは申せ、芦名が血族を除くところなど、源氏に似ているとは思いませぬか。かようにして、芦名の衰勢は最初から明らかだったと申した所以」

ううっと、弾正盛国が喉を詰まらせる音を発した。

「弾正殿。芦名家中に気の許せる朋輩《ほうばい》はおられまするか。佐竹から新当主が来て、お立場は上向きましたか」

弾正盛国は心なしか、青ざめているように見えた。小十郎は先を続けた。

「否。で、ござろう。誰もが過去の行状を忘れますまい。弾正殿は孤立しておられまする」

小十郎は、ここでさらに畳みかけた。

「ならばいっそ、新天地の伊達家でお働きになるほうがまし、とは思いませぬか。猪苗代城の明け渡しにより伊達家が芦名に勝利すれば、弾正殿は最大の功労者となりまする」

弾正盛国の肩の力が抜け、虚ろな目が部屋の壁のどこか一点を見つめている。

落ちた。そう思った。

次の刹那、弾正盛国は何かを思い出したかのように、思案する表情を浮かべ、しばらくすると目は自制の光を取り戻した。

嫌な予感がした。弾正盛国の声に張りが戻っている。

「片倉小十郎。人取橋の戦では名を馳せたが、どこにでもいる猪《いのしし》武者《むしゃ》だと思うておった。よもや、これほどの才知とは思わなんだ。あやうく、うなずくところであったわ。おぬしの話、なるほど筋は通っておるが、肝心なことを見落としておる」

「それがし、何を見落としましたか」

小十郎はうそぶいて見せた。

「話を伊達家に移そう。伊達はどうなのだ。佐竹・芦名は多勢。伊達の兵の数には限りがある。伊達が負ければ、元も子もないではないか」

「なるほど、猪苗代湖の南東の安積表で戦ったのでは、佐竹の軍勢と衝突することになろうかと存ずる。数に劣る伊達家が勝てるとは限りませぬ。しかし、戦いの場は安積表ではござらぬ」

「どこだ」

「湖の北。弾正殿の居城・猪苗代城に伊達家勢力を結集し、一挙に会津黒川城を攻めまする」

「黒川城を攻めるだと……」

「いかにも」

「それで、安積表の軍勢を手薄にして、佐竹・芦名連合軍を引きつけておるのか」

小十郎は弾正盛国の問いには答えず、自説を展開した。

「伊達が全軍を猪苗代城付近に集めた時、居城を脅かされた芦名は安積表から全軍が舞い戻って来ましょう。猪苗代城は、黒川城から四里の隔たりしかござらぬでな。しかし、佐竹は動きませぬぞ。常陸から遠征してくる佐竹は、兵站《へいたん》が持ちませぬ」

「芦名を舐《な》めるな。伊達兵が会津に足を踏み入れれば、近隣の農兵や百姓も集ってくる。一日あれば、一万ほどの勢力は集められる。佐竹がおらずとも、伊達が有利とは限らぬ」

その通りであった。互いに生き残りを賭けた戦いでは、戦いの綾《あや》ともいうべき流れが勝敗を決する。数では決まらないだろう。

明かしてよいだろうか。手の内をさらけ出してしまう事態を、小十郎は危惧した。だが、さらけ出さずに弾正盛国がなびくことはないと思った。

「伊達家が、芦名の各将を撃破する必要はないと存ずる。先ほどより、芦名家中における佐竹の新家老派と芦名譜代派との内部対立は、すでに明らか。両者の間に入って、かろうじて分裂を防いでおるのは、どなたでござるか」

弾正盛国は政敵の名を口に出さなかった。代わりに小十郎が自ら答えた。

「芦名の執権・金上《かながみ》遠江守《とおとうみのかみ》盛備《もりはる》殿お一人だけでござろう」

金上盛備――。芦名家家臣筆頭。官途の自称がまかり通る世において、朝廷から賜った紛れもない遠江守。従五位の下。中興の祖である十六代当主・盛氏の頃からの功臣で、芦名の執権と呼ばれる。芦名亀王丸の死去に伴う後継者争いで、佐竹氏から義広を迎える決定を下したのは、金上だと聞く。

小十郎はわずかなためらいを胸の奥にしまい、手の内を明かす。

「戦になれば、わが殿は他の将には目もくれずに、金上殿お一人を狙いまする。金上殿を排除すれば、放っておいても芦名は瓦解するとの読みにて。されば、それこそが勝負でござれば、軍勢同士の『死合い』に勝つ必要はないのでござる」

「金上がいなくなれば、佐竹の当主ももはや芦名を束ねるのは無理であろうな。伊達に転ぶ者も出てくるであろう」

「ならば、この件、承知くださるか」

「そう急かすな。事はわし一人の身の振り方の話ではない。大筋において了承したが、最後の判断には今しばらく時がいる」

落胆が顔に出ないように努めた。弾正盛国には、何か心に引っかかる事情がある。小十郎は、無理強いは得策でないと思いつつ、警告も忘れなかった。

「弾正殿。伊達家からの内応の誘いが弾正殿お一人だけとは、ゆめゆめ思われますな。お断りなされば、他の将を誘うだけのこと。寝返りの功は、先に応じた者ほど高く値踏みされるとご承知あれ」

15

この時期、小十郎が伊達家に寝返るよう、策謀を巡らせた敵将はもう一人――。

その大内定綱は、小十郎の居城・大森城の大門を見て、自分の喉を片手で押さえた。

「入った途端に首を落とされるのではなかろうの」

「殺すつもりなら、ここまで来る途中でとうに殺しておるとは思いませぬか。山城ゆえ、馬は門の前まで。ここで降りて、館までお歩き願いまする」

言いながら、小十郎はすでに馬から降りていた。

信夫郡の盆地に構える大森城は、米沢城に続く街道と奥大道が交わる要路にある。畠山の二本松城を落城させたあと、成実が二本松城主となり、大森城主は成実から小十郎に替わっていた。伊達の居城の米沢城は十里ほど先である。

猪苗代盛国の懐柔には手こずっていたが、大内定綱のほうは最後の詰めを残すのみだった。大内は帰参の条件に納得し、小十郎のもとに現れた。このあと、大内と連れだって米沢城の政宗に引き合わせ、起請文《きしょうもん》を取り交わせば大内帰参となる。

「殿は本当にお許しくだされたのか。参上した挙げ句に、腹を切らされたりはせぬか」

「殿はさような無茶はいたすまい」

ここに来る途中も、大内はさんざん不安を口にしている。見かけ倒しの物言いに、小十郎は身代わりの別人ではないのかと、一時は疑ったほどだった。

ただ、大内が政宗の怒りを危惧するのはもっともだといえる。

かつて大内は伊達家に後足で砂をかけるように去り、二本松城の義父・畠山義継に助けを求め、さらに芦名へと遁走《とんそう》した。畠山義継は伊達に降伏しておきながら伊達輝宗を拉致し、輝宗とともに銃撃を受けて死んだ。政宗はこれを機に、敵対する周辺の諸家と戦うはめになった。

その争いの発端になったともいえる大内定綱がここにいたって、芦名家から伊達家に帰参しようというのだ。成実と小十郎が労を取り、伊達家が生き延びるには大内を今一度帰参させるべきだ、と強く訴えた。その甲斐《かい》あって、政宗もやっと帰参を認める気になったのである。

屋敷の前に着くと、郎党が出迎えた。

旅の疲れのせいか、腹もすいた。来客があると早馬で伝えてあったので、少し早い夕餉《ゆうげ》の席につくことにした。

「したくが整いましたので、お運びいたしまする」

挨拶を済ませた小十郎の室がさっそく、足つきの折敷《おしき》を運んでくる。

五年前、小十郎は妻をめとった。相手は、米沢城下で検断役を務める矢内《やない》和泉《いずみ》重定《しげさだ》の娘である。喜多の勧めがきっかけだが、決め手は囲碁をたしなむと聞いたからだったかもしれない。

婚姻前の手合わせでは、大場での地の取り方に工夫を感じた。急場ではさすがに小十郎の敵ではないが、今では事前に五目置かせると白の小十郎が負けることもある。

今も隣の小部屋には、対戦途中の碁盤が中断前の石を置いたままになっている。小十郎が長い期間、家を空ける時はいつもそうしてあるのだ。

戦があっても必ず帰ると信じる。碁石を片付けない意味を、小十郎はそう受け取っていた。

「ご一献、いかがでございますか。長旅でお疲れでございましょう」

最初に酒を勧められると、大内は相好を崩して盃を取った。

「奥方殿。かたじけのうござる」

つがれた酒を一気に飲み干した。さっそく二杯目が注がれる。

膳の上には赤塗りの椀《わん》がふたつ。飯と孟宗汁《もうそうじる》だ。四角い白磁の皿には、鱈《たら》と牛蒡《ごぼう》と芋《いも》の煮付けが載っている。冬の間素乾しにした干し鱈を戻し、柔らかくなるまで煮込んだものだ。

小十郎は椀の蓋を開け、孟宗汁をすすった。具は、孟宗という種類のたけのこと大きく切った豆腐で、春の味わいに気分が軽くなる。すっきりとした懐かしい味噌《みそ》の味が舌に残った。

小十郎は大内に警戒を解かないが、酒が入った大内は晴れ晴れとして饒舌になった。

「これほどうまい煮物は初めてでござる。香りからして、鼻腔をくすぐられますな」

「鬼のようなお方を想像しておりましたが、お優しそうで安堵いたしました」

室におだてられた大内がまんざらでもない顔を作り、鱈をもう一切れ口に運ぶ。

大内は気を許したのか、話す内容が目まぐるしく飛んでいく。歓待を受けて安心している証左だろう。故郷の様子から、自分の育ち、果ては昨夜の夢の話にまで及んだ。

「ここ数日、満足に眠れなかった。昨夜はようやく眠ったかと思うたら不吉な夢を見た」

そこまで聞いたら最後まで知りたくなるのが、他人の夢の話というものだ。

「どんな夢を見たのか、聞きとうございまする」

「奥方殿の頼みとあれば、聞かせて進ぜよう」

大内は真顔に戻ると、物語風にして答えてみせた。

「わしは、二十間四方の土居に囲まれた曲輪にいた。土居の外は見えぬが、外からは馬のいななきや馬蹄の音が聞こえているから、おそらく敵に囲まれていたのだろう。ところが、敵は曲輪の中のわしには気づかぬ様子。このまま、味方とともに静かに潜んでいればやりすごせるのではないかと思った」

そこで区切って、大内は盃をまた一献飲み干した。喉がごくりと大きな音をたてた。

「後ろを振り返ると、先刻まで従っていた供の者がいない。それどころか、味方さえ一人もいない。どこぞへ消えてしまったのだ。曲輪には一本の木が立っているだけだった。わしは、その木を見て、すぐに気づいた。ああ、これはわしの姿なのだな、と。そう思うた途端、わしは木になっていた。動くことも叫ぶこともできぬ。そんな夢だった」

木は手も足も出せない。小十郎が最初に感じたのは、それだった。

「その木はいかなる木でございましたか」

自分の妻が他人の夢の内容に関心を示したので、小十郎は少なからず驚いた。

「いかなる木か、とお尋ねか」

大内も怪訝そうに目を合わせている。

「木にもいろいろございまする。苗木なのか大木なのか。葉は茂っていたか、花は咲いていたか、実がなっていたか……」

大内は一瞬、思い出そうと思案してから口を開いた。

「花や実はない。普通の木だ。葉が生い茂り、天まで届くような大木だ」

「吉夢にございます」

小十郎の妻が声を張った。

「木は成長や繁栄、そして衰退といった人生そのものを表します。青々とした葉が生い茂る木は豊かさの象。運気は好調で、よい星回りが目の前に訪れようとしておりまする」

「何と」

「これが枯れ木や倒木なら、不吉とも解せまする。あるいは、ほんのひととき咲くだけの花が開いていたなら、はかなさを表すのやもしれませぬ。されど、大木は安定を表しまする。大内様、何の心配もいりませぬぞ」

「おお、おお」

大内の表情に光が射《さ》す。どこか晴れがましい色さえ、浮かんでいる。さあ、一献。すかさず、小十郎も酒をついだ。勧めると、大内は盃を飲み干した。

「伊達家への帰参に、はずみがつきましたな。ただし、家中には大内殿の帰参に眉をひそめる者もおりまする。そうした方々への示しもありますれば、殿は満座の席で、大内殿を罵倒する手はずとなっておりまする。それで家中の方々のつかえもおりましょう。大内殿はくれぐれも平身低頭の態度を崩さぬよう、お心得くだされ」

小十郎は釘を刺すのを忘れなかった。

大内はひとこと、承知した、と約束した。

大内を寝所に案内すると、小十郎は妻と二人きりになった。

「万事、うまくいった。そなたが巫女《ふじょ》のように託宣をするとは思わなんだ。大内備前の不安を見事に溶かしたな」

「お役に立てたならばうれしゅうございまする。本当に吉夢であればよろしいのですが……」

「違うのか」

「一本の大木だけなら吉夢に相違ありませぬ。しかし、大内様は大木の状況をおっしゃいました。四方を土居に囲まれていた、と」

「四方の土居……」

「木という文字を四角で囲んでくださいませ。いかなる字になりましょうか」

小十郎は木を□で囲んでみた。「困」か――。

「困」は、困《こう》じる、困難、困迷、困却につながる文字だ。

小十郎の顔を見た妻はうなずいている。

「なるほど」

小十郎もうなずき返しながら、相手の顔を見すえた。

ほかの女ではこうはいかない。「困」に気づいたが、とっさに大木の吉夢に置き換えてみせた。「困」の託宣を言い募るのではなく、本人が気づかぬよう趣向をこらした。大内が背負っていた不安という重荷を降ろしてやり、心底落ち着くように促したのだ。

小十郎は女の体を見た。三年前には小十郎の嫡男が生まれている。生まれる前には、主君より先に子をもうけるわけにはいかない、などと考えたこともあった。命の誕生を目の当たりにして、馬鹿げた考えは改まった。

「そろそろ閨《ねや》に行くか」

小十郎は誘ったが、穏やかな声が返ってきた。

「来客もございますれば、それよりも中断した囲碁の続きをいたしましょう」

16

米沢城の広間に、伊達家の重臣たちが二十名ほど集まっている。普段の評議なら聞こえる雑談も今はなく、吐く息の音だけが沈黙を埋めている。新緑が芽吹く卯月《うづき》でありながら、寒気のする曇天の日だった。

上座の席に主人はいない。その席に政宗が座れば、大内定綱の帰参の挨拶が始まるはずだ。

政宗の目の前の座にはすでに大内が座り、手を膝の上にそろえ、背筋を伸ばして目を閉じていた。白の小袖に肩衣袴《かたぎぬばかま》姿の大内の茶筅髷《ちゃせんまげ》は丁寧に結い直され、微かな油の匂いが香っている。

もともと伊達家の膝下にあった大内が裏切らなければ、二本松の畠山義継とも別の形の立ち回りがあったかもしれない。そうなれば、輝宗の拉致や悲劇の死は回避できたかもしれない。大内を取り巻く重臣たちにはそうした思いがある。

どの面下げて――。伊達家諸将は興味と憤怒《ふんぬ》の視線を向けている。反感に囲まれて大内は座っていた。

伊達家の重臣は向かい合いながら二列。その間にはさまれるように、大内定綱。大内の内応に貢献した伊達成実と片倉小十郎は、政宗の席のほど近い所から、大内を見つめている。

いかに剛勇を誇る武者でもこの立場に置かれれば、誰でも帰りたくなるだろう。圧倒されそうな敵意の中で、孤立無援の表裏者は平静を保てるのか。小十郎もこれから起きるやり取りを思い、固唾を呑んで見守っていた。

鈍い足音をたてながら、政宗が広間に現れた。皆が頭を下げる。

政宗は広がった袴を内側に折り込む手さばきをして、上座で胡座を組んだ。

大内は額を床に擦《こす》りつけて恭順の意を表した。

「面を上げよ」

政宗の鋭い声が響く。短いことばながらも、怒りの高まりが十分に伝わる響き方であった。

大内は頭を上げるとすぐに口上を述べ始める。胸が床につくほどの四《よ》つん這《ば》いの低姿勢ながら、声は臆していなかった。

「帰参をお認めいただき、恐悦に存じまする。この大内備前、まずはこれまでの数々の非礼のお詫《わ》びを申し上げまする。どうかご容赦くださりますよう、謹んでお願い申し上げまする。この通りでございます」

どかっと音を立てて、大内は頭を床にぶつけると、そのまま頭を床板に擦りつけた。

一同からため息が漏れた。そこまでやるか。這いつくばる大内に憐《あわ》れみさえ覚えてくる。家中一同はそんな表情を浮かべた。

小十郎は政宗を仰ぎ見て、大内に言葉をかけるよう促した。

政宗は小十郎など見ていなかった。大内一人をにらんでいる。

「芦名に奉公した折りも、さように犬のような真似《まね》をして頭を下げたのか」

冷たい声だった。ひとこと声を発すると、政宗の激情は堰《せき》を切ったようにあふれ出した。

「この場で、なぶり殺しにしたいところだ。畠山の狼藉で、おれは父上を失った……」

潜めた声がかえって政宗の恨みの大きさを示していた。自制できたのはそこまでで、あとは怒鳴り声になった。小十郎は政宗のそんな大音声を初めて聞いた。

「おまえのせいだろうがっ」

政宗が立ち上がった。太刀持ちの太刀に目をやり、腰を浮かせたのだ。

「殿っ」

小十郎も、出せるだけの大声で制止した。

「この場は大内殿を糾問する場にあらず。赦免する場でござる」

政宗が太刀を取れば、身を挺して大内をかばうつもりだった。成実も俊敏に動いて大内の横まで走り、逃がす素振りを見せた。

政宗が仁王立ちして皆を見つめている。帰参を許した男を殺せば、今後、寝返った味方は二度と戻らなくなる。政宗は先が読める男だ。他の家臣への影響まで間違いなく考えたはずだ。

案の定、政宗は自制した。

大内は動けない。戦場では十文字槍を縦横に操り、あまたの兵を葬ってきた男とは別人がそこにいた。顔色は白く、血の気が失《う》せており、怯えさえ感じているようだ。

政宗の怒声が空気を切り裂く。

「今後、伊達家で二心なく働くならば、起請文通りに約束は守ってやる。臆面もない催促状を受け取り、望みの通りに知行地は増やしてやった。おれは誓った約束を守る男だ。だが、二度と反逆は許さぬ。再び芦名側につくようなことがあれば……。いや、芦名がわれらの動きを知ったり、知っているとしか思えぬ素振りを見せただけで、おぬしを殺す。おぬしが関わっていようとなかろうと、きっと殺す。そう心得よ」

そう言い残して、政宗は広間から去って行った。頭を下げ続ける大内は、しばらくの間、動かなかった。

大内定綱の顔に生気が戻ったのは、半刻後のことだった。

別室に入ると、大内は一枡《ます》の酒を所望した。気を落ち着かせたいに違いない。小十郎が小者に用意させて差し出すと、すぐに飲み干して枡を空にした。

「片倉殿の指図通りに、ひたすら恭順の意を表したつもりでござる。あれで、家中の方々への示しになりましたか」

大内が一息ついて尋ねてきたので、小十郎は短く応じる。

「上首尾かと」

「それにしても、殿の芝居は真に迫っておられた。太刀を取ろうとした折りには、あまりの殺気に腰が抜けるところでござった」

「あれは芝居ではござらぬ。殿と口裏は合わせておりませぬのでな」

「えっ……。殿には話を通してあると」

「大内殿、許されよ。方便でござる。この程度の仕返しがなければ、家中の者どもも納得いかぬと思うた次第」

「そうであったか」

大内は恨めしそうな目を向けたが、小十郎は、

「大内殿のあのようなお顔を見ることができて、溜飲《りゅういん》が下がりましたぞ」

と、肩を叩くと、笑みを浮かべて見せた。

「大内殿。伊達家への帰参の運び、まずは上々の首尾でござった。お祝いを申し上げる」

「かたじけのうござる」

落ち着いたのか、あるいは少し酔いが回ったのか、顔がわずかに赤味を帯びている。

大内が警戒心のない顔を見せるので、小十郎の口からも本音がこぼれる。

「猪苗代殿も、首尾よく伊達家に奉公してくれればよいが」

「誘いは難儀しておりますか」

「いま少しというところで、最後の一手がわからずにおりまする」

「話を持ちかけたのは、どちらへでござろうか」

「どちらとは……」

「猪苗代親子の親か子か、という意味にて」

「弾正盛国殿でござるが」

「弾正は隠居して、家督を嫡男・盛胤《もりたね》に譲ったのはご存じか」

「むろんにござる。それでも猪苗代家の実権は、父親の弾正盛国殿にあると承知していたが」

「まあ、そうであろう。あの親子の仲は剣呑《けんのん》での。弾正には後妻がいて、別の子がもう一人いる。弾正は後妻の子のほうを贔屓《ひいき》にしておるとか。跡目争いが起きれば、盛胤の家督もどうなるかわからぬという話を聞いた」

伊達家にとって、重大な意味を持つ気がした。頭の中で、弾正盛国の背景を整理してみる。

内通を促した猪苗代盛国には、正室との間に嫡子の盛胤がいる。それとは別に、盛国には後妻との間の男子がいて、盛国自身はそちらを気に入っているというのだ。

「大内殿。それがし、お尋ねしとう条がござる」

大内がさらに赤くなった顔でうなずき返すのを見て、小十郎は話を進めた。

「こたびの伊達家への帰参で、大内殿は本来の所領である塩松から遠く離れる定め。ご無礼ながら、本領を失うは領主の名折れ。大内殿が一番に守ろうとしたものとは何でござろうか」

改めてよく考えれば、歯に衣着せぬ侮辱であった。大内は小十郎を振り返り、愚弄する意図に出たことばかを確かめる。小十郎はそうでない印に、その目を正面から見据えた。

大内が目をそらす。空の枡と知りながら、最後の一滴までという感じで口につけて飲み干す仕草をする。唇をなめると、ゆっくりと答えた。

「大内家はもともと塩松石橋《いしばし》家の執事の家系でな。父の代に主君に取って代わり、塩松の地を治めた。故地を離れることに未練はない。されど、城主にまで上り詰めた家だけは残したい。人取橋の戦を見ても、伊達殿は戦塵《せんじん》にまみれてでも奉公しがいのある御大将とお見受けした次第」

家か。小十郎はその意味を考える。大内が見透かした目で、にやりと笑った。

「弾正のことであろう。猪苗代家は名跡。わしと同列とは思わぬほうがよい。自らの名字の地を捨てるには、わし以上の理由がいる」

「いえ、それがしには同じように思えまする。大内殿、よき話をお聞かせいただいた」

先祖代々の土地にしがみつこうとするのが、知行地を預かる武家の習いだと思い込んでいた。だが、大内定綱は土地に未練はなく、家を残すために、それにふさわしい主人を望んだということだ。ならば、弾正にとっても、鍵となるのは残したい家の姿であろう。小十郎の中で淡い光のような輝きが見え、その先に弾正盛国を引き入れる策の形が浮かんできた。

17

「今日は修験僧の装いか。郡山《こおりやま》城で対峙しておる時期に、芦名領に現れるとは剛毅《ごうき》よな」

下卑た笑みを浮かべながら、弾正盛国が口を開いた。

弾正盛国との二回目の談判である。小十郎が同じ寺を指定すると、相手の警護の者は前回の半分に減っていた。それだけ信用は増している、と小十郎は判断した。

「大内備前殿は正式にわが殿と主従の契りを結びましたぞ。郡山へは、殿も近々ご出馬なさるはず。この機に、芦名成敗をお決めになるやもしれませぬ」

小十郎の言を聞いて、弾正盛国は苦い表情を浮かべた。

「大内備前の伊達内応の噂は芦名でも聞こえておる。下種ひとりが伊達についたぐらいで、伊達有利とは行かぬであろう」

　小十郎は話を変えた。

「それでは、白紙に戻して弾正殿が芦名に残ったといたしましょう。その際には、弾正殿のご子息・盛胤殿が猪苗代の地を治めることになりまするな。弾正殿はそれで本望でござるか」

「問いの意味がわからぬ。今までと同じではないか。是も非もない」

　弾正盛国の声が響きわたった。

「されば、大内備前殿は伊達家帰参にあたり、胸の内を明かしておりまする。その話を聞いて、小十郎、昨今の領主の心情とはそういうものかと感服つかまつった。それがし、一所懸命の鎌倉御家人の話を聞いて育ちましたゆえ、領主は本領にこだわるものとの思い込みがあり申した」

　口を閉ざしたままの弾正盛国に、小十郎は話を続ける。

「しかしながら、大内備前殿は土地にはこだわらぬと言った。こだわるのは家の存続であると。それゆえに、劣勢にある芦名を見捨てたのでござる」

「話を蒸し返すか。芦名が劣勢にあるとは所詮、大内備前の独断に基づく心証にすぎぬ。が、今の情勢では、いずれが優勢か明らかならず。決め手に欠ければ、移るわけには参らぬ、と申しておる」

　弾正は危うい賭けに出る気がない。こうした男の説得はやっかいだ。

「それがし、いずれが勝つかにかかわらず、弾正殿は家の存続を図る人物とお見受けした」

「むろん家の存続は、諸般の事情に優先する」

「また、大内殿からはこうもお聞きした。弾正殿は、ご子息・盛胤殿との仲が冷えておる、と。弾正殿ご自身は後添いのお方との間の子息・亀丸《かめまる》殿を跡取りに望んでおる、と。これに相違ござらぬか」

弾正が黙した。身内のことゆえ、語るのもはばかる。そんな素振りを見せている。

「弾正殿。跡取りをどなたにするか、そこは小十郎の知るところではありませぬ。されど、嫡男が跡目を継ぐのは弾正殿の意に添わぬのでございましょう。血筋が跡目を継ぎ本領を治めても、弾正殿には心残りとなる。武士の本懐とはまことに難しゅうござるな」

聞き終わった弾正盛国に響くところはなかったらしい。

「らちもないことを述べ続けているように思えるが」

「されど、今のままでは、跡目は嫡男・盛胤殿が継ぎ、亀丸殿には何も残せませぬ。弾正殿は、知行地の半分でも残してやりたいと思ったはず。何か手はないかと考えたはず」

足利以降の家督相続は、当主の地位とその所領の単独相続が普通である。所領が細分化されると、弱小領主は生活苦となることが多かったため、いわば惣領《そうりょう》の総取りとされたのである。だが、この制度に不満を持つ領主もいる。小十郎はそこに目をつけた。すなわち、猪苗代盛国がその一例である。

「手が一つありまする」

「手だと……」

「所領が一つゆえに、惣領がすべてを相続すれば、他の兄弟は惣領の郎党になって養われるのが当たり前となっておりまする。されど」

小十郎はこもった声で続ける。

「兄弟間に争いがある場合、この方法では、すべてか無か、という直截な解決を強いられるだけに、紛争の火種となりまする。これに比べて、兄弟のどちらも所領を分け与えられる方法なら、融通が利くというもの」

「回りくどいぞ」

「相すみませぬ。単刀直入に申し上げる。土地が二つあれば済む話だと申しておりまする」

「わかりきったことを申すな。土地が二つあれば、誰も苦労など……」

弾正盛国の話は途中で切れた。小十郎があとを引き取る。

「おわかりか。二つあるのでござる。芦名領と伊達領に所領が二つ」

弾正盛国が沈黙した。その意味を考えている。

「芦名が勝つなら、猪苗代盛胤殿が従来の所領を安堵される。されどその場合でも、伊達家から与えられた刈田の地があれば、亀丸殿は伊達家に知行を得て生きていけまする」

「伊達が滅びれば……」

「さすがに伊達が滅びれば、その時は亀丸殿が得るものはござらぬが、それは弾正殿が芦名の配下における今でも同じことでござろう。今のままでも亀丸殿に得るものはござらぬ」

弾正盛国はもちろん反論を考えるが、時が経っても反論は出ない。最後に一言だけ言った。

「本音を言えば、亀丸に知行を残したい。理はあるようだな」

「そして、その理がもたらす将来こそ、弾正殿が望んでおる猪苗代家の有り様でござろう」

「そうかもしれぬ。芦名が勝っても、伊達が勝っても、亀丸に知行がいくならば、な」

「弾正殿から猪苗代城を明け渡してもらえれば、伊達は負けませぬ。負ける事態など見当もつきませぬ。それで勝負はついたも同じ。弾正殿は最大の功労者として伊達に臣従すべきと存ずる。

ただし……」

「ただし……」

「今はまだ、その時ではござらぬ。天の配置はまだ先のこと。それまでは芦名勢として振る舞っていただく。さらに、所領を与える見返りに証人として亀丸殿を米沢でお預かり申し上げる。それでよろしいか」

小十郎が問うと、弾正盛国がうなずいた。そしてひとこと、声高に言い放った。

「戦でいかなる策をとるのか知らぬ。が、金上は殺してくれ」

それから一刻後――。

猪苗代弾正盛国は起請文を書き終えた。政宗への臣従を誓った書状は直ちに米沢に送られた。

18

片倉小十郎が猪苗代盛国の調略に成功しても、盛国があからさまに動くことはなかった。伊達家から先に仕掛けるわけでもなく、ただ機会を待ち続けた。

佐竹と芦名はいずれ数の優位を笠《かさ》に着て一ヵ所に結集して攻めてくる、と伊達は見込んでいた。その時を待って、連合軍から芦名を切り離す策であった。猪苗代盛国の寝返りは、芦名をおびき寄せる罠だった。

伊達軍は一年の間、待ち続けた。

天正十七年（一五八九）六月――。佐竹と芦名は連合を組んで奥大道を北上、猪苗代湖の南東の須賀川にまで進出してきた。

伊達政宗は、佐竹・芦名の動きを牽制するため仙道筋を南下し、安子島《あこがしま》城で、連合軍に対峙する動きを見せる。このまま衝突するかに見えた矢先、伊達軍は突如として反転して猪苗代北岸の猪苗代城に進軍した。

猪苗代城は芦名方の猪苗代盛国の居城である。そこを拠点に、芦名当主義広が不在の隙に、芦名の居城・会津黒川城を攻めようとする動きであった。

猪苗代城の猪苗代盛国は、その直前に後妻との間の子・亀丸を伊達家に人質に送り、正式に芦名と手切れを行っていた。片倉小十郎と伊達成実、大内定綱の隊が、内応した猪苗代城に入る。

これにより、北上しようとしていた連合軍は矛先をかわされた形となり、芦名軍だけが自城を守るために猪苗代南側を通って黒川城に戻り始めた。ここにおいて、佐竹と芦名の連合軍は分断されたことになる。

伊達氏の兵力は二万三千。対する芦名は一万六千。芦名勢は須賀川から黒川まで移動した直後に休む間もなく、摺上原で伊達軍と向き合うことになった。

伊達側の第一陣は、猪苗代盛国隊。戦いが始まると、猪苗代隊は芦名側の富田《とみた》隆実《たかざね》隊に押されて敗走する。しかし、芦名側に富田隊の援兵はなく、伊達の鉄砲隊が銃撃を加えると、総崩れになる。これを見た芦名側家臣から伊達への内応の申し出があまたに及ぶと、芦名義広は常陸の佐竹家へと落ちのびて行く。ここに、鎌倉時代以来の名門芦名家は滅亡した。

後世、「摺上原の戦い」と呼ばれる合戦の結末である。

芦名の執権・金上盛備は、少数の兵を連れ伊達軍に突入を試みるも、討ち死にしたと伝わる。義広の実父・佐竹義重が常陸へ撤退すると、後ろ楯を失った奥羽の国衆たちは、政宗との和睦に応じて服属を決めた。その結果、陸奥国五十四郡、出羽十二郡のうち、約半数が伊達政宗の所領となった。

これにより政宗は家督相続からわずか五年で、石高にして約百二十万石にまで所領を広めたことになる。この時、伊達政宗二十三歳、片倉小十郎景綱は三十三歳であった。

この頃、畿内では、天下統一を目指した織田信長が本能寺で殺害されると、重臣の羽柴秀吉が台頭。関白に就任して豊臣《とよとみ》姓をもらい、朝廷の最高職・太政大臣に就いた。朝廷の威光を背景に、秀吉は、全国に大名間の私闘を禁じる惣《そう》無事令を発する。摺上原合戦に際して、伊達家の芦名征伐が惣無事違反に当たると気づいた者は、伊達家中には一人もいなかった。

三章

政宗《まさむね》、国一揆《くにいつき》扇動《せんどう》之疑有《のうたがいあり》

19

小田原城を見下ろす小高い山に、城が築かれている。東国では初めての総石垣造りだ。命じたのは関白・豊臣秀吉である。

高台の本曲輪石垣の壁は高さ三間。本丸の物見台からは相模湾《さがみわん》が一望できるという。

小田原城からも総石垣の城は見えるだろう。驚くべきは、築城を始めて二ヵ月ほどだというのに、もう完成間近ということだ。昼夜を徹して人足が働き、槌音《つちおと》が絶えることはない。

小田原城の巨大外郭は、二十万を超える豊臣軍に包囲されていた。

長槍隊や弓隊による戦は姿を変えた。直接敵と対面せずに、柵や陣所・陣城から鉄砲で撃ちかける。大量の鉄砲と熟練した鉄砲隊を組織した豊臣軍は、敵が干上がるのを待つだけだった。小田原城にこもる北条軍はひとたまりもない。

強い潮風が小十郎の小袖の胸元に、死の気配を運んでくる。経を唱えるように、無数の蟬《せみ》が鳴き続けている。

きわめて冷厳な空気が普請場に満ちている。

政宗と小十郎たち近臣は、頂上の曲輪を目指して山道を登って行く。道の両側には三間ほどの間隔で、槍持ちの衛兵が配置されている。

小十郎たちの先には、二十人の護衛が進んでいた。先導するのは、徳川家康《とくがわいえやす》の子・羽柴秀康《ひでやす》である。家康が秀吉に臣従する際、秀吉の養子に入った男だ。近く結城家の家督を継ぐことが内定したと聞く。

やがて傾斜が緩やかになり、樹木のない開けた本曲輪に出た。

陣羽織姿が五十人ほど集まって、床几《しょうぎ》に腰掛けているのが見えた。国中から集められた諸大名と国衆たちだ。

秀康は人々に向かって進んでゆく。一行はその後に続いた。

諸大名はこれから切腹の儀式が始まる、と思っていることだろう。

白ずくめの装束。水引きで結んだ下げ髪姿。政宗の異様な出《い》で立《た》ちを目にして、諸大名は固唾を飲んで見守っていた。

白装束は政宗の覚悟の表れだった。

関白から発せられた惣無事の沙汰は、奥羽にも伝えられた。大名間の戦は禁止され、以後は豊臣政権の判断により領土紛争の解決を図るという。伊達家は会津領に攻め入り、芦名家を滅ぼしたことで、惣無事違反をとがめられたのだ。

一人の小柄な男が、床几から立ち上がった。金地に蜻蛉と燕《つばめ》の文様を刺繍《ししゅう》した陣羽織姿。派手な姿は、居並ぶ者たちの中でも際立った威風を備えていた。

あれが関白秀吉だ——。

政宗も察したのだろう。そのまま一人で中腰で進むと、少し離れて平伏《ひれふ》した。小十郎たち数人の近臣はやや離れた所に留まり、同じく頭を下げ、両手を地につけた。

八年前、織田信長が本能寺で討たれた頃には、羽柴秀吉がこれほど大物になるとは予想だにしなかった。

秀吉は逆臣・明智光秀を破ってかたき討ちを遂げると、瞬く間に織田家の後継者にのし上がり、畿内を平定した。その後、関白となり、朝廷から豊臣姓を下賜されると、四国、九州を支配下に治め、まだ臣従しない大名が残るのは関東と奥州のみになった。昨年末には、惣無事を破った北条家に宣戦布告し、今は自ら出陣して小田原攻めの真っ最中である。

伊達政宗は、小田原への参陣要請を先延ばししていたが、夏を迎えて遅ればせながら参向してきたのである。

頭を下げる政宗に、秀吉が近づいた。

「小田原城を見せる。ついて参れ」

秀吉は一人で先に、普請中の石垣に向かって歩き出した。政宗があわてて追いかけていく。

眼下には、小田原城を囲む幾万の軍勢が見えるのだろう。声は届かないが、秀吉が政宗に何事かを説明する姿が見える。

驚いたことに、二人は談笑さえしていた。

「伊達政宗とは何者なのだ」

諸大名のいる場所から、風に混じってそんな声が小十郎の耳に聞こえた。

いきなり白装束で現れ、すわ切腹か、と思えば、会ったばかりの秀吉と笑い合う。その光景は奇妙でしかないのだろう。

二人は皆の前に戻ってきた。

秀吉は竹杖《たけづえ》を手にしていた。その杖で、頭を下げる政宗の首をゆっくりと叩いた。

「もう少し遅ければ、ここが離れていたところぞ」

秀吉に、政宗が応じた。

「さもありましょう。されば、この政宗、遅参のおわびに、この首を殿下に差し上げるつもりで参上つかまつりました。以後、奥羽の地に殿下に背く者あらば、この伊達政宗が殿下に代わり、成敗に赴く所存にござる」

「皆の者、聞いたか」

秀吉が諸大名たちに顔を向けた。

「以後、伊達家は豊臣に臣従する。共に励むがよい」

諸侯が秀吉に頭を下げた。

首はつながった。遅参した伊達政宗は、秀吉に許された。摺上原の戦いで得た会津は没収されたが、本領自体は安堵されることになった。


その後は、伊達家家臣たちが秀吉に進物を差し出し、それが終わると宴《うたげ》が始まった。

伊達家中は盃を重ねた。宴会の場のあちらこちらで酒の飲み比べとなっている。

そのさなか、小十郎は一人、羽柴秀康に呼ばれた。

「片倉。殿下がお呼びだ」

「では、殿に一言お断りして」

腰を浮かしかけると、秀康が制した。

「それには及ばぬ」

有無を言わせぬ態度で、小十郎を先導した。仕方なく、秀康の後ろについていく。

案内された部屋には秀吉が座していた。十人ほどの近臣がそばに控えており、中には側近の施薬院《やくいん》全宗《ぜんそう》や前田《まえだ》利家《としいえ》らの顔が見えた。

「片倉だな。近う寄れ」

秀吉に声をかけられた。小十郎は膝行《しっこう》した。

「伊達家家中、片倉小十郎景綱でございまする」

頭を深く下げたまま、そう名乗った。

「面《おもて》をあげよ」

「はっ」

小十郎は初めて秀吉と目を合わせた。

長年戦闘に従事したせいか、秀吉の肌は荒れ、深い皺が刻まれてはいたが、怜悧《れいり》そうな瞳の輝きと意志の強そうな口元が、才気をうかがわせる。

「こたび、政宗と二人で話してみてようわかった」

何がわかったのかは、言わなかった。

秀吉は、愛嬌《あいきょう》に満ちたもったいぶった表情を浮かべた。

「天下を取るにはいかなる条件が必要か、わかるか」

「それがし不調法者にござれば、とんと見当も付きませぬ」

秀吉が周りの家臣たちに語りかける。

「片倉は陪臣《またもの》の分をわきまえておる。ここで賢《さか》しらに意見を述べるようでは知が足りぬ」

秀吉の目線が小十郎を捉えた。

「天下を取るには、大気と勇気と知恵の三つが必要だと思うておる」

秀吉が間を取った。

「今の世でこうした三つの条件を備える者はおらぬ。むろん、わしを除いての話だ」

異論はなかった。だから、今日、伊達家は秀吉に屈したのだ。

「ただ、条件の二つまでなら、持つ者がいる。政宗もそうであった」

いたずらな目が小十郎に向けられた。

「政宗は大気に欠ける。生まれた場所が、都から遠い辺境の地だった。だが、勇気がある。蛮勇の部類だがな。さらに、知恵もあった。その知恵を補っておるのが小十郎、そのほうであろう」

「滅相もないことでございまする」

小十郎は心底から打ち消した。政宗の知恵は独特だ。人の感情を読むのに長けている。それが大きい。

「小十郎。おぬし自身はどうか。知恵があり、勇気がある。だが、大気がない。政宗と同じだ」

勇気が身近な困難や危険に立ち向かう気質だとすれば、秀吉のいう大気とは、高所から戦略を立て広く状勢を見渡す能力といった類のものだろう。野望と言い換えてもよい。

馬鹿にされたとは思わなかった。関白秀吉が、小十郎の知恵と勇気を認めた。陪臣の身としては、余りある賛辞に等しい。

秀吉の間延びした声が響いた。

「どうだ。わしの直臣《じきしん》にならぬか」

えっ……。

頭の働きが止まった。瞬時、何も考えられなくなった。

小十郎の動揺を見越した秀吉が続ける。

「伊達家を出て、豊臣の直臣になれ、と言うておる。五万石をやるぞ」

最初に気づいたのは、秀吉側近たちの表情の変化だ。明らかな羨望の色が浮かんでいる。

五万石。それは、一介の陪臣がいきなり大名になることを意味する。

豊臣家への引き抜き——。

意味がわかった途端、全身の血流が勢いを増した。心地よい歓喜が体を満たした。

天下統一を目前にした男が、片倉小十郎という一家臣の才腕を高く買った。伊達家で序列の壁の前で立ちすくみ、馬さえ与えられぬ身分から出発した小十郎に、大名の地位をくれる。小十郎の才覚を天下に示せるということだ。

秀吉が直臣誘いをするのは珍しいことではない。これまでにも、徳川家康から石川数正《かずまさ》、毛利輝元《てるもと》から小早川隆景《こばやかわたかかげ》、大友宗麟《おおともそうりん》から立花宗茂《たちばなむねしげ》を引き抜いた。譜代の家臣団のない秀吉は、目を付けた者を直臣に誘う。小十郎もそうした事情を聞き及んでいた。

秀吉の惣無事の沙汰は、大名同士の私闘を禁じた。奥羽で国衆同士の諍いをなくそうと考えた小十郎に比べ、一回りも二回りも大きな規模で天下静謐《せいひつ》を実現しつつある。秀吉の直臣大名となれば、その一助を担うこともできる。

かつて置賜《おきたま》で出会った修験者は、後ろ楯に寄りかからない実権を持てれば、奥羽から戦はなくなる、と言った。今、秀吉は平民からのし上がり、しがらみもなく、関白の地位を得た。あの時の修験者が示した理想を、秀吉は日の本全土に押し広げようとしているのかもしれない。直臣になれば、そのために働くことができる。それは己の気持ちに従った選択なのではないか。

これで報われる。

辛酸を舐めさせられた歩みも無駄ではなかった。感慨が胸に満ちた。

天下人からの誘いが、これほどまでに心地よいものだとは想像もしていなかった。

秀吉の申し出を断る理由など何もないと思ったその時、頭の中に、ある声が響いた。

「控えよ小十郎」

声は、胸の奥深いところから発せられた気がする。

目の前に座すすべての者たちの動きが止まる感覚がした。

子どもの声だ。小十郎を制止する声だった。

小十郎はわれに返った。

己は何を考えているのか。高揚した感情は、急速に冷めていった。

秀吉が怪訝そうに自分を見ている。いつのまにか自分が微笑んでいるのに気がついた。

不思議と今の政宗の姿は浮かんでこなかった。脳裏にあるのは、幼い梵天丸の面影だ。この世に生きとし生きるものの中で、小十郎を最も信頼してくれたのは梵天丸だった。

小十郎は、梵天丸に奥羽の新しい姿の実現を望んだ。元服した政宗は、期待通りに奥羽の南半分をまとめあげた。小十郎が遠因を作ったせいで、政宗は惣無事違反をとがめられ、危うく成敗されるところであった。その結果、政宗が得た会津は没収される。今後、伊達家はどうなるか。
こたびの危機は小十郎が招いたことでもある。このままでは、奥羽の戦乱を煽《あお》っただけではないか。己には、伊達家を立て直す責めがある。そう、自分の進む道は、天下人の直臣になることではない。それよりも奥羽での地歩固めが先だ。

もはや、小十郎は迷いを断ち切っていた。関白秀吉に頭を下げ、そのままの姿勢で告げた。

「まことにありがたきお話ではございますが、それがし、伊達家に忠義を尽くすと決めておりますれば、謹んでご辞退申し上げまする」

側近たちから、どよめきが起きた。驚いた視線が小十郎に突き刺さる。

誘いを断ったことで、秀吉の憤りを恐れる者たちが下を向いた。

だが、秀吉一人が意に介していない。

「ほう。断るのか」

鷹揚《おうよう》に言ってのけた。苦笑いを見せたが、目は笑っていない。小十郎の心の内を見透かそうとする目だ。

しばらく思案げに沈黙していたが、秀吉は最後に言った。

「五万石を断るとはのう。おぬしを動かすのはいったい何なのだ」

言い残して、秀吉が席を立った。小十郎は頭を下げた姿勢で、秀吉の退出を見送った。遠ざかる乾いた足音を聞きながら、同時に、己を動かす男のことを思った。

その男は、今は宴に興じている。和やかな光彩を帯びた隻眼を見開いて、家臣たちと酒を酌み交わしているはずだった。

20

豊臣秀吉とは何者なのか――。

笠懸《かさがけ》山で秀吉と会って以来、小十郎が頭の中で幾度も問いかけた難問だ。馬に揺られながらの道中、先刻からそればかり考えている。

秀吉に会うまで、小十郎は、平家を滅ぼした源義経《よしつね》のような武人を想像していた。が、実際の秀吉は、片手で首の骨を折ることもできそうな、か弱い公家《くげ》を思わせた。

林の中を通る小道では、いっせいに蜩《ひぐらし》が鳴き始めた。空に雲はなく、朝の風が心地よい。政宗は秀吉に臣従を認められ、無事に家と本領を安堵された。

他方、胸の一端にはわだかまりも残っていた。伊達家が芦名を滅ぼして会津を乗っ取ったことは惣無事違反とされ、会津は召し上げられた。居城にした会津黒川城からはすぐにも退去しなければならない。

小田原を去る前に、厚誼《こうぎ》を受けた徳川家康への挨拶に出向く道すがらである。

大人三人が手をつなごうとしても届くかどうか、それほど太い幹の杉の木が天に伸びていた。高さは他の木の倍はあろう。

その木が秀吉の姿につながった。

不思議なことだ。木々の中にあってさえ、一本だけ他を凌駕《りょうが》する木が育つことがある。秀吉も、数ある諸侯の中で一人だけ下賤の身から天下人となった。

他の諸侯と何が違うのか。

戦を見てわかったことは、戦い方からして従来とはまるで違うということだ。想像を超える人の数。武器の量。弾薬の量。兵糧。それを運ぶ船舶の数。荷駄の数。

圧倒的な物量で敵を凌駕する。従来の戦い方では、まるで歯が立たない。何しろ本人は即席の座敷《ざしき》で、淀《よど》君と一緒に茶会や能に興じているのだから……。

戦巧者だという噂は聞くが、それだけではあるまい。何をどうすれば、あれだけの人々を動かせるようになるのか。それが不思議でならない。

秀吉はそういう星の下に生まれついている。そんな気さえした。

道の向こうに土塁が見えてきた。家康は、在地の家士の屋敷を陣所にしていた。

政宗と小十郎、さらに十数人の従者が屋敷内に入る。すぐに家康の前に案内された。

「こたびの数々のお引き立てにお礼を申すべく、参上つかまつりました」

政宗は、家康の尽力に対して素直に頭を下げ、進物を贈った。

これまで家康は、関東・奥羽の惣無事の責任者として、政宗に関白秀吉への臣従を促してきた。政宗が赦免されたのも、家康から秀吉への進言によるところが大きい。

「会津と安積、岩瀬は召し上げとなったが、伊達家の本領は安堵された。それでよし、とせよ。刃向かった北条は、もう助からん。家は取り潰され、腹を切らされる。それに比べれば、伊達家には天のご加護があったことを重畳《ちょうじょう》とすべきだ」

政宗の心中を慮《おもんぱか》った家康が、慰めのことばを発した。

麻の茶羽織《ちゃばおり》に、無地のたっつけ袴《ばかま》。くたびれた足袋《たび》。質素そのものという風情の家康が、政宗を見つめる。

「お心遣い、かたじけのうござる」

「会津からは去ることになろうが、国替えはどの大名にも等しく行われておる。徳川家も関東に移封となるのだ。すでに聞いたか」

「ご子息の結城殿より、内々にお聞きしました。お受けになるとか」

　家康が笑ってうなずいた。

　北条を滅ぼした後の関東八ヵ国に、徳川家は国替えを命じられた。徳川家本領の駿河《するが》、遠江《とおとうみ》、三河、甲斐《かい》、信濃《しなの》の五ヵ国から離れることになる。この話を聞いた時、秀吉にとっての脅威となる徳川家は、都から遠い関東に追いやられるのだ、と政宗は小十郎に説明した。

「関白殿下は、徳川殿がよほど怖いと見えまするな」

　政宗が堂々と言ってのけた。ここまで労を取ってくれた家康を、それほど信用したということだろう。

「滅多なことをいうでない。北条が終われば、次は奥羽の仕置きだ。わしが元締め役を負うているでな。奥羽で逆らう者を鎮定せねばならぬ。そのための関東移封だ」

　小十郎は、政宗のやや後方で二人の話に聞き入っていた。

　天下統一を完成させるために、北条を滅ぼした後、秀吉は諸大名を連れて奥羽の反対勢力を鎮圧するつもりでいる。それは誰の目にも明らかだった。

「先祖伝来の地を失うては、元も子もないと存ずるが」

　政宗が食い下がる。自説が正しいことをはっきりさせたいらしい。

「関白殿下がやろうとしていることが、わからぬと見えるな」

ため息交じりに、家康が眉を寄せた。

そうだ。自分にもわからぬのはそれだ。小十郎はそう思った。

家康は齢四十九。政宗は二十五歳も歳下だ。わが子ほどの歳の差のある政宗に、穏やかに説き始めた。

「徳川や伊達といった大名家には先祖伝来の地がある。それは『家』に与えられたものだ。『家』が『私』に有しているわけだな。関白殿下は――」

小十郎は、耳に全神経を傾注した。

「『私』に有する土地と農民を、『公』の名のもとに取り上げようとしているのだ」

「それは、つまり……どういうことでござるか。そもそも『公』の意味がわかりませぬ」

得心できないという顔で、政宗が聞き返した。

「『公』とは『天下』と考えればよい。おぬしにもわかるように言うてやろう。今まで大名は、一所に留まって百姓から年貢を得てきた。たとえるなら、土地から生えた庭木のようなものだ。庭木大名だな」

庭木は、その場を動くことがない。

「その庭木を、今後は鉢植えに変えようというのだ。鉢植えは、どこへでも移動できる。命令に従って与えられた地を治める。ただし、百姓・農民を連れて行くことはできぬ。農民は『私』に有するものではなく、『天下』の百姓となるのだ」

「庭木大名から鉢植え大名になるのでござるか」

政宗がその意味を考えている。

庭木大名から鉢植え大名へ――。小十郎は震撼《しんかん》した。

秀吉は、麾下《きか》の大名を、命令ひとつで自由に国替えさせる鉢植え大名にしようとしている。大名はもはや特定の在地に結びつけられるものではなく、国替えを命じられる。しかも、農民はその土地に縛り付けられ、『天下』の農民になるという。

そうなれば、これまで戦に参加した農民のあり方は変わる。いわば、兵と農を分けようというものだ。小十郎にもその意味するところは理解できた。

農民だけではあるまい。天下人に臣従した諸大名は、特定の土地をもたない『天下』の軍隊になるということではないか。

天下統一とは、諸国を武力統一するだけでなく、一つの時代を終わらせようとする戦いなのか。

政宗も政宗なりに、その意味するところを理解したようだ。

「わかったようだの。これだけは言うておく。今後、国替えを命じられても、決して逆らってはならぬ」

そう言われても、政宗はうなずかなかった。小十郎は政宗の態度を見逃さなかった。そうとは気づかない家康は、そのまま話を進める。

「北条はもって、あと一ヵ月というところだろう。明日にも城は落ちるやもしれぬ。北条が終われば、次は奥羽の仕置きだ。働き次第では、伊達家の加増もあるぞ。励むことだな」

家康は話を終わらせようとしている。

小十郎は思いきって割って入った。

「徳川様。陪臣の身でご無礼とは重々存じおりまするが、はなはだ僭越《せんえつ》ながらお尋ねしたき儀がございます」

「小十郎」

と、声をかけ、政宗は家康の前で制止するふうを演じた。

「構わぬ。片倉、許すぞ。なんなりと聞くがよい」

家康は寛容なところを見せた。小十郎は、三年前には、関白名義の書状を直接受け取る立場である。関白から惣無事の沙汰を受け取ったのも、小十郎だった。陪臣とはいえ、答えてくれるだろうと踏んでいた。

「お許しいただき、ありがたく存じまする。されば、お尋ねいたしまする。聞けば聞くほど、関白様はまごうことなき天下人。かような関白様のご器量に、徳川様が最初にお気づきになられたのは、いつのことでありましたか」

「小十郎」

即座に政宗が制止した。今度は、本気かもしれなかった。

「よい。答えてつかわす」

家康はしばらく考えていた。

家康が織田信長の同盟者だった頃、信長配下の秀吉は格下の存在だった。そこから秀吉は主人の仇《かたき》の明智光秀を討ち、後継者争いにも勝ち上がった。小牧《こまき》・長久手《ながくて》の戦いでは、家康自身が三倍を超える秀吉軍と戦った。その後、秀吉の妹の旭《あさひ》姫の輿入《こしい》れを受け入れ、さらには秀吉の生母の大政所《おおまんどころ》を岡崎《おかざき》城に迎えて、家康は秀吉に臣従した。小十郎が考えるに、秀吉を一番よく知る人物が家康であった。

家康は音を立てて薄茶をすすってから、朴訥《ぼくとつ》に語り始めた。

「逆臣・明智を討ち取った時も、後継者争いで柴田勝家《しばたかついえ》を倒した時も、驚きはしなかった。むしろ喝采を送ったものだ。広言するつもりはないが、同じことをやれと言われれば、わしにもできるであろう。小牧・長久手では三倍の羽柴軍と渡り合った。武において、徳川が劣るとは思わぬ」

小十郎はうなずいて同意を示した。

長久手合戦では、秀吉傘下の森長可《もりながよし》や池田恒興《いけだつねおき》といった猛将を討ち取っている。局地戦では、徳川はむしろ優勢だった。

「殿下が非凡だと感じたのは、信長公の葬儀の様子を聞いた時だ。殿下は五山をはじめ諸寺の僧侶五百人を集めて七日の間、経を読ませた。三千人が参列し、一万人の兵が大徳寺と蓮台野《れんだいの》の間に配置されたという。それだけやるのに、いったいいくらかかると思う」

一説には銀子二千枚とも、あるいは銭一万貫文とも言われている。

「並の者ならそんな葬儀などやろうとは思わぬ。思いつきさえしないであろう」

信長公の葬儀は都でも語り草になっている。家康はその規模の大きさを素直に評価した。

「笠懸山の総石垣の城を見たであろう。東国の者には、今までの土塁造りの城とは全く違って見えたはずだ。頭の中にあった城の観念は、さぞかし変わったであろうな。葬儀でも何でも同じことよ。既存の観念を変える者には、天賦の才がある。殿下の凄みを感じたのは、信長公の葬儀であった」

　頭の中の想念の根本が違うということなのか。

　葬儀の規模が変わったように、今後の奥羽仕置においても遠征軍の規模が変わる。伊達家には、十万を超える兵の行軍のための街道の拡幅や、兵站を確保するための搬送経路の整備といった軍役が課される。その後は検地によって、石高が明らかとなり、年貢高や軍役が決定される。家康は、今後の奥羽仕置きの見通しまで語ってみせた。

　小十郎は家康に礼を言った。

「それがしごとき陪臣の所望をお聞き入れいただき、恐れ入りまする。不調法者ゆえ礼を失したこと、深くお詫び申し上げまする。徳川殿のご慧眼《けいがん》に、この小十郎、感服いたし申した」

「なんの、慧眼でも何でもない。石高で統一するための検地などは、信長公がやっていたことだ。米を量る枡を京枡に替えたのも、信長公が最初だ。殿下はよく学んでいたのだな」

　家康はあっさりと応じたが、その一言の意味は大きかった。

　天下統一の事業の先鞭《せんべん》は、織田信長がすでにつけていた。関白秀吉がそれを学んだというなら、生まれながらの天下人というわけでもなさそうだ。

　話は済んだ。政宗と小十郎は、家康の陣所で腰を上げた。

　築地塀《ついじべい》を背に、小十郎は政宗に話しかけた。

「先刻、国替えがあっても逆らってはならぬ、と仰せになった徳川様のご助言を、聞き流されましたな」

　馬上で前を向いたまま、政宗はかろうじて「まあな」とだけ応じた。やはり政宗は、家康の忠

告に納得していない。

「関白殿下が面白い話をなされました」

小十郎は、秀吉から聞いた天下を治める者の三つの条件を教えた。

「三つの条件のうち、殿には勇と知の二つまであるが、大気に欠けるそうでござる。そう聞いて、いかが思いまするか」

広く情勢を見渡して長期的な戦略を立てる大気。秀吉は、政宗と小十郎には大気が欠ける、と言った。

「関白殿下は、まだおれを知らぬ。大気を示せばよいのであろう」

政宗の返答は素っ気ない。

「なりませぬ。関白殿下が天下を治める三つの条件のうち、二つまでを殿の資質と認めたのであれば、それだけ殿を警戒しているのでござる。大気を見せれば、天下を狙うておると疑われまする。北条と同じ憂き目を見ますぞ」

小十郎は家康のとぼけた顔を思い出した。家康の振る舞いには、はっとするものがあった。豪勢な秀吉を称賛しながら、自分は質素倹約に努め、話す際には常に秀吉を立てることを忘れなかった。その控え目な態度は存在感が薄く、とても秀吉と渡り合った勇将には見えない。

それが家康の手管なのだ。秀吉は、定めし家康を警戒していることだろう。家康は必要以上の警戒を避けるために、意図的に存在を消そうとしていた。

「殿下がおれを警戒しているというのか」

「天下を治める三つの資質のうち、二つまでを備えている。天下統一目前の関白殿下にとって、それは賛辞ではなく警戒でござろう。警戒されるのは得策とは言えませぬ」

「そうかもしれぬな」

「殿はまだお若い。一方、関白殿下は五十も半ば。追い払うことのできぬ夏の蠅《はえ》も、冬になれば姿を消しまする。待つことでござる。関白殿下が、殿に大気がないと思うておるのなら、逆手に取って大気を見せぬことです」

　政宗が大気に欠け、存在を消してしまえば、警戒などされない。

「目立たず、逆らわず。そういうことか」

「いかにも」

　政宗はようやく得心したようだった。

　関白に大気を見せてはならない。野望があると判断されれば、潰される。大気がないと思われているのなら、それを利用して存在を消すことだ。それが伊達家の生き延びる道だろう。小十郎の脳裏には、大声で笑い声をあげながら、目だけは無表情な秀吉の、抜かりのない顔が浮かんでいた。

21

　下野の宇都宮《うつのみや》城に関白秀吉の御座所が設けられた。近辺は千人余りの警固の軍勢でむせ返っている。

　秋が近づいているとはいえ、まだ日中は汗ばむ季節である。北条滅亡から半月も経たない七月十七日、秀吉は小田原を出発、十日ほどで宇都宮に着いた。

豊臣軍に包囲された結果、当主の北条氏直《うじなお》は投降した。小田原城は開城し、責任を取らされた北条《ほうじょう》氏政《うじまさ》、同氏照《うじてる》兄弟が切腹。当主の氏直は家康の娘婿であったことから助命され、高野山に送られた。小田原合戦は終結し、関東に覇を唱えた名門・北条氏は滅亡した。

次は奥州征伐——。征伐軍はただちに北上した。

徳川家康、豊臣秀次《ひでつぐ》、前田利家らが名を連ねたほか、上杉《うえすぎ》景勝《かげかつ》、蒲生《がもう》氏郷《うじさと》、佐竹義宣《よしのぶ》らの軍勢が編成された。

所領を安堵される陸奥《みちのく》の大名たちは、宇都宮城に呼び出された。伊達政宗、最上義光《よしあき》、南部《なんぶ》信《のぶ》直《なお》などである。

政宗に従って宇都宮城に入った小十郎は、広間に呼び出された。

関白秀吉が正面の上座に座り、少し離れて石田《いしだ》三成《みつなり》、浅野《あさの》長吉《ながよし》、大谷《おおたに》吉継《よしつぐ》が顔を並べた。三人は奉行として仕置の実施に当たる者たちだ。

秀吉と向き合う形で、小十郎の斜め前には最上義光、南部信直が座る。小十郎は伊達家の陪臣にすぎないため、その後ろに座した。前に座る二人とも口を閉じて身を固くしている。

政宗は呼ばれていない。最上義光は政宗の伯父だが、両者の間に確執があったために、伊達家からは家宰の自分が呼ばれたのだろう、と小十郎は推測した。

最上義光とは、政宗の母・義姫の兄である。最上地域の領主で、居城は山形城。四十半ばで出羽国において最も有力な大名になった。最上家と伊達家は姻戚関係にありながら、幾度となく小競り合いをくり返し、そのたびに義姫の仲裁が行われた経緯《いきさつ》がある。

最上義光はしたたかだ。政宗が小田原に出陣する直前には、饗宴《きょうえん》の席で毒を盛られるという事件が起きた。政宗自身が、評議において家臣に子細を説明した。毒殺未遂の犯人は母・義姫で、政宗を殺して弟小次郎を当主へ据えようとする最上義光の助言があったという。さらに政宗は、実の母を殺すことはできなかったが、代わりに小次郎を手討ちにした、と伝えられた。

　この件は、伊達家中においての禁忌である。小十郎も政宗から話を聞かされただけで、それ以上の詳細を知らない。ただ、政宗と義光の間柄は、気軽にことばを交わすほど親密なものではなかった。政宗の代わりに縁者としての礼を尽くし、進物を贈って挨拶したのは小十郎だった。

　広間は依然として静かなままだ。

　淡々と、石田三成が関白秀吉名義の朱印状を読み上げる。

　石田三成は、幼少期から秀吉に仕えた奉行役の一人。北条征伐においても、大名の行程、兵の配置、武器武具の輸送、さらには兵站までを担っている。秀吉の信任が厚く、いずれ豊臣政権の屋台骨を支える器量と言われている。

　秀吉の寛容を示すつもりなのか、三成はもったいぶるように大仰な声を張り上げた。

　最上と南部の本領は安堵された。伊達家は小田原での沙汰の通り、会津を失うも、置賜、伊達、信夫の諸郡など本領は安堵された。

　さらに三家には、妻子を上京させるよう命令があり、政宗の奥方・愛姫も会津黒川に参向するように命じられた。

　滞りなく置目が伝えられた直後、秀吉が小十郎の名を呼んだ。

「はっ」

小十郎は頭を下げて返事をする。

「近う寄れ。その畳までだ」

畳は、最上義光の座る位置よりも、さらに秀吉の座に近い。一瞬の躊躇の後、小十郎はそこまで膝行し平伏する。

「面を上げよ」

言われた通りに頭を上げる。秀吉の視線を感じたが、目は合わせずにいた。

「黒川城の明け渡しは大過なく済んだようだの」

「はっ」

秀吉のしゃがれた声に即座に返答する。小田原で会津没収が決められたので、黒川城はすでに浅野長吉に引き渡していた。

「面白い話を聞いたぞ」

秀吉が唐突に話を変えた。

「政宗の右目のことよ。戦で失のうたのかと思うておったが、そうではないと聞いた。幼少の時の疱瘡で目を失うとは、政宗も運のなき男よの」

秀吉が意地の悪そうな顔を向ける。試されているという予感を抱きながら、小十郎は無表情に声を高めて言い放つ。

「右目だけでなく、ただいまこの時、奥州探題を務めた伊達家の面目まで失われてござる」

豊臣の家臣たちが、はっとして一斉に顔をあげる。全員の視線が小十郎に向けられていた。

「殿下の御前である。控えよ」

石田三成の声が響いた。鋭い目で小十郎をにらみつけている。大物の側近にありがちな驕慢《きょうまん》さが表れていた。

すぐ後ろで、小十郎だけに聞こえるような小声が届いた。最上義光が低い声で、「わびを入れよ」と言ったのだ。

「剛毅な男だ」

秀吉はさほど驚いた様子もなく、むしろどこか満足げにつぶやいた。

「小十郎。小田原では、直臣になれと勧めたわしの誘いを断ったの。どうだ、考え直さぬか」

小十郎は黙したままでいた。無言が返答の代わりであった。直後、秀吉から思いがけぬ一語が発せられた。

「田村は改易とする」

田村宗顕《むねあき》のことである。三春城を居城とする田村郡の当主だ。田村郡は愛姫の故郷であり、政宗の岳父・田村清顕の本領であった。清顕亡きあと、政宗が宗顕に家督を継がせていた。その宗顕から領地を没収するという。

「田村郡千五百貫文の地をそなたに与えることにした」

秀吉の宣告に、小十郎はことばを失った。

黙り込んだのではない。ことばが出てこなかった。田村は、政宗と愛姫にとって縁のある地だ。二人の意志を差し置いて、小十郎の知行地となれば家臣として立つ瀬がない。

逡巡しながらも、小十郎は動揺が顔に出ないように無表情を続けるしかなかった。

「いかがした。田村領をそちに与えると言うておる。検地をすれば石高にして一万石を超えるであろう」

そう告げる秀吉の顔を、小十郎ははっきりと見定めた。表情からは、打算も温情も読み取れない。

小十郎は微かに笑みを取り繕った。

「かたじけなくも、田村郡を下賜されるとの仰せ、小十郎、感無量を覚えまする。されど――」

断るしか道はない。関白秀吉の怒りを買って首が飛ぶことになろうとも、他に手はない。

「はなはだ申し上げにくきことにござれども、先の話にでた当主の右目を最後に切除いたしたは、それがしにござる。さればこの命、すでに当主に捧《ささ》げんと誓い申しております。それがし、伊達家陪臣《またもの》ゆえ、謹んでご遠慮申し上げる次第にござりまする」

誰も表情を変えなかった。

小十郎の申し立ては、関白秀吉の下命に異を唱えるものである。その場にいる者は、秀吉の勘気の飛び火を恐れたようだ。

小十郎としては、田村郡は政宗に下賜されるべきであり、伊達家分領として政宗から預かるならともかく、政宗の頭越しに秀吉から知行を受けるわけにはいかない。本来なら政宗に与えるべき土地を、陪臣の小十郎に与えようとするのは、やはり秀吉は政宗に対して腹に一物あるのかもしれない。あるいは、伊達家の分断を図るつもりにも受け取れる。

「殿下は一度下賜されると決めたものを取り下げぬ」

石田三成も、今度は抑えた声で告げた。

秀吉が熱くならぬよう配慮した声音である。見れば、秀吉の細めた目にも驚きが現れている。

「固辞すれば、それこそ伊達家のためにはならぬ。そこのところを今一度、お考えあれ」

三成の声から居丈高な響きが消え、説得に近い口調に変わっていた。

だが、小十郎は態度を変えなかった。

「なにとぞ、ご容赦願いまする」

そう言って、頭を下げた。

誰もが唖然として身じろぎもしない。冷たい沈黙がしばらくの間続いた。

突然、哄笑《こうしょう》が響いた。秀吉が大口を開けて笑っている。

「主人の体面を立てて命を賭ける臣下を粗略には扱えまい」

秀吉が機嫌を損ねたのではないとわかり、周囲が胸をなで下ろす。

「いらぬと言うなら、それもかまわぬ。田村の地は一旦、小十郎に知行をあてがった後に、政宗に授ける。政宗は遅参したとはいえ、奥羽諸侯の中では参陣が早かった。白装束で恭順を示したは、改悛《かいしゅん》の念の表れであろう。三成、さように取りはからえ」

「かしこまってござる」

石田三成が素っ気なく応じた。

最後に秀吉が告げた。小田原に参陣しなかった諸侯は領地没収にする、と。

没収されたのは、先の田村郡のほか、大崎義隆《よしたか》、葛西晴信《はるのぶ》、石川昭光、白川義親《よしちか》の領地である。

励むがよい。秀吉が伊達、最上、南部の三家にそう言って席を立ち、家臣たちが従うように広間を後にした。

帰りの廊下で、小十郎は最上義光に呼び止められた。烏帽子姿の義光はいぶかしげな表情で声を潜める。

「先ほどの話はまことか」

「と申されますと……」

「政宗の右目を切り取ったのが、おぬしだったという話よ」

戦で矢傷や鉄砲傷を負った時、矢尻や鉄砲玉を鉄ばさみで引き抜くことはある。見えなくなったとはいえ、主人の眼球を家臣が切除したと聞いて不思議だったのだろう。

小十郎はしらを切った。

「羽州様はどう思われまするか」

そう言って頭を下げると、考え込む義光を残して、小十郎はその場を後にした。

それどころではなかった。小十郎の頭にあったのは、この件は政宗に伝えねばならぬ、という思いだ。

秀吉が政宗を警戒しているのは、もはや間違いないだろう。政宗に煮え湯を飲ませて、自分への忠誠心を確かめているような気がしてならなかった。

それならば、こちらの取るべき方途は決まっている。以前、進言した通りに、目立たずに存在を消すことだ。思いを曲げずに即行動に出る政宗にとって、それがいかに難しいかはわかっている。だが、政宗には、秀吉の疑心を肝に銘じてもらわねばならぬ。小十郎はその意を強くしていた。

22

関白秀吉率いる奥州仕置軍は、会津まで北上した。案内役は政宗と伊達家である。秀吉は巡察行軍により天下統一を成し遂げると、都に戻って行った。

それから三ヵ月が過ぎ、片倉小十郎はわずかな供を連れて雪深い山中にいた。

いくら息を吹きかけても、凍えた手は一向に温まらない。それでも小十郎は、足を止める気はなかった。稲わらを編んだ肩蓑《かたみの》をまとい、頭には蓑帽子をかぶって、ここまで行軍してきた。足にはかんじき。深い雪中のこととて、すでに下馬して馬の手綱を引いている。

目指す大崎郡・古川城はもう目の前だ。

三日前まで、小十郎は田村郡にいた。一帯の差配のため、城の破却や刀狩りを行い、そろそろ検地の準備をする矢先であった。それが突如、政宗から小十郎に急ぎの呼び出しがかかったのである。詳しい事情は伏せられていて、判然としない。

葛西・大崎一揆《いっき》が退《の》っぴきならない事態になったとでもいうのか。

一揆の鎮圧を命じられたのは、米沢を本拠とする伊達政宗。そして、豊臣重臣として将来を嘱望される蒲生氏郷。氏郷は、会津の新たな領主となる男である。鉄壁の布陣が組まれたことにより、国一揆の鎮圧などたやすく終わる、と高をくくっていた。

実際、会津で見た蒲生氏郷は武勇の男だった。秀吉配下の将として小牧・長久手、九州征伐、小田原征伐で武功を誇った。小十郎も、氏郷の鯰尾《なまずお》の兜や鎧の胸板に、無数の矢の痕《あと》を見ている。自分より一つ年上の三十五歳。上方期待の将といえる。

政宗軍は一万五千。氏郷軍は六千である。葛西・大崎の城に立てこもる一揆勢など、ひとたまりもない。そのはずだったが、一刻も早く駆けつけよ、という政宗の書状は尋常ではない。

ここ北上川上流の葛西・大崎地方を舞台とした一揆は、元を正せば、秀吉が夏に行った奥州仕置が発端だった。

葛西氏と大崎氏の領地没収である。葛西氏は鎌倉時代に奥州総奉行に任じられた一族であり、大崎氏は奥州探題職まで務めた家柄で、ともに名家である。だが、両家とも、豊臣秀吉の小田原征伐に参陣しなかった。そのため所領を没収され改易となった。

そこに新たな領主として抜擢されたのが、木村吉清《きむらよしきよ》という男。五千石の領主だが、それがこれといった武功もなく、いきなり旧葛西・大崎領三十万石もの知行を得た。

所領を奪われた旧領主の家臣たちは路頭に迷った。多くは帰農したが、旧家臣たちにとっての生き地獄はその先にあった。

木村吉清が弾圧を強めたのだ。伝馬《てんま》人足の徴発命令を拒否した農民ら三十人を磔《はりつけ》の刑に処した。さらに吉清の家臣たちは、農民の家に押し入り、女や下人を奪い取るという狼藉を繰り返した。

愚行というほかない。憤激した旧家臣が木村の一党を討ち殺したのを皮切りに、十月上旬に一揆勢が蜂起した。一揆は瞬く間に木村吉清の所領全土に広まった。そうした中で、木村吉清は佐《さ》沼《ぬま》城に逃げ込み、そこで一揆勢に囲まれてしまう。

会津での奥州仕置を決めた関白秀吉は、すでに京に到着していた。騒ぎを聞くと、すぐさま政宗と氏郷に一揆討伐を命じてきた。政宗率いる伊達軍が、先に出馬。その後、氏郷は小十郎に書状を送り、大崎を目指して出馬したと伝えてきた。討伐軍の手に負えない事態など、想像もしていなかったのだが——。

辺りはもう薄暗かった。足元が見えなくなる前に、小十郎はなんとか城に着くことができた。

「殿、何ごとでござろうか」

政宗が振り向き、疲れた顔を見せる。

「物見の伝令によれば、蒲生が名生《みょう》城に立てこもったまま動かぬ」

蒲生が立てこもって動かぬだと……。

ここ古川城から名生城までは、およそ一里半の距離である。

「それだけではない。蒲生勢の銃口がわれらに向いている」

「なんと……。仲違《なかたが》いが起きましたか」

「仲違いなどしておらぬ。つい十日ほど前には、黒川郡下草《しもくさ》の陣所で氏郷殿と会って話をした。一揆への総攻撃の日取りを決めたのだ。だが、蒲生勢は約束を守らずに名生城を攻め、立てこもった」

立てこもってから三日になるという。

政宗と氏郷との間にもめ事でも起きたか。小十郎は最初にそう考えた。政宗が、氏郷に敵意にも似た感情を持っていたのは確かだ。そばに仕えていた小十郎にはよくわかる。

秀吉は氏郷に会津諸郡を与えた。氏郷のそれまでの所領は伊勢《いせ》松坂で、南伊勢十二万石だったが、会津はその四倍の大封である。政宗から取り上げた会津を氏郷に与えたのだから、わだかまりは残る。

それで肝心の一揆征伐はどうなったのか。

「佐沼城で孤立した木村殿はいかが相なりましたか」

「知らぬ。一揆勢にやられたという報は届いておらぬ」

当面の目標は木村吉清の救出だったが、氏郷の名生城立てこもりで事態は膠着《こうちゃく》した。

小十郎は思いつく理由を口にしてみた。

「蒲生勢が城にこもって動かぬのは何ゆえか。動けば不利が生ずるからに相違なし。考えられるは、蒲生家中の不和か、氏郷殿の病か……」

政宗の表情の変化を盗み見る。

「あるいは、伊達軍に不穏な動きを見つけたか。身の危険を感じるほどの動きを……」

政宗は何も言わない。素知らぬ顔に変化は生じない。

「名生城の陣形がわが軍に備えておるならば、まずは伊達の寝返りを恐れておるのでござろうな。殿、何か心当たりは……」

「ない」

政宗は否定する。吐き出すような口調にわずかな嫌悪をにじませたが、それ以上は口を閉ざして素っ気ない。

奥羽の地に慣れない蒲生勢の案内。それが政宗の役目である。上方から来た蒲生勢は、奥羽の雪に慣れていないことだろう。いたずらに難渋する道を教えたのだろうか。

「蒲生側からの書状を拝見つかまつりとうござる。何かわかるやもしれませぬゆえ」

有無を言わせぬ態度で、小十郎は政宗の近習をにらみつけた。政宗があごで合図すると、あわてて書状を取ってきた。

政宗が見守る中で、小十郎はここ数日の蒲生からの書状を検《あらた》める。

十一月十日付の政宗あて氏郷の書状――。小十郎は氏郷の文字にすばやく目を走らせた。氏郷が政宗に謝意を示している。政宗が案内役を差し遣わしたことへの感謝である。この数日前、小十郎は氏郷からの書状を田村郡で受け取り、その出馬の報を受けていた。政宗は氏郷の出馬を知ると、すぐに人を送って氏郷の道案内をさせたことになる。

十一月十五日付の氏郷の覚書――。数ヵ条の誓文の中で、氏郷は政宗の働きぶりを尊重すると言っている。葛西晴信の身上にも言及し、晴信が一揆鎮圧に励むなら所領安堵などを上方に取り次ぐ意向を示している。この時までは、氏郷は一揆の早期の解決を目指していたことになる。

その後、氏郷は二十日に名生城に入った。翌日、氏郷の異変を知らせる書状が小十郎に発せられ、小十郎は急いで大崎領までやってきた。

氏郷がそれまでの親密な態度を硬化させたのは、わずか五日ほどの間である。

「蒲生が当初よりの目算によって動いておるならば、こちらも警戒いたすところでござる。されど、なにぶん急な心変わり。じかに確かめるほかありますまい」

政宗は腕を組んだ。察するに、これまで幾通りもの有り様を思案したことだろう。

「蒲生の罠ではあるまいの」

自分に刃を向けかねない氏郷に、政宗も不信を抱いている。

「わが兵力は蒲生の倍。いかに蒲生といえどもこの雪の中でわれらと競ってはさすがに分が悪いこと、百も承知と思いまする。それがしが数名の従者とともに、明日、名生城に乗り込んで事の次第を確かめまする。殿は佐沼城に出馬し、木村殿をお救いなさるのが肝要。関白殿下へのご忠節を戦働きで見せれば、いかなる難癖も物の数ではござらぬゆえ」

政宗も小十郎の案に納得した。

翌日朝、政宗は軍勢とともに木村吉清が囲まれた佐沼城へ向かった。同時に小十郎も、蒲生氏郷のたてこもる名生城へ出発した。

木村吉清救出が失敗に終われば、伊達家は秀吉から勘気を受けるだろう。だが、救出さえしてしまえば、手柄は伊達家のものだ。その手柄を土産《みやげ》に氏郷の真意を問えばよい。

城の外は暗闇に覆われ、降り出した細雪《ささめゆき》が牡丹雪《ぼたんゆき》に変わりつつあった。

23

名生城は小高い段丘に築かれた城だった。

土塁と堀に囲まれた数個の曲輪のそれぞれに、幔幕《まんまく》が張られている。なるほど、伊達の陣営に最も近い南側にかがり火が集められている。

供をする佐藤次郎右衛門に大声で片倉小十郎を名乗らせながら坂道を上った。やがて槍を構えた蒲生兵数十名に囲まれた。

「われらは伊達家家臣、片倉小十郎とその従者。蒲生殿にお取り次ぎいただきたい」

佐藤が用件を蒲生兵に告げる。それを聞いた十番手組組頭を名乗る男が前に進み出ると、警戒心を露わにした。

「片倉殿という証しは」

小十郎は懐から書状を出して渡した。蒲生氏郷が田村郡にいた小十郎にあてて寄越した書状である。組頭は差出人の蒲生氏郷の花押を確認すると、北の館まで案内を申し出た。

前を歩く組頭に、小十郎は話しかける。

「蒲生勢は面白き陣形にござるな。攻め進む方角ではなく、背後を用心する備えと見える」

小十郎の皮肉にも表情を変えることなく、男は黙したまま坂道を上っていく。

やがて北の曲輪の館に着くと、広間に通された。

待っていたのは、蒲生氏郷とその重臣たち二十名ほどである。外で警固する兵たちのような殺伐さはまとっていなかった。とはいえ、歓迎されていないのも明らかであった。皆、油断なく小十郎を見ている。

壁を背後に蒲生氏郷が座っている。小十郎は二列に向かい合って座る蒲生重臣たちの間を進み、氏郷に対面した。

「片倉か。いまだ田村に留まっておるものと思うておったわ。急ぎ呼び寄せられたか」

氏郷は、緋《ひ》縅《おどし》の甲冑をつけたままだった。以前見かけた時とは違って、氏郷の目は窪み、表情から生気が消えていた。さては病を患ったか。小十郎が最初に感じたのは、氏郷の体調の不良であった。

「はっ。主、政宗の命を受け参上つかまつった」

氏郷がうなずく。小十郎は一気にまくしたてた。

「さればお尋ね申し上げる。佐沼城への出陣のお約束を違えてここ名生城にたてこもるは、いかなるわけにござろうか。さらには」

最後は語気を強めた。

「伊達軍に向けて兵を配備する子細はいかに」

重臣たちの間から憤懣《ふんまん》の声が漏れた。すべてを聞き取れはしなかったが、いくつかの声は耳に入った。愚弄するか。その一言がたしかに聞こえた。

片手を前に差し出して重臣たちを制すると、氏郷は一人穏やかに尋ねた。

「心当たりがないと申すか」

「一向にありませぬ」

小十郎のことばを聞いて、重臣たちは即座に怒号を浴びせてきた。とぼけるか。今度はそう聞こえた。

いったい、これほど蒲生重臣を怒らせる理由は何なのか。小十郎も次第にいら立ちを覚え始めた。

かといって格上の蒲生氏郷に無礼な振る舞いはできない。代わりに重臣たちをにらみつけた。

「この小十郎、八幡神に誓って心当たりを持ち合わせておりませぬ。これ以上、それがしの腹をさぐったところでらちもなきこと。事の次第をお教えくだされ」

そう言って、氏郷をまっすぐに見つめる。氏郷は氏郷で、小十郎の一挙手一投足から目を離さない。だが、おもむろに語り始めた。

「出陣の前日の夜のことだ。伊達の家臣の一人がわが陣に駆け込んで来た。内通のためにな」

内通だと……。

予想だにしていなかった。不意を突かれて頭の働きが止まった。

「して、内通の理由は」

「伊達に逆心あり、と」

「空言にござる」

とっさに言い返した。

わかってしまえば他愛ない。伊達家の誰かが蒲生軍に、政宗の逆心を訴え出た。蒲生氏郷ともあろう者がその讒言を信じて、伊達に叛意あり、と受け取ったわけだ。怒りより、氏郷の愚かさを責める感情が湧き上がった。

「小田原にて主が関白殿下に臣従を誓うてから、まだ半年も経っておらず。その間、お方様を京にお送りしておりまする。北条を成敗し、もはや日の本に逆らう者なき関白殿下に逆心を抱くなど、あろうはずもなし。会津少将様がそれをおわかりにならぬとは、この小十郎、いささか心外にござる」

もはや礼儀にこだわっている場合ではない。慮外の事態に遭遇して、小十郎は本心をぶつけた。

それに対して、氏郷は妙なことを言った。

「京に送られたのが別人とも限らぬ、でな」

馬鹿な。とは、さすがに口にしなかった。だが、本物の愛姫だという証しはいずれ明らかにできる。そうなれば、恥をかくのは氏郷だ。

「この件、よもや関白殿下に知らせてはおりませぬでしょうな」

「むろん、書状を持たせて使者を送った」

小十郎は天井を見上げた。高じた思いは怒鳴り声となった。

「いつのお話でござるか」

「今日だが、明け方のことだ。半日経っている。もはや追いつかぬぞ」

ことばを失った。小十郎の眼前に最悪の情景が絵巻物のように広がった。

目立たずに存在を消すのが得策と政宗に進言してから、半年も経たぬ間にこのざまだ。これで秀吉は政宗をいよいよ警戒する。放っておけば、討伐軍が押し寄せるだろう。小十郎は臍《ほぞ》を噛んだ。

「少将様。わが殿に逆心ありと聞いた関白殿下がどう動くか、定かなご了見をお持ちでござったか。殿下は直ちに大軍の出陣を命じまするぞ。命令を受けるは、さだめし武蔵《むさし》大納言（徳川家康）様か、あるいは近江《おうみ》中納言（豊臣秀次）様あたり。加えて――」

広間の松明《たいまつ》の炎がばちばちと音をたて、意志をもったかのように火の粉を散らした。

「当家のお方様のお命はなきものとなりまする。そうと知ったわが殿は、それこそ否応《いやおう》なしに反旗を翻すやもしれませぬぞ」

氏郷は黙している。その表情にわずかな逡巡が浮かんだように見えた。

「少将様は、わが殿の謀反をお望みか」

小十郎は悲憤を押さえることができなかった。頭の中には、政宗が逆心を抱いている様など欠片も浮かんでいない。

それ以上、小十郎に語らせるのをはばかるように、今度は氏郷が声を張る。

「落ち着け。そう、まくしたてるな。こちらには内通してきた伊達の家臣がおることを忘れたか」

内通してきた伊達の家臣……。小十郎より政宗の真意を知り尽くしている者が存在しようはずがない。

「伊達の家臣と申されましたな。それがし、その御仁に是非ともお会いしとうござる。ここにお連れくだされ」

氏郷が控えの者に指図した。すぐさま廊下を走り去る足音が、遠ざかっていった。別館にいるらしい。

「いまだ名をお聞きしておらず。誰なのか、教えていただきとうござる」

「須田伯耆《すだほうき》」

「須田……」

落ちくぼんだ目をした須田伯耆の顔を思い出すのは容易ではなかった。須田伯耆の父親・道空《どうくう》の印象のほうが強い。先代輝宗死去の折り、本拠地の米沢ではなく信夫郡で追い腹を切った。軽輩だったが、政宗は家督相続を許したはずだ。忠臣のせがれが、なにゆえ伊達家を窮地に落とす内通に走ったのか。その理由は見当もつかない。

しばらく待ったあと、氏郷家臣に付き添われて須田が現れた。顔がこわばっているのは、その場の誰もが見て取った。政宗側近の小十郎がいるとは予期していなかったのだろう。いきなり小十郎に対面させられたせいで困惑している。落ち着きのない様子で座に着いた。

小十郎は須田に向き合って座り、居住まいを正した。氏郷の重臣たちの前で、須田の嘘をあばかねばならぬ。それ以外に疑いを晴らす方法がない。

　小十郎は、迷わず一喝した。

「須田伯耆。そのほうの訴えがまったくの偽りであること、すでに少将様ほかご一同の前で明らかになった。殿は昨日、佐沼城の木村伊勢守を救い出したぞ。殿に二心なきことの何よりの証しであろうが」

　政宗は今日この時、佐沼城に攻め寄せ、木村吉清を救出に向かったはずだが、その後の経過は小十郎も知らない。だがここは、はったりをかますほかないと考えた。

　うっと唸ると、引きつった顔を見せながらも、須田は反論の構えを見せる。

「それは、それがしがここにいるのを知り、逆心を隠し立てしようと取り繕ったのであろうが」

　小十郎は氏郷に目配せをしてから、もう一度須田に向き直った。

「そのほうがここにいることなど、伊達陣営の誰も知らぬ。自分もたった今、知らされたばかりよ。少将様がわざわざ伊達に教えるはずもなかろうが。見苦しいぞ。なにゆえ偽りをもって讒言に及んだか、申してみよ」

　成り行きを見守ろうと、氏郷をはじめ蒲生の君臣は黙している。この流れで一同の沈黙は、須田にとっては無言の足かせとなろう。小十郎は、須田が墓穴を掘るのを淡々と待つ心積りだ。

「伊達が一揆勢と通じておるは、間違いではありませぬ。葛西・大崎の旧臣を召し抱えておりまする」

　須田は小十郎の頭越しに、氏郷に言上した。

小十郎は、氏郷が何かを言う前に自ら答えた。

「知れたことよ。改易になった地の牢人《ろうにん》を雇うは、領主にとっては珍しくもなし。会津少将様とて、よもや会津の牢人を雇うてないとは言われまい」

改易地の牢人たちは職を失い、他方、新たに加増されて領主になった家には人手が足りない。現地に詳しい人間のお抱えは、配置替えにおいてはごく当たり前に行われた。

一喝しておいてから、小十郎は氏郷に弁明した。葛西大崎牢人衆を召し抱えた事情は、目付役の浅野長吉に報告している旨を伝える。

「そのほかにも、葛西大崎の旧家臣に書状を送っているではないか」

須田が食い下がる。

「それをもって殿に逆心あり、と伝えたか。戦において敵の懐柔など、いずれの武将にも身に覚えのあること。そのほうは、取るに足りぬ雑説を流しておるにすぎぬ。見返りはなんだ。蒲生家に己を売り込んだか。そなたの父は先代の死に殉じた忠臣であったのに、惜しいことよな」

須田の顔が真っ赤になった。小十郎が親の仇でもあるかのように、にらみつけながらいきり立った。

「見返りと言ったか。父が追い腹を切った時も、加恩の一つも賜らなかったこの身に向けて、見返りと言ったか」

加恩の一つも賜らなかった……。小十郎は聞き逃さなかった。

「加恩がなかっただと」

「他の殉死者の嫡子には加増があったのを知っておろう。わが家には何ひとつの恩賞もなかった。見返りなどあてにしておらぬ。ただ伊達の非違を伝えたまで」

須田が何ゆえ政宗の逆心を蒲生に伝えに走ったか、その理由が読めた。自分の家にだけ加恩がなかったのを恨んだのだ。

「そのほう、蒲生殿に何と伝えた」

「伊達に逆心あり、と」

「もう少し、つぶさに述べてみよ」

それに答えたのは、二人の口論を聞いていた蒲生氏郷だった。

「伊達は一揆勢と合力して、われらを討ち取ろうと企んでいる。そんなところだ」

「人質のお方様を見捨て、会津少将様相手に戦い、その後に攻めてくる二十万の兵と合戦に及ぶのでござるか。本領安堵された伊達には、少しも得にならぬこと。少将様がさような詐言を信じた意味がわかりかねまする」

須田が伊達を恨んでいるのが知れた今、氏郷の態度も変わる。

「信じたとは申しておらぬ。最悪の事態を避けたまで」

「殿は、一揆勢に囲まれ孤立した木村殿を救い出しておりまする。その恩義があれば、木村殿は伊達の忠節を殿下にお知らせすることでございましょう。ご無礼ながら、少将様のお考えといずれが正しいか、上方では詮議なさるでござろうな。少将様は、伊達のお方様のお命を天秤《てんびん》にかけるほどの自信がおありか」

この場を収めるためなら、いかなる手も使う。政宗が木村を救い出したかどうかはいまだ明らかではないが、小十郎はすでに救出は成ったものとして話を進めた。

氏郷が目をつぶって考え始めた。政宗の逆心を疑って秀吉に書状を送ったが、人質の命が掛かっていることにまで思慮が及んでいなかったのだろう。だが、事態の深刻さは氏郷にもようやくわかったはずだ。

「片倉。伊達に逆心はないのかもしれぬ。だが、伊達家の家臣が内通してきた以上、わしの報告が偽りとは言えぬであろう。誰でも、同じように報告すると見るが……」

氏郷が本心を口にした。氏郷からすれば、実際に謀反が起きてもいないのに、伊達謀反の書状を送った引け目がある。

「少将様。もはや、われらは同じ難題を抱えておりまする。まずは伊達家の人質が殺されるのを止めねばなりませぬ。よもや、これに異論はござるまい」

渋々ではあったが、氏郷がはっきりとうなずいた。

「されば、一刻も早く、まずは殿に逆心はなかったと訂正の書状を出すのが肝要。それ以外に道はありませぬ」

氏郷がうなる。

己の間違いを秀吉に伝えるのは、氏郷をもってしても容易ではない。だが、書いてもらわねば困るのだ。この一線は譲れない。ただ、氏郷が訂正しやすいように、小十郎は一方で譲歩する構えを見せた。

「といっても、少将様だけを悪者にすることはできませぬ。元はといえば、この奸臣《かんしん》を野放しにした伊達にも非はありましょう。丸く収めるには、わが殿にも謀反を疑わせるだけの事情はあったということにするしかありませぬ」

氏郷が目を見開いた。悪役を買って出るという申し出が不思議なのだろう。だが、秀吉を安心させる書状を、氏郷に確実に出させるにはそうした布石が必要だった。

「起請文を書きまする。わが殿からは、少将様への別心なしとの誓約をしたためまする。今後は、従来のような疑いを残すような行為は一切せぬという約定でござる。さすれば、少将様のお疑いも一条の理を持ちまする。代わりに少将様には、殿が木村殿を助け出したのはひとえに殿下への忠節の表れである、との書状を関白殿下に出していただきたく」

とりあえずは人質の命を最優先にする。その書状を出させるのが第一だ。あとは、政宗か氏郷かのいずれかがこの場から撤退すれば、一触即発の事態を避けられる。

小十郎は淡々と説明した。

氏郷は最後に条件をつけた。

「よかろう。殿下へ伊達の忠節を認める書状はきっと出す。だが、われらは、のこのこと城を出るわけには行かぬ。安全な場所に退くまで、伊達家の人質がほしい」

「ならば、それがしがお供いたしまする」

「片倉はだめだ。伊達家の一族でなくてはならぬ。伊達成実を人質に承りたい」

啞然とした。成実は加美《かみ》郡の地に出陣中だ。呼び寄せるのに時がかかる。

「それがしでは不服と申されるか」

小十郎が問うと、氏郷は小十郎にまっすぐな視線を向けた。

「そちは命をかえりみぬ。命を失うのを恐れない者が、どうして人質の役に立とうか。成実を呼べ」

氏郷が折れなかったせいで、人質は成実と決まる。

成実の動きは迅速だった。人質役を願う書状を出すと、即座にやって来た。

「俺は人質などにはならぬ。逆に、蒲生軍六千を人質にしてくれるわ」

高笑いをしながら、成実は氏郷の陣に向かって行った。

結局、氏郷は年末まで名生城にこもり続ける。翌年元日に成実を連れて名生城を出立し、信夫郡大森城に着くと、成実を解放して二本松に到着した。

氏郷については決着がついた。この件は、できるだけ騒ぎにせずに済ませたい。

だが、京にいる秀吉が、これだけで済ませるはずがなかった。

24

京では、政宗謀反が歴然たる事実だと語られた。

氏郷が最初に政宗謀反の書状を送った直後、秀吉は政宗に上洛《じょうらく》を命じてきた。政宗の真意を確かめるためである。

他方、秀吉は抜かりなく、徳川家康へ奥羽下向を命じていた。家康本陣一万、その他結城秀康、榊原康政《さかきばらやすまさ》に三、四千ずつの備えで、氏郷陣所に向けた進軍命令が下る。石田三成と佐竹義宣には、海道を進め、と指示が飛んだ。軍勢の総数は数万に及んでいた。氏郷が名生城から会津に戻らぬうちは、政宗謀反とみて兵を戻さない意図であった。すべては後から知ることだ。

戦支度をした大軍の前に身をさらせば、血気にはやった兵の攻撃を受けかねない。その恐れはあった。だが、身の潔白を示すためにも、政宗自身が一刻も早く上洛して人々の前に姿を現す必要がある。上洛が最善だと判断した。

「疑われているだけではない。伊達家は疎略にされておる。だが、今はしかたがない」

　きびしい顔つきを見せながらも、政宗は同意した。

　政宗と小十郎は、三十の騎馬のほか、千ほどの足軽とともに、京を目指した。

　政宗は上洛しないであろう。多くの都人の観測は覆された。それがかえって、政宗の評価を上げることになる。一触即発を恐れる人々を前に、謀反の嫌疑を受けながら堂々と上洛したことで、京の人々は政宗の度胸をたたえた。氏郷による政宗謀反の報を信じた千《せんの》利休《りきゅう》までが、出迎えて上洛を歓迎した。

　政宗は、ただちに秀吉のもとに出頭した。戻った政宗は小十郎に、大過なし、と答えた。

「会津少将は関白殿下に、すぐに訂正の書状を送っていたようだ。伊達に逆心なし、とな。殿下からは侍従に昇進させるという、お言葉をいただいた」

　政宗は笑みを浮かべた。

　小十郎は胸をなで下ろした。氏郷は、約束を守った。身に危険がないと判断するまで油断なく名生城にこもりはしたが、伊達に逆心なしという訂正の書状を送っていた。

　秀吉は政宗に羽柴姓まで与えてくれるという。それまで最上家と佐竹家が羽柴侍従を認められていたから、ようやく伊達家も追いついたことになる。

　京に着いてしばらく経ったある日、聚楽第《じゅらくてい》の長廊下の端で、小十郎は氏郷と再会した。

「こたびの伊達殿の侍従補任《ぶにん》。関白殿下が伊達殿の忠節をお喜びになられた証しと存ずる。まずはお祝い申し上げる」

氏郷は何もなかったかのように、祝いのことばを口にした。

「ありがたきおことば、かたじけのう存じまする。して、会津様ご自身におかれましては、疑念はすでに晴れたとお考えや否や」

小十郎は無礼とも取れる問いを、単刀直入に言ってのけた。本心とは受け取れない氏郷の儀礼の挨拶に、やりきれぬ感情を隠すつもりもなかった。

「そう、突っかかるな。殿下からもお叱りを受けた。伊達殿に関して注進申し上げた書状の中身が、ある時は黒、その三日後には白と、正反対に申し上げたからの。殿下は、酒に酔うているかのごとく要領を得なかった、と仰せであった」

「関白殿下が……」

関白秀吉は、蒲生氏郷に大きな信を置いている。秀吉が奥羽の実情を知るには、氏郷の書状によるところが大きい。秀吉に疑念を抱かせたのが氏郷なら、疑念を晴らしたのも氏郷だということだ。ちらりと悪びれた表情を浮かべたが、氏郷はすぐに自分に非はないという顔を取り繕った。固い口調で言い返してくる。

「そもそもの始まりは、伊達の家人が謀反を内報してきたことによる。あの折り、伊達謀反に備えるは当方としても当然の成り行き。伊達殿にもそれらしき兆しは見えたからの」

氏郷は泰然と笑みを作って見せた。目だけは相変わらず鋭い。

その頼もしい姿に、諸人《もろびと》は誤解する。上洛して小十郎が驚いたのは、蒲生氏郷の評判の高さだった。信長の娘婿、関白秀吉の側室の兄、千利休の高弟茶人、当代一級の歌人。氏郷を褒めそやす言葉は枚挙にいとまがない。さらに、かように勇猛な将はおらず、と喧伝《けんでん》されていた。

だが、氏郷は見かけほど豪放ではない。小十郎は氏郷の繊細な内面にすでに気づいていた。

「今となっては、互いに水に流して誼を通じたいと願うておる」

氏郷はそれだけ言い残して、その場を去った。小十郎は頭を下げて見送った。氏郷は奥羽より都の水が合っているように見えた。

氏郷は氏郷で、都落ちして会津に封じられたことで、不本意な思いがあったのだろう。奥羽には風情あるきらびやかな茶室もなければ、歌を詠み合う才ある歌人もいない。身を凍らせるような風、切り立った渓谷、時折聞こえる狼《おおかみ》らしき動物の不気味な遠吠《とおぼ》え、そして厚い雲に覆われた日輪……。畿内で過ごした氏郷にとって、都を光とすれば奥羽は陰、ではなかったのか。

そんな心境で見知らぬ北の地に来れば、か弱い兎《うさぎ》の頭に角を見ることもあろう。あるいは、尾羽根を上下に振りながら気軽に現れる鶺鴒《せきれい》にさえ、鋭いかぎ爪の足を見たかもしれない。

奥羽には政宗がいた。二十四の若さで陸奥国の大半を自領とし奥羽を席巻《せっけん》した政宗に、氏郷は何を見たのか。告げ口があったとはいえ、必要以上に政宗を恐れたのは瞭然だった。

蒲生氏郷による伊達謀反の報告は降って湧いたような厄災だったが、逆の立場であればどうだったか。仮に蒲生の家臣が政宗を謀殺せんとする氏郷の策略を知らせてきたら伊達家はどうしたか、を小十郎は考える。

京に報告などしない。使者を送り、真偽を問い、疑念が晴れなければ人質を取る。それだけのことだ。だが、氏郷はことのほか政宗を恐れた。氏郷の胸の内に芽生えた闇は、本能として政宗を脅威と捉えた。

そう思わずにはいられない。それは政宗に一目置いたということでもある。いずれ氏郷と戦になる事態が起きたとしても、伊達が蒲生に負けることはない。そんな不遜な思いさえ浮かんだ。

しかし、あながち悪いことばかりではない。上洛したことで政宗の評価はかえって上がった。秀吉は京に伊達屋敷を与え、のべ三千人の人足で普請を号令した。また、政宗が宿舎の妙覚寺で茶会を行っていると聞くと、数寄道具を届け、さらに自ら茶会に招いて政宗に茶を馳走《ちそう》している。愛姫にはおびただしい米が贈られたと聞く。秀吉は政宗を厚遇しようという意図を露骨に表したのだ。

秀吉との交流が増したのは、伊達家にとっては一歩前進である。してみれば、災いも福に転じたと言ってよいのではないか。あとは、まだ治まっていない葛西大崎一揆を治めて武功を示すだけだ。目の前に明るい兆しが現れたのを、小十郎は静かに感じていた。

25

三ヵ月近い月日を京で過ごし、政宗と小十郎は京を発《た》った。奥羽に戻り、いまだ解決していない葛西・大崎一揆を鎮めるためである。

一揆勢は健在であった。

水城の佐沼城、山城の宮崎城が一揆勢の主力であり、周辺の諸城も掌握されている。

一揆に蜂起されて敗北した木村吉清は、むろん失脚した。奥羽の管理を任されていた浅野長吉は、政宗に対して一揆の鎮圧を督促してきた。

伊達軍は総力を上げての動員令を発する。大軍を率いて加美郡の宮崎城に向かう。

「宮崎城にこもるは元大崎家の重臣の一族。大崎家からは当家に従った者も多数おりますゆえ、同族同士の争いとなりまするな」

小十郎が政宗にそう告げた時、政宗は気にもしなかった。奥羽では複雑な姻戚関係が巡らされており、政宗自身が親類縁戚との戦いを何度も経験している。

途中、大崎旧臣の多くが伊達家に服属を申し出て、軍勢に加わった。城にこもる一揆勢の大半は戦闘が始まる前に退散していた。政宗が一揆制圧に出陣してからは、戦闘らしい戦闘は起きていない。

「城を明け渡せば許すが、刃向かえば容赦はするな」

上洛で、政宗にも変化が起きていた。自身の中に、奥羽を外から見る目が加わったのかもしれない。関白の命令を忠実に実践している。目立たず、逆らわず。秀吉に警戒されれば不利になる、と京の人々との交際の中で学んだのだろう。

宮崎城は堅固だった。城を囲んだ伊達兵が攻めかけると、城内から鉄砲を撃って激しく応戦した。城の堀を越えようと試みるが、被弾する者が多数に及ぶ。戦死した足軽は百を超えた。憤激した政宗が敵陣に馬で近づくと、その馬にも鉄砲玉が命中するという有り様だった。

夜に入り、城中から火の手が上がる。伊達勢はただちに討ち入り、一揆勢をさんざんに破った。

残るは佐沼城である。佐沼は木村吉清が出城後、一揆勢に占拠されていた。

小十郎と鬼庭綱元《つなもと》の手勢が城を囲むと、守備兵は鉄砲を撃って近寄ろうとする者に反撃した。

「鉄砲の前面に押し寄せれば、まともに狙い撃ちにされるぞ」

小十郎は、五人組の部隊をいくつも送り、内部に侵入させる策略を立てる。原田宗時の手勢が本丸石壁に取り付いて中に入り、中から門を破ると、一気に伊達勢が攻め込んだ。結果、城中の二千人を討ち取って、一揆を平定した。

九月――。荒廃した農村の後処理をしているさなか、徳川家康からの連絡が、早馬の使者によってもたらされた。

寝耳に水だった。小十郎は耳を疑った。

関白秀吉による国替えの沙汰である。

伊達家には葛西・大崎一揆制圧の功労に基づいて、葛西・大崎領が与えられた。代わりに、居城・米沢城のある本領の置賜郡を召し上げられることになった。

それだけではない。伊達郡、信夫郡など鎌倉以来の本領まで召し上げられるという。

「置賜、伊達、信夫には、どなたが入るのでござろうか」

誰からともなく声が上がる。

「蒲生だ」

口を真一文字に結んだ政宗が、かろうじて答えた。

蒲生氏郷は会津領に加えて、新たに伊達の本領を譲り受け、今や奥羽第一の大名となった。日の本全土を見ても、徳川家康、毛利輝元に次ぐ知行高である。他方、伊達家は、石高では以前に及ばぬ減封、しかも国替えである。

どういうことだ。小十郎は京で過ごした日々を思い出そうとした。聚楽第での上機嫌の関白秀吉の顔が目に浮かぶ。

あからさまな作り笑いの下で、秀吉は別の顔をもっていた。

政宗を恐れたのは蒲生氏郷だけではなかった。秀吉も、政宗を恐れていた。その証拠に、新たな配置によれば、本領を安堵された相馬、上方から来た蒲生が、伊達の監視に当たる。

政宗は一揆に対しては反感を抱いていた。当たり前だ。三年前、大崎当主義隆と家臣・氏家吉《うじいえよし》継《つぐ》との対立が起こり、政宗は氏家派に呼応して大崎領に出兵を命じ、大敗を喫している。こたびの大崎一揆を主導したのは、当時の反政宗派の者たちである。政宗は、大崎領の親政宗派とは連絡を保って召し抱えたが、彼らは一揆には参加していない。

だが、氏郷がそうだったように、秀吉もまた、大崎家中の大崎義隆派や親政宗派の存在について理解が及んでいない。旧大崎家臣を召し抱えただけで、政宗と一揆との関係を疑ったのだ。

恐れる者は、警戒を解かない。秀吉は、奥羽の地を思い通りに変えてしまった。

「このままでは済ませぬぞ」

政宗の口調は、事態を受け止めようとする冷静なものから、沙汰をなじるものへと変じていた。肩をわななかせる政宗の背後で、薄い陽が黒い山々の尾根に沈んだ。

九月下旬、伊達の家臣たちは政宗に従い、家康が普請した玉造《たまつくり》郡の岩出山城に移った。

伊達家にとっては打撃である。家臣の知行も減ることになるから、新たに割り振りを決めなければならなかった。先が思いやられた。

「家臣たちはやっていけそうか」

「皆、不満も言わずに耐えておりまする」

政宗を心配させぬよう、小十郎は取り繕った。

小十郎自身は、城主であった信夫郡の大森城から亘理《わたり》郡の亘理城への移転である。知行でいうと、以前を三とすると、二にまで減っていた。

会津に次いで栄えた米沢を離れ、岩出山へ――。訪れた者たちにとって、吹き渡る風は肌を切るような冷たさを伴い、体の芯まで染みこんでいった。

小十郎は岩出山城から、平野を見渡した。

ここが正念場だ。国替えに不満を見せてはならない。不満を見せれば、秀吉は疑いの目を向ける。考えようによっては、奥深い土地に移封されれば、政宗が目立つこともなくなる。

政宗は大気に欠ける。そう思わせ続けることができれば、秀吉から警戒されることもない。

救いは秀吉が高齢だという点だ。人の生には限りがある。いずれ、その時はやってくる。それまで、じっと息を潜めるのだ。

伊達家を揺るがした天正十九年（一五九一）が終わろうとしていた。

四章

百万石《ひゃくまんごく》之《の》御《ぎょ》札《さつ》顛《てん》末《まつ》

26

巨椋池《おぐらいけ》の向島《むかいじま》の徳川屋敷を出ると、すぐ目の前に豊後《ぶんご》橋がある。小十郎を乗せた切棒《きりぼう》駕籠《かご》は橋を渡り終えると、ひっそりと小路《こうじ》を左に曲がった。伏見城の裏鬼門には、石田治部少輔《じぶのしょう》三成の屋敷がある。そのまま真《ま》っ直《す》ぐ進めば、三成の屋敷の近くを通ることになる。その道を避け、町屋界隈《かいわい》を迂回《うかい》して目立たぬように伊達屋敷に戻るつもりだった。

しばらく揺られると、小窓の竹簾《たけすだれ》のわずかな隙間から最上屋敷の正門が見えた。道の両側には各大名屋敷の門構えが続いている。伏見の大名屋敷街は、ありていに言えば豊臣秀吉が己の権勢を天下に示すために造らせたものだった。

その豊臣家が大きく変わる。家康に教えられた事実は、いざ突き付けられると、異国の物語のように現実味を欠いている。

伊達屋敷の門は、固く閉ざされていた。裏門に回ると、小十郎は静かに屋敷内に入る。

供の者と別れて、ひとり板敷《いたじき》を上がった。

正面に千利休の軸が掛けてある。味のある字体で真ん中に「悠」一文字が記され、脇には日付と利休の署名が入っている。

天正十九年（一五九一）二月十四日。政宗が葛西・大崎一揆に乗じた謀反を疑われ、豊臣秀吉に呼び出された年だった。日付から、政宗が侍従に任じられた直後のものだとわかる。改めて指を折ってみると、あれから七年半の時が流れている。小十郎は四十二歳になっていた。軸の日付が呼び水になって、脳裏に当時の伊達屋敷の風景が浮かんだ。

最初の屋敷は聚楽第の城下、堀川と烏丸通《からすまどおり》の間にあった。たしか利休の軸は表玄関に掲げられたはずだ。京の公家たちとの対面が続くあわただしいある日、利休はふらりと屋敷に現れ、茶道具と一緒にこの掛け軸を祝いに寄越したのだ。

苦い塗炭の日々だったといえる。

伊達家はその混迷の七年半を、泥水をすするように必死に生き延びた。

秀吉の動員令を受ければ戦費を集めて朝鮮に渡り、普請の沙汰があれば人を配して城の造営に従事した。小十郎に関していえば、いつか訪れる秀吉の死に備えて、その後の対処を考えぬいてきた。似たような前例がないかと、諸国の史書を読み漁ったりもした。

しかし、高齢の秀吉は想像以上に壮健で、相変わらず自分の思い通りに事を運ぶように周囲に指示を出し続けた。

秀吉の判断に陰りが見え始めたのは、三年前の文禄《ぶんろく》四年（一五九五）のことだった。当時の関白は、甥《おい》の秀次。秀吉は太閤《たいこう》になっていた。秀吉の跡を継ぐお拾《ひろい》（のちの秀頼《ひでより》）が生まれると、関白・秀次と秀吉の間に不穏な波風が立ち始める。大方の予期した通り、秀次は高野山で自刃に追いやられた。

凄惨な悪夢の始まりである。秀吉は力を維持するためか、秀次を謀反人に仕立て上げ、その妻子三十九人を三条河原で斬首した。その残忍さに、京は騒然とした。秀次のいた聚楽第は破却され、大名屋敷も秀吉のいる伏見城の近くに新たに普請された。

一家の安泰を末永く望む時、家長は血脈を重んじる。長い目で見れば、それが家の安定につながるからだ。秀吉はその定則を破った。お拾のために、身内の秀次を露骨に排除したのだ。

周囲が大騒ぎする中で、小十郎は当初、内心ほくそえんでいた。天下が一つになるだけでは、戦はなくならなかった。暴君が治めるうちは、戦いの場が国内から国外に移るだけだ。だから、豊臣家が身内で争い分裂するのは、望むところだった。

豊臣の支配構造の序列では、遅れて臣従した伊達家の立場は弱い。自ら権力闘争を仕掛けるのは無理がある。小十郎は秀吉に次ぐ権力者の秀次の勢力を高めることで、最高権力者と二番手の諍いを期待していた。政宗を通じて、事あるごとに秀次の能力の高さを周囲に広め、贈り物を欠かさず、その権勢の向上に腐心した。

そこに誤算も生まれた。秀次の謀反騒ぎに伴い、政宗も謀反に連座したと咎《とが》められた。政宗が関白秀次と懇意だったがゆえに疑いをかけられたのだ。

家中は揺らいだ。

奥州一揆を仕置した奥州征伐の際、鎮圧軍の総大将は秀次だったから、政宗が誼を通じていたのは事実である。豊臣嫡系による政権維持をもくろむ石田三成や増田長盛《ましたながもり》らは、そこに目を付けた。政宗が秀次の鷹狩りの供をした出来事さえ、謀反の密談だったと決めつけた。

石田三成は、秀吉側近としての地歩を固めていた。三成が伊達にとって障害になる存在だと気づいた時には、もう遅かった。

政宗には隠居を命じる沙汰が下った。小十郎はじめ伊達家家臣は、お拾への忠誠を誓う嘆願状を提出することで秀吉の許しを乞うた。それが功を奏したかどうかはわからないが、政宗はのちに当主の座に留まることを許される。その代わりに在京を命じられ、秀吉の監視下に置かれた。以来、自領の奥州岩出山には一度も帰れない日々が続いた。あれからでさえすでに三年——。今の政宗は齢三十二になっている。

光陰が流水のように過ぎ去れば、鳥でさえ飛ぶことに飽きもしよう。浮き雲は帰るべき山辺を見失うこともあろう。

故郷に眠る故人に野菊を手向けることすらかなわぬ日々——。在京を強いられる政宗に、周囲が暗い淀みを感じるようになったのは、秀次自害の事件の頃だったろうか。奥羽にいた頃の快活さが失われ、投げやりな態度が目につくようになった。

政宗は戦に長けていた。家督を得て以来、わずか五年で奥羽の南半分を領土とした。それを成し遂げたのは、政宗が敵の弱みを攻める術に秀でていたからだ。敵の弱点となる家臣を懐柔して味方に加え、そこを足場に劣勢を跳ね返す。政宗が得意とする戦法だった。

むろん戦法に長けていても、それだけで勝てるとは限らない。政宗は勇猛だった。戦場で手傷を負っても怯まずに立ち上がる。味方の部隊の危機には、真っ先に自分が駆けつけて救い出す。そうした姿を、家中の者は何度も目にしていた。政宗は英傑の名にふさわしい盟主だった。

だが、惣無事の世となり、豊臣を頂点とする仕組みの中では、従来と同じ手法は通用しない。石田三成ら秀吉周辺の奉行衆から言われるままに従って、いかに秀吉の心証をよくするかが問われる。政宗には豊臣家への献身が要求された。

小十郎は間近でその様子を見ていた。

昼ひなかに庭をじっと見つめていたかと思うと、些細《ささい》なことで大声をあげ怒鳴りちらすようになった。険悪な目付きで近習を睨みつけるようになり、重臣の前では無愛想な表情を露わにした。ままならない日々の中、政宗の酒量は増え続けた。他人が笑っているのを見るだけで、不機嫌になったりもした。そうなると、一門の重臣たちとの意志の疎通も難しくなる。

幼い頃から政宗を知る伊達成実は、しきりに愚痴をこぼすようになった。

「殿はどうしてしまわれたのだ」

荒れる政宗の姿は、家臣たちの間でも不評を買っている。成実は、気が気でない心情を吐露した。

「小十郎。おぬしから殿の態度をいさめてほしい」

だが、政宗も分別盛りの年齢となり、すでに侍従の身だ。何でも諫言《かんげん》できた昔とは違う。

「殿には何かお考えがあるのでござろう」

そう答えるしかなかった。

秀吉への献身は、ひそやかなものではあったがじつは紛れもない闘いであった。理不尽な命令を受け、「やっていられるか」と投げ出す衝動を抑えるのは、容易ではない。一度投げ出してしまえば、伊達家は終わる。かろうじて支えとなっているのは、かつて奥羽を席巻したという偉業の残影ではなかったか。

そんなある日、木幡山《こはたやま》の普請場で、政宗と成実の間に軽い諍いが生じた。指月《しげつ》の伏見城が地震で倒壊して新たに城を再建することになり、伊達家が普請役を命じられた直後だった。

　政宗は使用する木材にヒノキを使うように指示した。腐食しにくいヒノキが適しているというのが理由だ。だが、木幡山にはクスノキの大木が密生していて手に入りやすかったことから、成実はところどころクスノキを用いるように指図した。それが、政宗の癇《かん》に障った。政宗はすでに使ったクスノキを、ヒノキに交換させてしまった。

「ままならぬ生活の中で、それがしを見下したいだけでござろう」

　いくつかの言葉のやり取りがあって、成実は政宗に向かって、そう言い放った。家臣の立場を越え主人を非難する言葉に、周りは息を飲んだ。二人とも黙り込み、やがて成実は静かにその場から遠ざかった。

　この時は、小十郎も苦言を述べた。

「殿。近頃の殿はむやみにいら立っておるように見えますぞ」

　政宗は目を合わせない。口の中で何ごとかを言った。

「……きを見せてはならぬ」

　はっきりとは聞き取れなかった。唇も読めない。

　木？　木を見せてはならぬ……？

　クスノキを見せてはならないというのか。意味不明のことばだった。

　酒酔い――。そんな疑いまで、頭をよぎった。

　翌日、伊達成実は姿を消した。伊達家から出奔したのだ。

　家中では様々な噂が飛び交った。成実が二本松から角田《かくだ》に移された時に所領を減らされたのが、理由であろう。いや、成実の席次が石川氏に次ぐ第二席にされたのが我慢できなかったのだ。幾つもの憶測が人々の口にのぼった。どの理由にも思い当たるふしがあったが、小十郎自身は別の思いを抱いていた。

普請場で成実が発した恨み言だ。あの影響が大きかったと小十郎は思う。成実はそれまで忠臣の役割を見事に果たしていた。他家から「二本松殿」などと独立領主のように呼ばれても、伊達家家臣として政宗を立てることを常に忘れなかった。

それなのにあの時は、家臣としての立場を離れてしまった。不機嫌になっていく政宗に対して、かろうじて飲み込んでいた不満が成実の口を突いて出た。不満の言葉は、現実の声になった途端、互いの立場を変えた。政宗も成実も、そう気づいていた。結果、成実自身が自分の一言を許せなかったのではないか。それが小十郎の見立てだ。

いずれにせよ、成実出奔の影響は計り知れない。政宗はより一層、家臣の監視を強めるようになる。

家臣が楽をしているのではないかと疑い、必要以上に酷使する命令を出し続けた。ある時など、馬廻り役の者にさえ厨《くりや》の床を磨かせたりした。

政宗から目をつけられた一人に鬼庭綱元がいた。綱元は、人取橋の戦いで戦死した左月斎良直の嫡男。姉の喜多とは、異腹の姉弟の関係にある。伊達家が唐入りで渡海した折り、肥前名護屋《ひぜんなごや》城に残って兵站を指揮した。秀吉は折衝役になった綱元を気に入り、鬼の字のつく姓を茂庭《もにわ》に変えさせ、厚遇した。

これが政宗の疑心を生んだ。政宗は綱元の忠誠心を疑い、わずか百石の隠居料で隠居を命じた。すると、憤激した綱元は伊達家から出奔してしまった。

不安定な政宗の心情が、家中の統率にまで次々と悪影響を及ぼし始めたといえる。

奥羽では諸家に君臨した政宗が、秀吉に日々監視される。気紛《きまぐ》れな命令に翻弄される。そこに生まれる虚無感。小十郎にもその心情は理解できたが、一時の停滞に過ぎないことを願っていた。だが、政宗の振る舞いはますますひどくなった。

ついに——。姉の喜多も政宗の不興を買った。諸大名が異国の地で戦っているさなか、秀吉は、織田家や足利家の娘など、身分の高い家の娘を数多く側室にした。政宗の留守中、政宗の愛《あい》妾《しょう》の献上も迫ったので、喜多は伊達家を案じて許可なく秀吉に献上した。政宗は喜多の独断を許さず、晴天一万日の蟄居《ちっきょ》を命じた。それは晴天の日だけで一万日の間、部屋に閉じ込める刑である。毎日が晴れ続けたとしても、三十年近くは蟄居しなければならない終身刑であった。以来、喜多は京から奥州に戻り、亘理城下で暮らしている。

さすがにその時は、小十郎も喜多の蟄居処分に反駁《はんばく》した。

「皆、己の仕事を果たしているだけでござる」

小十郎の声は、息が上がっていた。政宗も怒鳴り返してきた。

「そんなことはわかっておる。仕事とは何だ。太閤のご機嫌取りか」

「すべては奥羽の安寧のためでござる」

二人の見幕に驚いた重臣たちが、間に入った。人の壁を作って、二人が互いに近寄れないように気を配った。

そのさなかであった。政宗と目が合ったのは。

政宗が目をそらさないのは久しぶりの気がした。

「おれがそれを忘れたと思うか」

言い残して、政宗が背を向けた。重臣たちに連れられるように部屋に戻って行った。

殿は忘れていない——。政宗のか細い声を聞いた瞬間、そう思った。

ならば、どういうことだ。小十郎は逡巡した。

芝居なのだろうか。政宗が意図して芝居を演じて、伊達家の統率を乱したとする。これは愚か者を演じているだけだから安心せよ。言えない。自分の口から言えば、伊達家は怜悧な当主の下で一丸となり、まとまってしまう。秀吉の警戒は強まるだろう。それが真意か。それこそが毎日酒に溺れ、家臣にきつく当たる腹の内なのか。

かつて秀吉から警戒されている、と政宗に話した。政宗には天下統一に必要な勇気と知恵の二つの資質があるが、大気に欠けている。秀吉はそう言った。秀吉がそう思っているのなら、それを逆手に取って大気を見せてはならない、と。

その話を思い出した時、すべてがつながった気がした。

成実出奔の原因となったクスノキとヒノキをめぐる争いだ。あの時、政宗は言った。

……きを見せてはならぬ。

なまじ材木の話をしていたために、木を見せてはならない意味だと誤解した。政宗は、「大気を見せてはならぬ」と言ったのだ。秀吉を油断させるために。

事情はわかった。政宗が家中を乱す愚か者ならば、秀吉は警戒しない。これが答えだ。以来、小十郎は腹をくくった。

では、小十郎自身は何をすべきか。

準備をしておくことだ。憔悴《しょうすい》や疲弊に屈することなく、政宗の将来のために、足がかりとなる布石を用意しておくのだ。それが、ここ数年の小十郎にできる精一杯の務めだった。

だが、盤石ともいえる豊臣の支配のもと、実際には何ができるのか。強大な権勢を誇る豊臣秀吉に対して、その弱みを見つけ、綻びを広げるという従来の手法は通用しない。

逆だ。豊臣家を攻めるのではない。豊臣家の次に権勢をもつ家柄に加勢して、二番手の力を増やすべきなのだ。一番と二番の力の差が縮まれば、そこに軋轢が生まれる。盤石に見える豊臣政権に、内部分裂に至る崩壊の芽を育てる。そしてここが大切だが、伊達家は表だって動きを見せない。あくまでも存在を消しながら、ただ他家が力をつけるように、いわば後方支援に徹するのだ。

小十郎の狙いは、五大老だった。秀吉は政務をつかさどる五奉行を置いた。浅野長政《ながまさ》、石田三成、増田長盛、長束正家《なつかまさいえ》、前田玄以《げんい》——。五人はいずれも秀吉の直臣《じきしん》である。税の徴収や訴訟、土木など実務を担当する者たちだ。

さらに豊臣政権は、力のある五大名を大老として、奉行の上に顧問となる存在を認めた。徳川家康、毛利輝元、前田利家、宇喜多秀家《うきたひでいえ》、上杉景勝の五人である。

蒲生氏郷がいれば、あるいは大老に選ばれていたのだろうか。政宗の宿敵となった氏郷は、三年前、病のため京の屋敷で亡くなっている。

結局、五大老には、豊臣家とは別の有力大名が選ばれることになった。秀吉は死期が迫るのを感じて、有力者たちを公儀に取り込むことで彼らの勢力拡大を阻止したかったのかもしれない。

だが、五大老を置いたのは秀吉の失策である。誰も気がついていないようだが、小十郎はそう思っていた。

以後、五大老のうち最も力のある徳川家康との交流を頻繁に行った。家康が秀吉の死を教えてくれたのもそうした経緯からであった。

軸に書かれた利休の「悠」の文字が間近に迫ってきて、小十郎は現実に引き戻された。

「悠」の文字は伊達家の武運長久を祈るものだろう、と漠然と思っていた。しかし、わずか一週間後、千利休は聚楽第屋敷内で切腹を命じられて死んだ。その首は一条戻橋で梟首《きょうしゅ》された。してみると、「悠」とは、死を目前にした利休の心情を意味するのかもしれぬ。

小十郎は着替えを済ませて、政宗の部屋に出向いた。

陽はすでに中天に近いが、政宗は昨夜の深酒のせいか、褥《しとね》を出て夜着から肩衣袴に着替えたばかりであった。

「殿、潮目が変わりましたぞ」

胡座で座す政宗の前で、小十郎は膝を合わせて言った。政宗はまだ、ぼうっとした顔で聞いている。その隻眼の焦点が、小十郎の目に定まった。

「徳川殿からの報せでござる。……すでに息を引き取られた由」

それだけで政宗は事態を察した。沈黙したのは、その意味を理解して受け止めたからだろう。されど表情は変わらず、相変わらず虚ろな目をしている。

「知らされた者は、お身内を除けば、今のところ奉行衆と大老の方々のみでござる」

「葬儀はどうなる」

何か言わねばならぬと思ったのか、政宗は当たり障りのない問いを最初に口にした。

「僧の木食応其《もくじきおうご》をご存じか。かの僧の手により司られまする。なれど、当分の間、ご遺体は伏見城に置かれるとのこと。殿下の死は伏せられる運びにて」

　政宗はうなずいた。

「朝鮮半島に渡った軍を帰国させるのだな」

　天下統一を果たした秀吉は、明《みん》を征服すべく、遠征軍を朝鮮半島に派遣した。その数、十五万。政宗と小十郎も参加した文禄の役は、食料補給が滞ったことに加え、伝染病が蔓延《まんえん》したことで、講和が結ばれ終結した。しかし、その講和内容は、両国の交渉担当者が通謀して自国に都合のよいように書き換えたものだった、と後に判明する。両国関係は再び悪化した。これを受け、秀吉は慶長二年（一五九七）に再度約十四万人の大軍を朝鮮半島に送り込んだ。日本軍の士気の低下を避けるために、秀吉の死はしばらくの間伏せられるという。

「殿下が死んだか……。ようやく」

　秀吉の病が思わしくないという噂は、それまでにもささやかれた。食が細り、食べても戻す症状を繰り返し、干からびたようにやせ細っている、と。

　享年六十二。秀吉が残した遺児・秀頼はまだ六歳。周囲の手助けなしには政を行える年齢ではない。

　政宗は喜びを露わにしなかった。むろん、悲しんでいるわけではない。小十郎は政宗の戸惑いを見て取った。

「殿。五郎八《いろは》様の徳川家への輿入れの件、正式に進めまするぞ」

　五郎八姫は、政宗と正室・愛姫の間の最初の子である。この年、五歳であった。相手は徳川家康の六男・辰千代《たつちよ》（松平忠輝《まつだいらただてる》）。齢七歳。

「いよいよ行動に出るのだな」

政宗がぼそっと口にした。

すぐに自分の小姓を呼んだ。たらいに水を入れて持ってくるように指示を出す。湯ではなく冷水を持て、と念を押した。

たらいの水が用意されると、政宗は水を両手にすくい、顔を洗い始めた。そのうち、じかに顔を水の中に押し込んだ。

政宗の頭がすっきりした頃、小十郎は状況説明を始めた。

「秀頼様はまだ幼く、政を行うのは時期尚早にござる。なれば、豊臣の世が静謐を得るまでには、しばしの猶予が生じましょうぞ。今の秩序にほころびを作れるのは、ほんのわずかな限られた期間でござろう。せいぜい一年か二年……。それ以上に時が経てば、豊臣の世が盤石のものとなりまする。豊臣の世では戦はなくなりませぬ。戦いの場が大陸に移るだけでござる。今の世は、殿の思い描いた姿とはほど遠い」

政宗の表情がしだいに精気を帯びてくる。奥羽に独自の新しい国を造る。政宗もその望みを忘れてはいない。豊臣が勢いを回復するのに失敗すれば、豊臣の支配に分裂は起きる。

「盤石に思える豊臣の施政に分裂は起きるのか」

「必ずや」

小十郎は己の自信が伝わるように、あえて顔に笑みを浮かべた。豊臣家はつぶれる。いにしえの先例がそれを示している。

「鎌倉の源氏は、味方に取り入れるべき血族を自分を脅かす敵対者とみて粛清し申した。そのため有力御家人の北条が邪魔者もなく、権力の座を得たのは、殿もご承知でござろう」

「うむ」

源氏の天下は頼朝に始まり、二代頼家《よりいえ》、三代実朝《さねとも》で正統を断つことになった。

「太閤殿下は鎌倉源氏と同じ愚を犯したのでござる。成り上がり者なればこそ、余計に血のつながりを重んじるべきでござった。盤石に見えた豊臣家のほころびは、新たな有力者の台頭につながりまする」

関白秀次の死とそれに伴う三条河原での身内の惨殺。あれで人心は離れた。暴君の治める世は、暴君が死ねば終わる。秀次が生きていれば、秀頼が成長するまで後見人となることで豊臣の世は以後も続いたであろうに。

「豊臣の天下を動かすのは、実際には五人の奉行たち。彼らに政務を委ねたのは、まずはよしと言えましょう。されど――」

雲が流れたのか、それまでの薄陽が光の束へと変わり、部屋の中を白く照らした。

「大老まで置いたのは失策でござった。察するに、太閤殿下は徳川殿を筆頭とする有力者を豊臣による公儀の内部に取り込み、相互に牽制させる意図だったと推察いたしまする。しかしながら、これがいけませぬ。有力者の集団合議の仕組みは、新たな権力者を生みまする」

秀次事件の直後、秀吉は大坂城の壁に諸大名が守るべき掟《おきて》を掲げた。これは小早川隆景ら有力大名の連署の名で発せられたので、有力大名の年寄衆の合議制が国政を預かることを示したといえる。隆景が亡くなったあとは、上杉景勝が代わりに加わっている。秀吉は死の二週間前に、五大老の合議制を遺書にしたためた。

かつて二代目鎌倉殿となった源頼家のもとで十三人の合議制がとられたことがある。挙げ句、実権は北条氏に奪われた。

「軍事力をもつ有力者を施政の役割からはずしてこそ、天下は安定いたしまする。されど軍事力ある者に政務の座まで与えれば、時の支配体制が分裂するは必定。五大老制のもと、豊臣の世はいずれつぶれまする」

政宗が即座に応じる。

「五大老筆頭の徳川殿に肩入れするのだな。権力闘争が始まり、豊臣の支配は分裂する」

政宗の言に、小十郎はほっとした。淀んだ七年半の月日を経ても、鋭さは失われていない。

「まずは伊達家が徳川家と婚儀の話を早急にまとめまする。豊臣恩顧の者たちの中から、同じように徳川家との縁談を望む者が出てくるはずにござれば」

大声と言ってもいいような声音で、政宗が問う。

「徳川家とはそこまで話が進んでいるのか」

小十郎はうなずいた。徳川に近づき、身を粉にして成し遂げようとしたのは、まさにその点であった。伊達と徳川が互いの絆を強固にする最も有力な手段が、婚儀である。

「徳川様によれば、仲介役には今井《いまい》宗薫《そうくん》殿がよかろうとの申し出にござる。宗薫殿は家督相続で冷遇され、心は豊臣から離れておる、と仰せでござった。よろしゅうございまするな」

政宗がうなずく。

小十郎は立ち上がって部屋を出ようとした。

「待て。小十郎」

政宗が座したまま、呼び止めた。

「喜多に書状を送れ。蟄居を解く。それと……、成実を探せ」

小十郎は、そのことばを背中で聞いた。そのままの姿勢で「承知」と返す。

やはりそうだった。この七年半、政宗は大気を見せぬよう、存在を消していた。

障子の前で振り返ると、政宗は目を閉じて黙考を始めている。それっきり羽化を待つさなぎのように身じろぎもしなかった。

27

「三成の使者はもう帰ったのか」

「こたびの婚儀の約定は今井宗薫の勧めによるもので、責めは宗薫にある、とだけ告げて突き放したところ、退散し申した」

小十郎は、政宗に簡略な事情だけ説明した。

案の定、石田三成、増田長盛、長束正家、前田玄以の奉行衆四人は婚儀の約定に異論を唱えてきた。無断での姻戚関係の締結を禁じる掟に反する、という抗議である。

「宗薫ひとりに荷を負わせるのは、ちと酷ではないのか」

言葉とは裏腹に、他人事《ひとごと》のように政宗が問う。

「内府（徳川家康）殿のお口添えが在りますれば、心配はございますまい。宗薫に罰が下されれば戦も辞さない、と告げたとの由」

「婚儀の件では、一歩も引かぬ、ということだな」

家康は自分への批判を等閑視している。

昨年の暮れ、徳川家康は幾人かの諸大名の伏見屋敷への訪問を繰り返し、禁じられた多数派工作を事実上行っていた。

さらに、豊臣恩顧の有力者との姻戚関係の締結を進めてもいる。松平康元《やすもと》の四女・満天《まて》姫を家康の養女に迎え、福島《ふくしま》正則《まさのり》の養嗣子・正之《まさゆき》と婚約を結んだ。小笠原《おがさわら》秀政《ひでまさ》の娘・氏《うじ》姫は、養女にしたあと蜂須賀《はちすか》家政《いえまさ》の息子・至鎮《よししげ》に嫁がせるという。

「内府は天下取りを決心したと思うか」

家康が秀吉の遺言を無視しているのは明らかだ。勢力の拡大を急いでいる。

だが、小十郎は肯定しなかった。

「まだ、そうと判断は致しかねまするな」

「何ゆえだ」

「殿は、内府殿が三方ヶ原《みかたがはら》での信玄《しんげん》との戦を戒めとしておる、と聞き及んだことがおありか」

「知っておる」

「あれは敗戦を悔やんでおるにあらず。あの時、信玄と戦った愚を噛みしめておるという話でござる。信玄は当時、すでに病にあり、四ヵ月後にはこの世を去りましたゆえ」

「戦わずとも信玄は死んだわけだな」

「信玄が重い病にあると知っておれば、戦わないのが最善の策でござった」

言いながら、小十郎は目配せして見せた。小十郎の表情に気づいた政宗は、顔を天井に向けながら小声でつぶやく。

「加賀の大納言のことか」

加賀の前田利家は、若い頃からの秀吉の朋友。加藤清正《かとうきよまさ》、細川忠興《ほそかわただおき》、浅野幸長《よしなが》らは、利家支持派で通っている。秀吉の正室・北政所《きたのまんどころ》と利家の妻・まつは仲がよいため、北政所も利家びいきで知られる。豊臣家子飼いの大名たちは北政所の意向に沿う立場をとるだろう。何といっても、豊臣秀頼の傅役でもある。

前田利家がいる限り、家康も表だって天下を狙うことはない。

家康は石高では他を圧倒しているが、支持する諸大名たちの顔ぶれを見れば、大老の中では利家と家康の力は拮抗《きっこう》している。

各大名の勢力は、ざっと推し測ることができる。

徳川家康――二百五十六万石。前田利家――八十四万石。毛利輝元――百二十一万石。上杉景勝――百二十万石。宇喜多秀家――五十七万石。

これらの有力大名に比べて、五奉行の石高ははるかに低い。

増田長盛――二十万石。石田三成――十九万石。浅野長政――十六万石。前田玄以――五万石。長束正家――十二万石。

石高はそのまま軍事力の大きさを表すと考えてよい。今後、家康と前田家との勢力争いになるのは目に見えている。

「年が明けてから、大納言殿は病に伏しておるとか」

小十郎は井伊《いい》家のつてで、その情報を得ていた。

前田利家は、家康より四歳上の六十二歳。二年ほど前から病のため登城もままならず、家督は長男・利長《としなが》に譲っている。

「大納言が死ぬまで、内府は動かぬな」

独り言のように、政宗はささやいた。小十郎もまったく同じ考えであった。

ところが、前田利家の病状は、小十郎が想像したより、はるかに重かった。

それからひと月半ほど経った閏《うるう》三月三日、大坂城下の前田邸にて利家は呆気なく病没した。

「内府は強運よな」

政宗がわずかに首をすくめる。小十郎も認めざるをえなかった。

「まさしく流れは徳川に来ておりまする」

前田利家の死は大坂城下の大名家に伝えられた。利家の病の話をしたばかりの政宗と小十郎は、家康の運の強さに改めて驚いた。

もっとも、家康の強運はこれにとどまらなかった。

利家の死の翌日——。

伏見城周辺が一挙にきな臭さを帯びる。

「殿。戦になるやもしれませぬ。石田治部ら奉行衆と加藤、黒田《くろだ》らが対峙しておるとの報せにて」

「どこからの報せだ」

急変を聞いていても、政宗は落ち着いていた。

「徳川家中からでござる」

伏見城にいた豊臣秀頼は、秀吉の遺言に従い、大坂城に移っている。それに伴い、大名たちも大坂城下に居所を定めた。政宗と小十郎も大坂にいる。だが、徳川家康だけは伏見居住が命じられていた。報せは、徳川家から大坂城に届けられた。

「伏見の話なのか」

「いかにも」

「それぞれの兵力は」

「いまだ分明ならざる由。されど、加藤、黒田、蜂須賀が徳川殿に報せてきたことから、この三将は反石田側とみて間違いないかと」

「朝鮮の役での遺恨か。ついに加藤たちの堪忍袋の緒が切れたな」

加藤清正、黒田長政《ながまさ》、蜂須賀家政は豊臣家臣団の中でも、秀吉恩顧の将の代表格であった。彼らは朝鮮出兵時に石田三成らの奉行衆との間に意見の相違が生まれ、不利な報告を秀吉にされた恨みをもっていた。石田三成の後ろ楯ともなっていた前田利家が亡くなったのを機に、武力排除に出たのだろう。

その後の使者の伝令によると、決起したのは加藤清正、黒田長政、蜂須賀家政、細川忠興、福島正則、藤堂高虎《とうどうたかとら》、浅野幸長の七将だと判明した。襲う相手は石田三成だったが、事前に察知した三成は七将の襲撃を逃れ、大坂から逃亡して伏見城内の曲輪に入った。

すぐに増田長盛と前田玄以が三成の助勢に駆けつけ、伏見城で防御の備えを見せる。伏見城では、本丸と西丸の主郭の周りを、石田ら五奉行の屋敷のある曲輪が囲んでおり、三成のいる曲輪は治部少丸と呼ばれている。敵対する七将の軍勢は内郭に入ることができず、互いににらみ合いを続けているという。

「治部は今、伏見城にいるというのか」

「さように承っておりまする。治部少丸の屋敷内におるとか」

「解《げ》せぬな」

政宗が怪訝な表情を見せた。

「と、申されますと」

小十郎は政宗に尋ねた。

「荒唐無稽にすぎる。七将が襲ってくるのを察知したとして、それで大坂から京の伏見城まで逃げたりするか。騒乱をやめるよう、上様（秀頼）のおことばを賜《たま》わるべく尽力したほうがよくはないか」

「さようかもしれませぬな」

奇怪な事件ではある。七将に襲われ、供はいたにしても三成一人で伏見城まで逃げる――。まるで子ども同士の喧嘩ではないか。都人はあざ笑い、三成の面目はつぶれるだろう。

なにゆえ三成は伏見城に入ったのか。伏見と聞いて、すぐに思い浮かぶのは、家康の屋敷があることだ。宇治川の対岸の向島に徳川屋敷がある。

秘策ありきで考えを巡らす政宗は、わずかに身じろぎをした。

「治部はこの機に内府を葬る気ではなかろうの。怪しいぞ。どこぞの軍勢を呼び寄せているのではないのか」

そう聞いて、小十郎もはっとした。思い出したことがあった。

「吉川広家《きっかわひろいえ》殿が兵員千五百を伏見に置いておるはず」

「毛利か。中納言（輝元）は今、いずこにいる」

「たしか伏見でござる」

「毛利が動けば、戦になるぞ。今、内府を失うわけにはいかぬ」

石田三成とて、前田利家の死は予見していたはず。ならば、徳川の力が強くなるのを見越して、何らかの策は講じたことだろう。万が一ということもある。小十郎は政宗の直感を信じた。

「さっそく手勢を送り、内府殿の守りを固めまする。先々月、榊原康政殿が兵を率いて伏見に入り、徳川屋敷を護衛しておるはず。伊達の手勢と合わせれば、よもや不覚を取ることはありますまい」

伊達家が護衛に加わったことで、向島の徳川屋敷は要害と化した。その後、伊達領の隣国の相馬は、石田三成の護衛に付いたという情報も伝わってきた。

噂は錯綜《さくそう》した。政宗は一笑に付したが、石田三成が向島の徳川屋敷に助けを求めて逃げ込んだ、という話まで伝わった。

次第に明らかになった情報によると、石田三成側の小西行長《こにしゆきなが》が、伏見城下の毛利輝元の下屋敷《しもやしき》を訪れたのは確かなようだ。さらに、毛利軍が西宮《にしのみや》にも軍勢を集結させていたことが明らかになる。

政宗の推測した内容は当たっていたかもしれぬ。小十郎は感心した。また、石田三成の構想にも少なからず驚かされた。戦下手と聞いていたが、意外に策士やもしれぬ。小十郎は、それまでの石田三成の印象を改めた。

徳川家からは感謝の礼状が届いた。伊達家の深謀は計りしれぬな。家康がそうつぶやいたと、使者は語った。

こうした展開は、さすがに石田三成にとっても想定外だっただろう。

まず第一に、毛利は動かなかった。形勢は互角か、やや徳川有利。少なくとも毛利の優勢にはならなかったのだ。

第二に、秀頼のいる大坂城内でも親徳川派が多数派を占めた。軍事力に劣る豊臣奉行衆が軍を操るには、秀頼の命令という大義がなければならない。だが、徳川有利の状況で、城内の多数は石田三成を支持しなかった。在番の諸将らは徳川側についた。

そうした状況を知ると、政宗が断定口調で言った。

「秀頼公は徳川派に握られたな。三成の負けだ」

奉行の三成と長盛は、最終判断を毛利輝元と上杉景勝の両大老に委ねた。毛利、上杉は家康との妥協に動き、家康の処分案に従った。家康の処分案は、七将側に対して鉾《ほこ》を収めさせるとともに、三成を政務からはずして隠居させ所領の近江佐和山《おうみさわやま》に謹慎させる、というものである。

毛利輝元と家康は起請文を交換し、その中で輝元は家康に「父兄の思いをなす」と申し送り、家康に屈服した。

石田三成はひとり奉行職を退き、隠居地の佐和山に向かったという。事件のわずか数日後のことであった。

家康ら五大老は、蜂須賀家政と黒田長政らに対して、すでに没収済みの領地を返還する、と連署状で宣言した。以前、秀吉は目付の報告を受けて朝鮮での蜂須賀と黒田の落ち度に激怒し、領地の一部を没収していたが、こたびの再調査により前回の処分が至らないものであったと判断されたのだ。

「治部一人が面目を失ったな」

成り行きを見守っていた政宗が断じた。

以前、政宗は石田三成から謀反加担の疑いをかけられた恨みがある。また、何かと伊達家と敵対してきた相馬は、石田三成との関係が強い。そのせいもあって、政宗は三成嫌いであった。

「他の奉行衆も同罪とされてもおかしうないところを、一人だけで罪を背負わされたのが気になりまする」

思うところを、小十郎が口にした。

しばらく思案した政宗が、別の懸念を表した。

「豊臣恩顧の七将も侮れぬ。敵に回すよりも、手なずけねばなるまい。ああいう連中は領地を与えれば素直に従いそうだが」

こたびの騒乱では、豊臣の将たちの型破りな動きは、想像を超えるものだった。結果として家康の裁断によって、三成を公務から引退させ、佐和山に謹慎させる線で落ち着いた。概《おおむ》ね、七将側の思い通りに事は進んだ。

「今はまとまりに欠けるが、統率されれば厄介だ」

政宗が落ちついた口調で感想を述べた。加藤清正にしろ福島正則にしろ、七将はあくまで豊臣秀頼を重んじて、いずれ秀頼の世を創ることを第一義としている。

小十郎も同意して、後を継いだ。

「向後、いかような形で戦が起きるにせよ、豊臣の将たちのついた側が勝つと思われまするな」

問題は彼ら豊臣の将が、徳川側につくか反徳川側に回るか、だ。今のまま徳川が天下殿を名乗っても、豊臣の将はそれを認めず秀頼を棟梁と仰ぐだろう。そして、そのまま豊臣秀頼の世となれば、伊達家は低い席次のまま扱われることになる。

もう一波乱起こすには、徳川が今以上に力をもつことだ。秀頼の世が完成してしまう前に、徳川家康が実権を握れば流れは変わる。家康の子・忠輝に五郎八姫を嫁がせ、外戚となる伊達家の立場も浮上するだろう。

家康は天下を意識し始めただろうか。万事について慎重な家康のことだ。そうした態度はおくびにも出さない。だが、今後の動きしだいではその目があると、とうに気づいているだろう。伊達家としても、流れを見据えながら、ひと役買う手を考えなければならぬ。

「謀反人が必要だな」

小十郎は独り言を口にした。

徳川家が実権を握るには、天下の謀反人を仕立て上げ、家康主導で謀反人を征伐する大戦《おおいくさ》が条件となりそうだ。その恩賞に領地をあてがえば、従う者が増えて地盤が固まる。

では、謀反人にふさわしい者は誰か。この時、小十郎に明確な意図があったわけではない。だが、謀反人は伊達領のすぐ近くにいた。

人々の思惑を知るはずもない山々の木々は青々とした葉を茂らせ、風に揺られて迫る初夏の予感を漂わせていた。

28

　大坂の伊達屋敷は天王寺の西にあった。

　城から近いとはいえない。宿敵の佐竹家が城から目と鼻の先に在るのと比べ、伊達家は格下の扱いを受けている。秀吉が政宗への警戒を怠らなかった証しである。

　このところの屋敷内での評定では、家臣衆の顔に精気が現れ、実りのある議論が交わされた。世の移り変わりの時期は、伊達家にとっても飛翔《ひしょう》の時期だと、皆が心得ているのだ。

　政宗からしてそうであった。以前と比べてよく回る舌を率先して振るい、家臣からの意見もぞんざいに扱わず、些細な言い条も入念に吟味した。自然と、家臣たちの態度も熱を帯びることになる。

　今の政宗の振る舞いには人間味がある。口数が多く、激することは滅多にない。仕えやすい大将といえる。

　重臣たちを前に、政宗は厳かに情勢を告げる。

「先頃、帝は内府を召し出され、三献の儀を執り行いあそばされた。朝廷も内府を次の天下人と認めたということだ」

　家康は八月十四日に参内し、後陽成天皇《ごようぜいてんのう》と対面した。伝わってくる参内の様子から推し測るに、天皇は家康を、秀吉やそれ以前の室町将軍と同等に扱ったことになる。

「次は、大坂城で重陽（九月九日の菊の節句）の儀式がある。今の情勢で秀頼公と対面すれば、内府は豊臣の臣たちの中では並ぶ者のなき威光を得よう。だが、これはあくまで秀頼公の風下に立ったうえでの話だ」

今の情勢とは――。七月に家康は、宇喜多秀家、毛利輝元、加藤清正、細川忠興、黒田如水《じょすい》ら朝鮮の役に参加した諸将に帰国の暇を許し、地元に帰している。

そして五大老の一人、上杉景勝は――。

かつて伊達の領だった会津・仙道・米沢は蒲生氏郷の所領となったが、氏郷の死去により、その子秀行《ひでゆき》が後を継いだ。しかし、秀行は幼少だったこと、相続問題でもめたことから、蒲生は会津を失い、代わりに上杉景勝が会津に移封されていた。名門上杉家なら、伊達・最上など奥羽諸大名と対等に渡り合えると判断されたのだろう。今、上杉は領国の差配のために帰国して会津にいる。

さらに利家の跡を継いだ前田利長は――。これも国元の整備を名目に帰国している。

こうして五大老は四人が帰国しており、大坂で重陽の儀に参列する大老は家康だけと目されていた。

伊達家がさらなる飛躍を狙う以上、儀式を速やかに済ませるだけでは不十分だ。

「機が熟したというのに、ただ重陽の儀を終わらせるだけでは物足りませぬな」

小十郎が口をはさんだ。

「いかにもな。されば――」

政宗の口元が笑っている。

「波風を立てる。凪《な》いでいては何も起きぬが、波風が立てば、舟が動き出すこともあろう。徳川家と豊臣家の関係が変わるには、波乱が必要だ」

思えば、乱戦にこそ政宗の真骨頂があった。乱戦では思いがけぬ動きをする者が現れ、常道とは別の勢いが生まれる。政宗はその勢いを見定め、利用するのに長けていた。

「小十郎。皆に言うてやれ」

政宗は続きを委ねた。小十郎が皆に言い渡す。

「こたび、風説を流す。内府の命が狙われている、とな」

命を狙われていると知った家康が、その相手を叩くために動き出すという算段だった。

おお、と嘆息があがる。

「して、内府殿の命を狙う下手人とは」

家臣の中から声が上がった。

「謀反人は、毛利、前田、宇喜多、上杉。他の大老であれば誰でもかまわぬ。謂《いわ》れのない疑いをかけられれば、引くに引けずに徳川に刃向かう者も出てこよう。引き下がらない者が謀反人になる」

謀反人が戦を起こし、そこで徳川と伊達が力を諸将に見せつける。その筋書きでなければ、豊臣の世は変わらない。

「内府の暗殺の企てがある、と流言飛語を広めよ」

疑いをかけられた家は対応を余儀なくされる。他の大老のうち徳川との対決を辞さない家が敵対すれば、虚も実に変わる。

「ただし、決して噂の出所がわれらだと突き止められてはならぬ。祭りや市、婚儀や葬儀、人々の関心が他に向けられておる場を選んで身元を明かさずに噂を流すのだ」

一つ一つの流言は取るに足りない。しかし、人の噂が広がっていくのも、また事実である。小十郎はその理を説いた。

命令の意味が腑《ふ》に落ちると、家臣たちはそれきり黙り込んだ。謀反人の名で生《い》け贄《にえ》になるのは誰か。皆がそればかり考えていた。

慶長四年（一五九九）、九月七日――。

天下の流れを変える節目が訪れる。

家康は伏見から大坂城に入ると、豊臣秀頼に謁見した。その後は、伏見に戻る素振りを見せない。二十六日には、秀吉の正室であった北政所が、突然それまでいた大坂城西の丸を出て京都に去った。それを受けた形で、家康は北政所が去ったあとの西の丸に入った。

秀吉は、家康に三年在京を命じる遺言を残していたが、その遺言に対する明らかな違反である。周囲の反感を買ってもおかしくない情勢であった。

家康は軍事力で威圧する動きに出た。三万の兵を大坂に動かし、事実上、大坂城を占拠した。

それだけでなく、西の丸の曲輪に天守を築造し始めた。

「暗殺の噂が効いたか。尻に火がついて、内府は己が天下人であると、日の本に知らしめる気だ」

政宗が断じた。諭すように穏健な声だった。小十郎もうなずく。家康はようやく腰を上げた。自分が天下人であることを事実上、宣言したのだ。

家康に抜かりはなかった。反発や追及を避けるために、前田利長と加藤清正に上洛無用を通達している。また、上洛のための通路に軍を差し向けて封鎖した。さらに、宇喜多秀家には大坂から伏見への居所の変更を要求し、政務から遠ざけた。

二人の大老を大坂城本丸の秀頼から遠ざけたのは、今後家康が政の中枢に座るための布石といえる。

　これが家康の選んだ策だった。

「殿、内府殿が西の丸に移ったのは、ただ己の権勢を示すためだけではありませぬぞ」

　政宗が含み笑いをしながら、わかっておる、と言った。

「今の大坂城はさぞ窮屈であろうな。本丸には秀頼公、西の丸には内府。奉行衆はいずれの顔も立てねばならぬ。右往左往する様子が目に浮かぶようだ」

　目論見《もくろみ》通りに城内に波風が立ったことで、お膳立てが整いつつある。混乱状態。それは政宗の得意分野だ。

　政宗は城内の話をしている。内府は秀頼公の膝元に居座り、今後の奉行衆の動きを牽制したと捉えている。それもあるだろうが、小十郎は城外に目を向けていた。

「大坂城に秀頼様と内府殿の二人がおられまする。向後、内府殿に逆らおうとする動きは、すべて秀頼様への謀反と判断されましょうぞ」

　家康に反旗を翻すことが、同時に豊臣秀頼への謀反につながるという理屈である。

　そのせいか、小十郎が言ったように、全国の諸大名がぞくぞくと大坂城に参上してきた。

　大老たちにも抗《あらが》う様子は見えなかった。前田利長は家康への恭順を示すために、上方にいた実母・芳春院《ほうしゅんいん》を人質として家康の本拠地江戸へ送った。宇喜多秀家は家康の意向を受け入れ、伏見に移ることによって屈服した。

もはや家康に逆らう者はいない。そうした観測が大半を占める中、だが一人だけ家康への屈服を拒否する大名がいた。家康からの上洛要請に敢然と逆らう素振りを見せたのだ。自領で戦支度を始めているという話まで伝わってきた。

場所は、伊達領の隣の会津である。

29

伊達家では、徳川に反旗を翻す一人の大老の話題で持ちきりだった。

「小十郎。内府が上杉に上洛を求めたと聞いた。知っておったか」

政宗はすでに聞き及んだ話を、改めて確かめたかったようだ。小十郎は知っている限りを説明した。

「上杉家と堀《ほり》家との間で諍いが起きておる、と聞き及んでおりまする。怒り心頭の堀が裁定を訴え出たとの由。それがしが漏れ聞いた話によりますと——」

上杉景勝は秀吉生存中に越後から会津に移封となったが、上杉家の後に越後に入ったのが堀秀《ひで》治《はる》である。堀が越後に入封すると、徴収した年貢は上杉が移封先に持ち去ったあとだったという。

前任者が旧領の百姓や年貢を持ち去るのは、固く禁じられる。新たに移って来た者にとっては死活にかかわるからだ。

「内府殿は上杉に曲事《くせごと》があったと判じている様子にて」

財政難となった堀家が百姓一人当たりの年貢の負担を増やし、そのために越後では一揆が勃発しかねない状況に陥った。

「よもや、上杉が内府の上洛要請を突っぱねるとは思わなんだが」

信じられぬという顔で、政宗が考えを巡らしている。

小十郎は細部を補足した。

「上杉は神指原《こうざしはら》の地に新たに居城を築城中にござる。この城、かつてないほどの大きさとか。広さは会津城の倍。使う人夫は十万に届くとの噂なれば、その巨大さは想像もつきませぬ」

「徳川に備えての戦支度とみなされたな。好都合だ」

おあつらえ向きの展開に、政宗が袖をまくる。

上杉は街道や橋の備えを急ぎ、おびただしい量の馬、弓矢、鉄砲を準備している。堀はそうした事情も家康に報告した。

「それでも上杉がすぐに上洛すれば、事は治まってしまうのう」

秀吉に謀反の嫌疑をかけられた葛西・大崎の一揆では、政宗はすぐに上洛して身の潔白を主張した。同様に、景勝が上洛すれば、もめ事はそれ以上広がらない。

「上杉が上洛を拒まざるを得ないような手を考えるか」

政宗は真顔で言った。

「こたびは上洛した上杉を騙《だま》し討ちにする謀《はかりごと》がある、とでも広めましょうか」

だが、上杉は会津にいる。噂が会津の上杉の耳に届かなければ、上杉を足止めすることはできない。やむを得ず、間者を使って広めようと相談していた矢先――。

そうした手段は、不要だとわかった。

慶長五年（一六〇〇）四月――。家康は上杉景勝のもとに使者を派遣した。上杉の軍備は謀反の疑いありと伝え、さもなくば誓紙を差し出して速やかに上洛すべし、と迫った。

これに対して、上杉景勝は、謀反の疑いありと密告した者たちの糾明を先とすべきことを唱え、上洛要請を拒絶したのである。

伊達家だけでなく諸大名は、驚くと同時に感心さえした。上杉は軍神と名高い不識庵謙信《ふしきあんけんしん》の武門の家ゆえ武士の誇りで引かぬのだろう、と噂した。さすがは上杉殿、本物の名門とは義を重んじるものよ、と評判も高い。

「謀反人が誰になるのか、もはや決まった。これで――」

珍しく、政宗が感慨深そうな目で遠くを見つめる。

「上杉領と国境を接する伊達は、即座に戦支度を命じられるであろう。ようやく……。奥羽に帰れる。五年ぶりにな」

戦に際しては、敵に最も近い所領をもつ者に、真っ先に出陣命令が下るのが通例である。伊達は大軍が組織される以前に、先陣を言い渡されるはずであった。

「殿、しかるべき時が来れば、内府殿は諸大名に上杉討伐を宣言して総動員するものと思われまする」

「言わずもがな、よ。大乱が起こり謀反人を討伐できれば、内府が強固な実権を握ることになるからな」

予想通り六月に入ると、家康は諸大名に対して会津への出陣を命じた。上杉景勝の上洛拒否が、秀頼に対する謀反に当たるという理由である。

家康が大坂城西の丸を居所に定めた布石が効いている。小十郎は、素直に家康の目論見を評価した。会津征討は実のところ、徳川と上杉の両大老による権力争いである。しかし、豊臣公儀の名の下に謀反人討伐の名目を得たことになる。家康は豊臣秀頼の名代の立場だ。家康の作戦がいかに巧妙なものか、改めて思い知った。

六月の半ば、家康は総大将となり遠征軍を率いて大坂を出発。東海道沿いに領地を有する武将たちを率いながら会津に向けて進んだ。豊臣公儀の戦いであるから、豊臣恩顧の武将はむろん、随従している。福島正則、池田《いけだ》輝政《てるまさ》、山内《やまのうち》一豊《かずとよ》、黒田長政、加藤《かとう》嘉明《よしあき》、蜂須賀至鎮たちであった。

いかような形で戦が起きるにせよ、豊臣の将たちのついた側が勝つ——。かつて小十郎はそう言ったことがある。大軍を率いる徳川が上杉を制圧するのは、自然の成り行きのように思われた。

暑気はいよいよ強まり、鴨川《かもがわ》の水は温《ぬる》み、蚊柱が立つ。暑さに死に絶えた鳥の亡骸が、腐臭を放つ。死の臭いは、遠く奥羽の大地からも漂ってくるかのようであった。

30

信長と秀吉の右筆を勤めた和久宗是《わくそうぜ》に聞いたことがある。

「能筆家などと呼ばれるようになると、書を顕《あらわ》す折りにかえって身構えて筆が止まったりはしませぬか」

和久はまさに書をしたためているさなかだった。筆先を墨で黒く染めると、力みのない動きを保ったまま答えたものである。

「弘法《こうぼう》も筆を誤る。誤ちは誰にでも起きる。間違いが起きたなら、さらに黒い墨を磨《す》って上書きしてしまえばよいのだ。そう思うておれば、固くなることもなかろうに」

その時は書における心構えだと受け止めたが、そうではなかった。小十郎がそう気づいたのはかなりの年月が経った頃だった。

弘法でさえ、筆を誤ることはある。余人は誤りを犯すと知るべきだ。誤りが起きても上書きしてしまえばいいのだ。生きてゆく術といえる。

伊達家出陣が迫った曇天の日、小十郎は供を三人ほど連れて、高野山を訪ねた。

以前は相模国にいたとも聞くが、今は高野山におるぞ。そんな話を聞いていた。

それまでにも来ようと思えば来れたのだが、あえて控えていた。自分が相手の立場であったなら、伊達家家中の者と会いたいとは思えなかったのだ。だから、訪れることはなかった。

厳かな朱塗りの大門をくぐると二列の杉並木が続き、その間をしばらく歩くと金堂にたどりつく。途中には壇上伽藍《がらん》が広がり、修学中の学僧と思《おぼ》しき衆が歩いている。

真っ直ぐ金堂を目指して足を進める途中、ふと脇に目をやると杉の木の向こうに庫裏《くり》があり、その横に広がる畑が見えた。畑には、数人の男が鍬《くわ》を入れていた。

あっと気づいて、小十郎は立ち止まった。野良着同然の姿の数人の男のうちの一人の体つきに見覚えがあった。隔たりはあったから、顔まではっきり見えたわけではない。が、小十郎はすでに確信していた。

このまま金堂を訪ねて呼び出してもらったほうがよいか。瞬時、躊躇した。しかし、すぐに杉の間を抜けて畑に向かった。

侍が供を連れて近寄っていけば、鍬入れに励んでいた男たちも手を止める。小十郎だと見定めると、一人を除いた男たちは軽く頭を下げ、そそくさとその場を去って、庫裏の向こうに姿を消した。

その場に残ったのは、伊達成実ひとりである。

小十郎は立ち止まって頭を下げた。成実は鍬を地について体を支えると、先に口を開いた。

「小十郎か。久しく見ぬうちに見違えたぞ。今や押しも押されもせぬ伊達家の執政。噂はここにも届いておる。幼き頃からおぬしの苦労は見てきたゆえ、さぞ本懐であろう」

成実の顔は農民と区別がつかぬほど日に焼け、目は窪み、頬の形がやせ細っている。垢《あか》じみた野良着が粗末なせいもあるが、伊達一門として先鋒《せんぽう》隊を率いた男には見えない。どこか鈍重な雰囲気さえ漂わせていた。

小十郎は鷹狩り用の肩衣袴姿であった。一昨日、小者に洗濯させ折り目までつけさせたことを後悔した。

「本懐など……。豊臣の世となり、殿は上方に据え置かれ、いまだ帰国さえ自在にはなりませぬ。いずこに武士の本懐がありましょうぞ」

話し出せば、会わずにいた数年は霧散し、たちまち昔の成実の顔と目の前の顔が二重写しになった。辺り一面に群がる佐竹の軍勢を一手に引き受け、太刀を振り回して味方を鼓舞した人取橋の戦い。磐梯山《ばんだいさん》の方角から挟撃のために現れるや、芦名兵をさんざんに討ち取った摺上原の戦い。伊達家中で語り継がれる合戦の雄であった成実が目の前にいる。小十郎は、懐かしさに高揚した。思わず肩に手を掛けようと一歩前に出たその時、ふと成実の足下の草鞋に目が留まる――。

小十郎は動けなくなった。

目線の先にあったのはぼろぼろの草鞋であった。泥に汚れ、履きつぶされるほどにすり切れ、もはや足裏を守る用を満たせるとは思えない草鞋――。瞬時にして、ここ数年の成実の苦境が迫ってきた。

成実の顔色は変わらないが、小十郎の目の動きで思い至ったはずだ。小十郎が何に視線を留めたか、そして何を思ったかを。

成実は初めて笑みを浮かべた。

「弥左衛門《やざえもん》は達者にしておるか。今は大坂の屋敷か」

小十郎景綱の嫡子・弥左衛門はすでに十七になっている。八つの時に元服し、重綱《しげつな》の諱を名乗ったが、その時の烏帽子親は成実であった。

「息災でござる。昨年より岩出山におりまする。成実殿からいただいた太刀を身に帯びて帰国し申した」

「何よりだ」

「成実殿もお変わりなきご様子にて」

「いや、こう見えてな――」

成実に恥じ入る様子はなかった。

「畑を耕すにも、薪を割るにも、青菜を育てるにも、何事にも奥深いものがあっての。日々精進の毎日だ。そうそう、赤味噌も作っておる。作り方は殿の受け売りだがな」

今度は声を出して笑った。

政宗が推奨する赤味噌は、上方の白味噌に対して日持ちするのが特徴で、朝鮮の役では他家の味噌が苦みを増す中、伊達家の味噌は品質が変わらず評判となった。

話を聞くうちに、小十郎は成実から湧き出る健全さのようなものを感じ取った。こうした経験は成実の今後の糧になるだろう、とさえ思った。

「成実殿。それで修養はもうお済みか」

出奔を修養と言い表したことがよほど気に入ったのか、成実は相変わらず笑い続けている。

今がその時と断じた。小十郎は本題に入った。

「そろそろ伊達家に戻ってもよい時期かと存ずるが」

成実が笑うのをやめ、真顔になった。

「殿は何と仰せか」

「成実を探せ、とだけ」

小十郎はありていに言った。

「それで探し当てたというわけか。それだけで勝手に戻るわけにもいくまいて」

「そうとも思えませぬ。上書きすればよいだけの話でござる」

「上書きとは……。何のことだ」

小十郎は、和久宗是のことばを成実に聞かせる。書の誤りは上書きしてしまえばよい、と。

「それがしが思うに、喧嘩の理由をすり替える戦でも起きれば、今少し早うに仲直りができたような気が致しまする。惣無事のもと、都合のよい戦は起きませなんだが、されどこたびは――」

小十郎は会津の上杉家の動向を教えた。上洛を拒む上杉を謀反人と見立て、徳川は大軍を率いて成敗するつもりだと伝えた。

「そうなれば、先鋒を預かるのは隣国のわれらでござる。成実殿は伊達家の先陣。参陣すれば、殿も水に流してすべて元通りとなりまする。機は訪れましたぞ」

「上杉が公儀に逆らうのが解せん。上杉に何か妙手でもあるのか」

「武門の意地でござりましょう」

「意地を張ると、ろくなことがないぞ」

他人事のように成実がつぶやく。今度は、小十郎が莞爾《かんじ》と笑って見せた。

思い出したように、成実が打ち明ける。

「一応、言うておくが……。以前、上杉家から誘われた。五万石くれると言うておったわ」

五万石……。小十郎は驚きを隠さなかった。

「何ゆえ断られたのか」

「会津というのが気に食わん。伊達家が奪われた会津の上杉に、どの面下げて行けるというのだ」

　事もなげに、成実は答えた。

　己は伊達家の人間だという思いが残っているのだ。数年経った今でも。

　落ちぶれた者は往々にして、自己を破滅へと追いやる誘惑に直面する。だが、成実は屈しなかった。伊達家重鎮としての身分はすでに失われているのに、かつての勇将の片鱗《へんりん》はまごうことなき形で残っていた。

　成実はどんな時でも背筋を伸ばし、弁明することもなく、今の境遇を嘆かずに、ただ口を閉ざし、困難に耐えていた。

　ならば、あとは誤りに新たな上書きをすればよいだけだ。

「成実殿。伊達家にお戻りあれ」

　成実の拳に力が入っているのを、小十郎は見た。

　しばらく考え込んだ成実は、やがて意を決したようだった。

「おぬしの言うとおりだ。伊達家の戦となれば、先陣は譲れぬな」

　小十郎は一度、ふうっと息を吐いた。ここまではまだ半分だ。難しいのは、残りの半分だった。

「一つ、言わねばならぬことがありまする」

　小十郎は重い口を開いた。

「角田城接収の際、城の明渡しを巡って三十余名が従いませなんだ。家士・羽田《はねだ》右馬助《うまのすけ》殿はじめ刃向かった者は討ち死にと相成りましてござる」

　成実の眼光が陰りを帯びた。すぐに金堂に向かって両手を合わせた。小十郎を振り返ると、もう吹っ切っていた。

「いかなる事態が出来《しゅったい》したかは知らぬが、生き死には世の習い。奥羽に戻った暁には墓前に花を手向けよう」

「それがしに配慮が足りなかったのでござる。申し訳もござらん」

「おぬしが謝ることではない。それより、いつ戻ればよいのか」

　その点を、小十郎は考えていた。

「上杉領はわれらの隣国。伊達家が先陣を仰せつかるは必定。それがしの陣をお訪ねあれ。殿にお目通りを願いまする」

「どさくさに紛れるというのか」

　成実の声には抗議の響きがこもっていた。

「乱世を生き抜いた上杉家は強者ぞろい。わが軍も楽勝とは参りませぬ。ぎりぎりの戦いを前に成実殿が参ずれば、もはや伊達に怖いものはあらず。ふさわしい帰参と思いまするが」

　しばらく考え込んだのち、成実は、よし、とうなずいた。

　小十郎は肩の荷が下りて、安堵した。

　紀伊山地《きいさんち》の雄大な森林から聞こえるのは鳥の声、風の音、そして読経の声――。五十六億七千万年後に現れる弥勒菩薩《みろくぼさつ》を待つ高野山では、白い光の束が降り注ぎ、伽藍の屋根を輝かせていた。

31

久しぶりの奥羽の地では、進軍に難儀した。

脳裏でたどる懐郷の念と現実の乖離《かいり》が激しい。これほど険しい山道だったか。隊列は幾度となく乱れた。

啞然とする思いで、先頭の騎馬を怒鳴りつける。速すぎて、後ろの歩兵が追いつかぬぞ。怒声は木霊《こだま》となり、己の耳朶《じだ》に戻ってくる。声を張るたびに汗が飛び散った。上方の城下町に慣れすぎたのかもしれない。健脚自慢の家臣でさえ足取りが重い。奥羽の草深さは想像以上だった。

伊達軍三千が伏見を出発したのは、朝顔の咲き誇る頃である。上杉領内を通るのを避け、海沿いを通って名取郡・北目《きため》城に入った。居城・岩出山城はまだ先だが、岩出山は北辺に過ぎるため、この北目城が事実上の本城だった。

着いたばかりとはいえ、あまり時を無駄にはできない。上杉領の会津には、徳川の号令で集められた十万の兵がいずれ攻めかかることになる。それまでに、少しでもかつての本領を切り取るつもりだった。戦で領土を勝ち取れば、報償としてその地をもらい受ける期待も増す。

北目城に着陣した直後に、手の者からの報せが入った。

刈田郡にある白石城の城将・甘粕景継《あまかすかげつぐ》が不在——。

白石城は北目城から九里ほど南西にある上杉の城である。伊達領とのほぼ境目にあり、上杉方の前線拠点といえる。城を預かる甘粕景継が会津に向かったため、留守だという。

「留守居は誰だ」

政宗が小十郎に問う。

「甘粕には甥の登坂式部《のぼりさかしきぶ》がおりまする。おそらくこの者かと」

それを聞いた政宗は、ふっと鼻息を荒くした。狩りの獲物を見つけたかのごとき様相である。

「甘粕不在なら城を落とすはたやすいぞ。一気に攻める」

伊達軍はさっそく白石城に狙いを定めた。

政宗は即座に下知した。幾人かの侍大将ごとに足軽鉄砲隊、長槍部隊、騎馬部隊を順に並べてひとまとまりとし、そうした前備《まえぞなえ》を城の周りに配置する。さらにその背後には、第二波の攻撃を可能にする後備《あとぞなえ》を置いて、攻撃型の陣を敷いたのだ。総大将の自分は旗本備《ぞなえ》に守らせ、伏兵に備えた殿《しんがり》備《ぞなえ》を置いて防御を厚くした。武門を誇る上杉家が相手だけに慎重を期している。

小十郎は目を見張った。朝鮮での戦いから長い月日が経っている。戦ともなれば、政宗は覚醒してその知略を発揮するのだ、と改めて思い知った。

伊達軍は七月二十四日払暁までに白石城を囲む布陣を整えた。屋代景頼《やしろかげより》が大手門前、亘理《わたり》重宗《しげむね》と嫡男の定宗《さだむね》が北東側、石川昭光らが南側、片倉小十郎が西側に陣を置くと、諸将が政宗の本陣に集った。

今こそ、その時であった。戦を前にして血はたぎり、戦いの本能が呼び起こされる。成実を引き合わせるにはまたとない機会だった。

小十郎は家中の者に命じて、成実を呼び寄せた。

「殿。会わせたい御仁がおりまする」

言うや否や、小十郎は陣幕の外に向かって「成実殿」と大声を発した。政宗の周りにいて配置図を見ていた重臣らの動きが止まる。

皆が静かに見守る中、黒の陣羽織に白鉢巻を身に着けた成実が前を見据えて入って来た。そのまま政宗の前に片膝をついた。

「殿。戦と聞き及び、成実、ここに参上つかまつった」

成実の目は脂ぎって見えた。肩にも腕にも力が入り、落ち着かない様子で頭を垂れた。見ている諸将の、ごくりと唾を飲み込む音が聞こえる。その場の誰もが目を離すことができなかった。

重苦しい空気は、政宗のひと言で解消した。

「成実はまごうことなき伊達家の先陣。とはいえ、身一つの今日のところは石川隊に加われ。積もる話はあとだ。皆の者、成実に遅れを取るな」

「おうっ」

将卒たちが呼応する。応じる声は乱れなく一つになった。あらかじめ打ち合わせても、これほど声をそろえられるものではない。腹の底から振り絞る皆の返事が、短く響き渡ったのだ。数年の隔たりもわだかまりも、その時の呼応によってたちまち霧散した。

それから数刻後、小十郎は白石城西側の愛宕《あたご》山下の自軍に戻っていた。屋代隊が城外に火を放つのを合図に、伊達軍は一斉に攻撃を開始した。

名将謙信の薫陶を受けた上杉勢は、激しく応戦した。片倉隊でも、重臣の何人かが矢を受けて戦死した。その間隙を縫って、小十郎の嫡男・重綱が奮戦、上杉足軽を蹴散らすと、二の曲輪の土塀を乗り越えて、本丸の石壁に張り付いた。

「片倉重綱殿、一番槍」

どこからともなく、大声が響き渡る。味方から歓声があがり士気が高まると、上杉勢も後退が始まる。夜には本丸だけが残された。

小十郎は、打つ手を改める時だと感じた。本陣に急ぎ、政宗に進言した。

「上杉も徳川勢との戦いに備えて兵を失いたくはないはず。早々に投降を勧めまする。城兵の命を助ける代わりに登坂式部を人質に取って開城を提示すれば、応じると思いまする」

政宗は、提言を受け入れた。小十郎は投降を促すため、すぐに白石城に使者を送った。

翌二十五日――。登坂式部は降伏、午後には城が明け渡された。

開門と同時に、伊達の足軽たちが雪崩を打つように城内に入る。小十郎と重臣たちは、その後ろからゆるりと門をくぐった。

白石城に入ると、皆で政宗を迎えた。

敵将・登坂式部は潔く、城兵赦免の礼を述べた。上杉謙信伝来という三宝荒神形の兜を献上すると、政宗はこれを大いに喜んだ。

伊達兵だけになると、誰もがほっとしてくつろいだ表情を見せた。勝利の祝いのことばを口々に述べている。その中で、わけがわからぬといった顔で不審を口にする者がいた。

帰参したばかりの成実だ。

「武に聞こえた上杉にしては呆気なさ過ぎる。どういうことだ、これは」

小十郎が背景を説明する。

「時を同じうして駒ヶ嶺城の桜《さくら》田《だ》殿が敵の川俣《かわまた》城を攻めておりますれば、白石城には援護もなく……。それゆえ降伏せざるを得なかったというわけでござる」

川俣城は桜田元親《もとちか》が奪ったが、すぐに上杉に取り戻された。川俣城攻撃は上杉勢の注意を川俣に惹《ひ》きつけ、白石城への援軍を断つための動きだったから、それでもよかったのだ。

「伊達の戦は、こんなやり方だったか」

成実が素っ頓狂な声を上げた。

勇猛ではあるが、少しずれた物言い。かつての成実と変わらぬ姿だった。見つめる重臣たちの口元が緩む。

小十郎は心から成実の帰還を喜んだ。

「お帰りなさいませ。成実殿」

過去の行き違い。そこに、新たな上書きは済んだ。

白石城内に起こった笑いは、しばらくの間、途切れることがなかった。櫓の下には城下町が広がる。町屋街はひっそりとして、行き交う者はいない。民は戦を恐れて、家の中にこもっているのだろう。町屋の向こうには街道が伸びる。白石城は要衝に位置していた。

ここを橋頭《きょうとう》堡《ほ》として、あとは白河口から攻め上る徳川軍十万の軍勢を迎える。徳川家康は謀反人・上杉景勝を成敗して盤石の立場を得るだろう。先陣を切った伊達家の功労は随一となるはずだ。それが小十郎の目論見である。

だが、すでに白石城攻略時点で、上方では事件が起きていた。徳川勢が白河関に達したという報せは、いくら待てども届くことはなかった。

32

上杉との戦端を開いた伊達家では、徳川軍の到着を待つのみである。軍勢は江戸を発して会津を目指しているはずだった。その規模は、秀吉の奥羽征伐の大軍にも匹敵する。徳川秀忠《ひでただ》率いる前軍には榊原、井伊、本多《ほんだ》の徳川譜代三将、および家康の子である結城秀康、松平忠吉《ただよし》の一門武将が参加。家康本人の率いる後軍には豊臣恩顧の大身武将、すなわち福島正則、池田輝政、黒田長政、浅野幸長、藤堂高虎、山内一豊の面々が加わっている。

今日にも上杉が仕掛けてくるかもしれぬ最前線の伊達家としては、一刻も早い徳川本軍の到着を待ちわびていた。

七月末——。伊達の陣に早馬による書状が届く。最上からの伝令であった。家康から送られた書状の内容を最上義光が報せてきたのだ。

最初に読み出した政宗の目の色がみるみる変わっていく。小十郎は、書状を読む政宗の態度に不吉なものを感じていた。

「徳川軍の到着は遅れそうだ」

読み終えると、呆然としながら政宗がつぶやいた。小十郎はすぐに書状を受け取り、中身を確かめた。

「石田治部と大谷刑部《ぎょうぶ》が決起——」

目に飛び込んできたことばに驚きながら、懸命に文字を追う。諸将が小十郎の周りに集まって、静かに動向を見守っている。

読み終えた小十郎はしばらく黙していた。

やがて、皆に内容を教えた。佐和山に逼塞《ひっそく》していた石田三成が挙兵した。石田と昵懇《じっこん》の仲の大谷吉継も一緒だという。家康は事態を治めるべく、会津への進軍を中止し、評議するという。

今さら二人だけで何ができるというのだ。小十郎は啞然としてことばが続かない。大坂城に残る三奉行、増田長盛、長束正家、前田玄以は今や親徳川派だ。石田に同調する者がいるのか、小十郎は半信半疑だった。

上方の情勢を報せる徳川からの書状は続々と届いた。

八月に入ると、家康は上杉討伐に率いていた軍を上方に引き返させると申し送ってきた。下野国まで来ていた軍を引き上げるという。奉行衆と淀殿が、騒動を鎮めるために家康に上洛を依頼したからだ。

会津の上杉征伐は延期——。それは、上杉と対峙するのが伊達や最上だけになったことを意味する。

伊達家でも直ちに評議が開かれた。

議論の核心は上杉と戦いを続けるか、それとも和睦の態度を見せて引き延ばすか、である。

いつもなら、勇ましい輩《やから》が戦いをけしかけたりするものだが、そうした意見は今回は出ない。皆、事態の推移を様子見すべきと考えていた。

もともと徳川と上杉という大老同士の権力争いだ。伊達家にとって身を削ってまで加わる戦闘ではない。誰もがそう思っている。

発言する者が現れない中、政宗は小十郎を指名した。

「小十郎。策を申せ」

「はっ。石田と大谷の決起の報せは、上杉方にも届いておりましょう。上杉は、徳川の大軍の来襲に備えて少しでも兵を温存したいはず。上杉からの手出しはござるまい。こちらも、時を稼ぎ、上方の成り行きを見守るのが得策か、と」

「もはや惣無事は名ばかりとなった。この機に本領の伊達、信夫を攻めるやり方もあろう」

だが、上杉は強大で名門でもある。小十郎は政宗の主張をやんわりと押さえた。

「こたびの戦は、未《いま》だわからぬところもありまする。摺上原の戦いの頃は、領地は奪い合うものでござった。ところが、こたびはあくまで豊臣の政の主導権争い。それは武力対立というよりも政争でござろう。各大名はいずれに帰属するかを問われているような気が致します。そうであるならば、ここで領土を削っても、いずれその咎めを受けるやもしれず。徳川が打つ手を誤れば、上杉と刃を交えたことが不利となることもありましょう。動かぬことにござる」

「しばらく様子見か」

政宗がうなずいた。が、思い出したように付け加えた。

「ただ待つだけでは工夫がない。上杉には和睦の交渉を持ちかけ、合力するとの案を出しながら長引かせよう」

政宗はそう言い渡した。

「ところで、最上はどう動くと思われまするか」

小十郎が逆に政宗に問うと、それには重鎮の留守政景が即答した。

「最上も時を稼ぐ策に出るぞ。羽州殿は恨みを忘れぬ。決して徳川を裏切ることはない」

留守は最上義光の人となりからそう断言した。山形の最上義光は、政宗の母・義姫の兄である。義光の娘・駒《こま》姫は関白豊臣秀次に強く請われてその側室となったが、秀次謀反の事件のあおりを受けて、秀吉の命令で三条河原で斬首されてしまう。表向きはともかく、最上義光は豊臣政権を快く思っていない。それに対して、義光の三男の家親《いえちか》は、家康のもとに預けられ、元服後は「家」の字を拝領するなど厚遇を得ていた。義光がつくとすれば、徳川方であった。小十郎も納得せざるを得なかった。

だが、その間にも上方の情勢は刻一刻と変わっていた。伊達の思惑にも誤算が生じた。

三奉行衆、石田側に寝返る――。

その報は驚きをもって伊達家に届けられた。前年の石田三成失脚以来、三奉行は家康の執政に協力しており、家康もまた彼らを信頼していた。ところが、大坂城にいた増田長盛、長束正家、前田玄以が石田側に味方したという。三奉行と石田三成は、家康の所業を弾劾する「内府ちがひの条々」の決起文と三奉行添え状を全国に発送した。上方と奥羽では大きな隔たりがあるため、書状の内容が伊達家に届いたのは八月半ばのことであった。

奉行衆は豊臣家の家老ともいえる立場であり、豊臣秀頼の意志を代弁する者たちである。三奉行の離反は、三成ら西軍が「公儀」となり、家康が執政の正当性を失ったことを意味した。

これにより、家康は毛利、上杉、宇喜多の三大老のほか大坂城の三奉行をも敵に回すことになり、一転して身動きのできない状態に追い込まれた。

異変は天を揺らし地を動かし、伊達家の立場をも危うくした。他方、上杉家にとっては天の恵みである。報せは上杉にも届いたのだろう、交渉においても強気の姿勢を押し出してきた。

上杉側の交渉を担うのは直江兼続《なおえかねつぐ》である。

直江兼続――。上田長尾《ながお》家家臣・樋口兼豊《ひぐちかねとよ》の長男で、景勝より五歳年少。譜代家臣の筆頭格である直江家を相続し、以後、景勝の最も信用する側近として上杉家を取り仕切っている。兼続は長らく豊臣との交渉の窓口に携わっていたため、三成、長盛らの豊臣奉行衆とも親密な関係にある。

その兼続は上方風聞を聞くや、徳川方の南部氏や弱小の国衆らが陣を引き払ったと伝えてきた。伊達家へも、しきりに徳川から寝返るように催促をしてくる。

小十郎は苦い思いで書状を放り投げた。

今や強権を誇る支配者は、この本朝にはいない。惣無事は崩壊し、奥羽もかつての乱世に逆戻りしていた。

33

国乱れ、戦の兆しあれば、民は食料を埋めて隠し、あるいは荷をまとめて安全な地へと移る。虐げられるのは、戦を起こす者どもよりも、むしろ生産者たる民たちだからである。

だが一方で、乱世を望む者もいる。下克上とは力のある者が力のない者を殺して取って代われば済むものではなく、身分や家格に規定された秩序を打ち立てねばならないが、力ある者ほどこの理《ことわり》を理解しない。下克上の代表格の秀吉でさえ、豊臣関白家という新たな秩序の創設を必要としたのに、周りはその事実を無視しがちである。小十郎の見るところ、政宗からしてそうしたふしがあった。

そこにもう一人。乱世の復活を感じ取り、失われた所領の奪還をもくろむ男が現れた。

政宗の前にひざまずき、南部氏への遺恨をとくとくと訴える。精悍な顔つき。岩のような巨体。鋭い眼光。

和賀《わが》忠親《ただちか》、齢二十五――。十年前の奥州仕置で所領を没収された和賀義忠《よしただ》の子息である。

豊臣秀吉は小田原に参陣しなかった葛西晴信、大崎義隆、和賀義忠らを追放した。不満を抱く葛西氏、大崎氏の旧臣が一揆を興すと、和賀義忠も旧領奪回のために蜂起する。秀吉は激怒した。奥州再仕置軍を編成し、一揆勢力の討伐を行った。総大将・豊臣秀次は三万の軍勢を率いて奥州を北上、徳川家康以下、伊達家や東北の諸大名もこれに加わる。葛西・大崎一揆が鎮圧されると、和賀一揆も失敗に終わり、逃走した和賀義忠は、土民に殺害されたという。没収された所領は南部氏のものになった。

葛西・大崎の地は、伊達家累代にとって馬打ち領であった。兵馬を動かす時には、近くの和賀氏から兵を借り受けることもある。その縁で、政宗は遺子の和賀忠親を庇護して、胆沢《いさわ》郡に隠れ住まわせていた。

和賀忠親は政宗に向かって深々と頭を下げる。

「和賀家家臣一同、向後は伊達家に臣従いたしますれば――」

その後の口上は聞かなくてもわかる。

「なにとぞ鳥屋ヶ崎城攻めに後詰めくださるよう、お願いたてまつりまする」

鳥屋ヶ崎城は南部家の城。今は改名して花巻《はなまき》城と呼ばれている。

上杉攻めでは、南部家も徳川方の征伐軍であった。和賀が蜂起して南部家と戦い、伊達がその和賀を後押しするとなると、伊達と南部という味方同士が敵対することになりかねない。

政宗が裁許を下す前に、小十郎は割って入った。立ち上がって、和賀忠親のすぐ前に座ると、正面から目を見据えた。

「鳥屋ヶ崎の城を落とした暁には、いかがする」

「旧所領から南部勢を追い出しまする」

「今ある兵の数は」

「和賀の兵が四百。味方の稗貫《ひえぬき》もほぼ同じ数かと」

「その後は」

「回復した所領を守りまする」

戸惑いがない。和賀忠親に、自力で南部家臣のこもる城を落とす自信があるのはわかった。

「話は承った。追って下知するゆえ、それまで別室にて待たれよ」

和賀忠親のまなじりがつり上がる。すぐにも援兵を得られると思っていたようだ。小十郎と目が合うと、渋々承知して引き下がった。

小十郎は人払いをした。二人きりになって、政宗に率直に尋ねた。

「いかがなさりまするか」

「むろん、兵を送って和賀の蜂起を助けるつもりだ」

政宗の本心は最初からわかっていた。

「南部は味方にござるぞ」

「不服か。わけを言え」

「城を落とした後の備えに思慮がありませぬ。それがすべてでござる。底が割れ申した」

城を奪った後に、近隣の郷の肝煎《きもいり》連中を集めて生活《たつき》を保障してやらねば、在地支配などできるものではない。南部と敵対するなら他の勢力とのつながりも必要となる。南部は最上の与力ともいえる立場だが、南部に代わって最上を支えるのか、それとも上杉について時勢の変化を待つのか。そうした大局には無頓着だった。ただ、伊達の後ろ楯を欲しがっただけだ。

「小十郎、何を恐れる。南部の領内で一揆が起きれば、上杉にとっては思う壺となる。上杉征伐を号令した徳川が知れば、勘気を被ることもあろう。徳川の勘気を恐れているのか……。だが、都で大乱が起きた以上、そこまで徳川を恐れることもあるまい。徳川が上杉征伐をやめてしまわなければ、和賀は一揆など起こすはずもない。徳川にも悪因はあろう」

自分が恐れるのは——。何も言わずに、小十郎は心の内で思った。恐れるのは、将来を楽観した際の見通しの甘さだ。

頭の中には警句ばかりが浮かんだが、他方、考えすぎを戒める声を発する己もいる。

耳に心地よい声は告げる。家康は上杉家の謀反さえ捨て置いたのだから、片田舎の一揆などにかかずらう余裕などない、と。

小十郎はためらった。そのせいで、政宗を強く止めることはできなかった。

政宗の話は、洛中《らくちゅう》の奉行の非難へと及んだ。

「石田治部はまだいい。やつなりに一貫した動きだ。だが公儀の三奉行は許しがたい。あやつらが石田治部を隠居させ、徳川に与したのは衆目の知るところだ。それが何ゆえ、今になって石田治部に賛同して内府を非難する書状を送ってくるのだ。公儀は公正でなければならぬが、どこが公正だというのだ。あいつらが国を腐らせる」

珍しく興奮する政宗がいた。そして結論を下した。

「もはや内府は公儀から弾《はじ》かれたわけだ。俺が背くのは、腐った豊臣の公儀に対してだ。内府に対してではない。和賀を支えるぞ」

小十郎は最後に一言だけ言った。

「そこまで仰せになるなら、もはや何も言いますまい。ただし、誓詞だけは書いてはなりませぬぞ。決して証しを残してはなりませぬ」

広間を出て、自室に戻る。そのわずかな距離を歩くだけで、普段より足が重く感じられた。

政宗が和賀の助勢を家臣に申し付けたのはその直後のことだった。

八月も終わろうかという頃。

伊達も上杉もじっと耐えている。政宗と景勝が水面に顔を沈め、いずれが先に音を上げるかを競うかの日々――。その二人を、片倉小十郎と直江兼続に置き換えることもできた。

まだ早朝だというのに、小十郎は火急のこととて北目城の寝所で起こされ、政宗の部屋に呼び出された。

政宗は興奮気味だった。手には書状を持っている。「喜べ小十郎」と叫ぶだけで中身を教えない。部屋には、成実や留守政景など重臣たちがぞくぞくと入ってきた。

「どうしたというのだ」

踊りでも始めそうな政宗の笑い顔を見て、皆が小十郎に説明を促すが、心当たりがまるでない。やむなく、首を傾《かし》げてみせるしかなかった。

政宗は心から喜んでいた。家臣たちを見渡すと書状を広げて見せた。

「内府からの書状だ。新たに奥羽七ヵ所を与えると言うてきた」

成実が驚きの唸りをあげた。もう一度、政宗を見返すと、かすれた声を漏らした。

「何と申されたか」

期待通りの反応だったらしい。政宗は満足げに笑い声をあげた。

「徳川に味方すれば旧領の七ヵ所が伊達家に戻る」

七ヵ所とは、元は伊達領で、今では上杉領となっている刈田、伊達、信夫、二本松、塩松、田村、長井のことだ。伊達家は検地の結果で、ざっと五十八万石。七ヵ所は全部で五十万石に近い。合わせて百万石になるということだ。

「その書状は百万石のお墨付《すみつき》でござったか」

成実も驚きを隠さない。その意味がわかった家臣一同から歓声が湧き上がる。ある者たちは肩を叩き合い、またある者たちは抱き合って喜びを表した。

伊達家は徳川を支えるべし。

流れは決まった。家中には上杉方につくべきと考えた者もいただろうが、皆が家康につくべき姿勢を露わにした。

小十郎も徳川家康の深謀に感銘さえ覚えた。家康は、政宗の旧領回復の野心を見抜いて、その欲に添った報償を用意した。

「小十郎。洛中の情勢はその後判明したか」

上方での騒乱の帰趨は、伊達家の運命さえ決める。日和見を決め込んでいた一門の重臣たちまでが、本当に徳川が勝つのか心配を始めた。

「まだ判明いたしておりませぬ。おそらく内府殿は他の諸大名にも知行を与える書状を何通も届けておると見えまする。味方を増やしたうえで、大軍を率いて上洛すると思料いたしまする」

「われらは上洛せずともよいのか」

その件について、小十郎はすでに検討済みだった。

「徳川軍が江戸を空にすれば、上杉家が江戸侵攻をもくろむことになりましょう。あるいはすでに佐竹などと内通して、その準備をしておるやも知れず。されど伊達がここで目を光らせておる以上は、上杉は動けませぬ。上杉本軍が会津を離れれば、わが伊達が会津に攻め込みますゆえ」

上杉の牽制――。伊達の役目はその一点にあるといってよい。現に家康の書状にも、上杉との戦いには慎重を期すようにとの意図が見え隠れしていた。

その時、激しい雨音が耳に届いた。城の窓の外を見ると、陽はいまだ射している。

「雷雨だな」

誰かが言い終わると、それを裏付けるように稲光が空を走った。一拍置いて、肺腑《はいふ》に響く雷鳴がとどろいた。いきなり空が暗くなりつつある。

と、小十郎は雷に打たれたかのように震撼した。突如、不吉な予感が身を貫いた。それっきり、ことばを失った。皆が場を去るのを待って、政宗のもとに駆け寄る。

「いかがした。怖い顔をしておるぞ」

「百万石の恩賞があるのなら、徳川に楯突く動きは控えねばなりませぬ。和賀への援兵を止めるべきでござる」

忘れていた。浮かれていたせいで、とっさには気づかずにいた。和賀の蜂起に加勢する指示を出したのを思い出したのだ。

政宗も腕を組んで考え込んだ。が、すぐに諦めた表情でささやく。

「今さら取り消せぬ。もう遅いのだ。すでに鉄砲三百挺《ちょう》を渡したと伝えてきておる。まさか返せとも言えぬ」

詳細を聞くと、武器弾薬から兵糧まで和賀に与えていた。一揆が始まればいつでも加勢できるよう、伊達兵は境目まで出陣済みとのことだった。

小十郎は天井を仰いだ。

「一揆の期日はいつでござろうか」

「知らぬ。和賀もそこまで伝えてはこぬぞ。漏洩《ろうえい》を恐れるであろう。明日かもしれぬし、あるいは……。今夜かもしれぬ」

もう和賀忠親を止めることはできない。

小十郎の頭の中に警句が響く。ほとんどの敗因は、浮かれた時の軽率な姿勢にある、と。

「案ずるな。伊達の加勢の事実が漏れることはない」

政宗が話を締めくくった。それがただの気休めにすぎないことは、二人ともわかっていた。

34

上方の情勢が不明の中にあって、奥羽で動いたのは上杉だった。九月に入ると、直江兼続軍が最上の居城に向けて進軍、との報が入る。

最上義光は上杉に屈するかの態度を取りながら、肝心の和睦には応じない。兼続は、業を煮やして最上を攻めた。義光の時間稼ぎに気づき、戦力に劣る最上から叩き潰そうという腹だ。

「上杉が動いたか」

小十郎には、いずれ直江兼続と戦う予感がある。兼続がいかなる戦をするのか、見ものであった。天下に聞こえた軍神・上杉謙信の流れを引く上杉軍との戦いに、血が騒ぐような興奮すら覚えたのだ。

が、見ものどころではない。この時の直江の進軍は目を見張るものであった。畑谷《はたや》城を落とすと、その周辺の諸城も雪崩を打って降伏した。上杉軍は十日ほどで山形盆地西側を制圧し、義光の居城・山形城に近い長谷堂《はせどう》城を囲んだ。

長谷堂城から山形城までは二里と離れていない。たまらず義光から援軍要請が、北目城の伊達家に到着した。

使者は最上義光の嫡男・義康《よしやす》である。政宗にとっては従兄弟《いとこ》に当たる。

義康は疲れ切った顔で、終始、頭を畳に擦りつけた。最上勢七千に対して、上杉勢は二万を超える軍勢だという。最上家が生き残るには伊達家の援軍が欠かせない、と訴えた。

使者を下がらせ、小十郎は政宗に進言した。

「今の直江の勢いは侮れませぬ。最上と上杉を戦わせて双方に損害が出てから出陣するのが、良策でござる。戦が長引けば、兵も疲弊しましょう。その時を見計らって直江を討ち取れば、最上の地は伊達家のものになりますぞ」

それは、直江兼続打倒と最上領の一石二鳥を狙う策だった。伊達家にとって最善の奥の手である。

だが、政宗の口からは予想外の言葉が出た。

「母上のことは何も言わなかったな」

小十郎の脳裏に、長らく忘れていた政宗の母御の姿が浮かぶ。

政宗の母・義姫は、小田原参陣の直前、政宗に毒を盛ったと喧伝され、四年後に実家の最上家に戻っていた。今は山形城の義光と共にいるはずだ。

実の母による毒殺未遂――。

この話になると、家臣たちは口をつぐむ。口出しするのは家臣の分限を越えるからだ。母が自分を殺そうとしたことに怒った政宗は、義姫の代わりに義姫の愛する弟・小次郎を殺した。話がその忌まわしい事件に及ばぬよう、小十郎もまた黙するしかなかった。

「言うておくことがある」

政宗は簡潔に真相を語った。それは驚くべき内容だった。

「おれを毒殺しようとしたのは母上ではない。芦名の残党あたりが間者を潜伏させて毒を盛ったのだ。弟の小次郎は今も生きて某寺で住持をしておる。すべては伊達家の血を残すためだった。

おれの弟殺しの芝居が疑われぬよう、母上はご自分で毒殺未遂の犯人役を買って出たのだ」

えっ……。

小十郎は二の句が継げなかった。あまりにも唐突な話だったからだ。

政宗の弟殺しは方便だった、と政宗はいう。芦名を滅ぼした罪で政宗が首を落とされても、伊達の血を残す芝居――。弟殺しの演技を疑われず、真実味を帯びるように、義姫はやってもいない毒殺未遂の物語を紡いだ。母子三人ですべての者を欺いたのだ。側近の小十郎にも知られずに。

にわかには信じられない。義姫はたった一人で嫡子を毒殺しようとした罪を背負ったというのか。

小十郎はその意味を考えた。当主を殺そうとした場合、家中から忌み嫌われるのは避けられない。義姫は甘んじてそれを受け入れた――。

いや、あの義姫なら……。伊達家と最上家が対峙した際には、中山峠に輿で乗り付けて仲裁した烈女だ。あり得ぬことではない。

そう、今ならそうした兆候はいくらでも思いついた。政宗は朝鮮に渡っても、義姫に送る朝鮮木綿を丹念に選んでいた。

「山形城の母上を窮地に立たせるわけには行かぬ」

政宗が決然と言い切った。

もはや小十郎には発することばすらなかった。

援軍は直ちに用意された。馬上百八十七騎、鉄砲四百五十挺、弓二百八十張、槍二百六十六本。翌々日、政宗の叔父・留守政景が名代として出陣した。

それから五日後には早馬が到着した。山形での戦いの有り様を知らせる伝令か。そう思って、小十郎は迎え出た。だが、違った。報せは、和賀忠親を援護する伊達軍からの使いの者であった。

花巻城の夜討ち、成就せず――。

和賀忠親率いる一揆勢は、南部氏の主力が出羽に出兵中の間隙を突き、夜陰にまぎれて花巻城を急襲。守る南部勢が寡兵のせいもあって、一揆勢は三の丸、二の丸を破り、本丸に迫った。だが、そこで激しい抵抗にあい、攻めあぐねて遁走したという。

「それで和賀はどうした」

小十郎は使者に尋ねた。自分でも険しい顔つきをしているのがわかる。

「この後は岩崎城に向かい、これにこもって、もう一戦つかまつる所存とのこと」

奇襲でも勝てなかった一揆勢が、籠城で勝てるだろうか。小十郎は心もとなく思ったが、政宗はさらなる助勢を命じるつもりらしい。今後の後詰めを命令して、使いの者を返した。

取り巻く状況は混迷の度合いを増してきた。伊達家の前に立ちふさがるのは、目に見える敵だけではない。過去において紐帯《ちゅうたい》で結ばれた人々のしがらみが、行く道をふさいでいる。絡みつく因と縁を軋《きし》ませながら、歯車は回り続ける。

35

最上の長谷堂城は伊達家の援護に助けられて、落ちなかった。

敵将の兼続は城の周囲に、材木を井桁《いげた》で組んで造った櫓を十四も建てて囲んだが、それでも城は持ちこたえていた。水を断たれたという伝令まで届いたが、籠城は続いた。

九月晦日《みそか》――。

伊達家は上方の大乱の結果を知った。すでに半月前には決着がついていた。

去る九月十五日、関ヶ原において徳川家康率いる東軍と、石田三成・大谷吉継を主力とする西軍が決戦を行った。勝敗はわずか半日で決した。西軍の小早川秀秋《ひであき》軍八千余りが、味方であるはずの大谷軍の陣に突撃したことで、徳川方の東軍が勝利したのである。

伊達が徳川方の勝利を知ったのと同じ頃、直江兼続は、長谷堂城攻めから一転、退却を始めた。

二万余りの撤退は至難であったが、最上・伊達軍の追撃をしのぎきって米沢に戻った。この合戦で最上・伊達軍が討ち取った首級は六百を超え、直江兼続軍が討ち取った首級は千五百に達した。

石田三成、小西行長、安国寺《あんこくじ》恵瓊《えけい》は――。逃走したが捕縛され、京の六条河原で処刑された。

三奉行は――。戦場を離脱した長束正家は自刃して果てた。増田長盛は武蔵《むさし》岩槻《いわつき》に流された。

前田玄以は秀頼の警固に徹し中立だったことから本領を安堵された。

大乱は、関ヶ原の戦いと呼ばれた。

家康は論功行賞として、東軍の諸将に知行の加増を行った。軍功によって取り立てられた豊臣恩顧の武将は、その多くが西国方面に配置された。

だが、伊達政宗に奥羽七ヵ所の加増はない。

それどころか、和賀忠親の一揆は年が改まってもいまだ続いていた。忠親とその郎党が岩崎城にこもると、旧和賀領民も援軍に集結した。南部利直《としなお》はこれを討伐しようとするが、冬が到来し、雪のため合戦は膠着したのである。

負け戦だ。憤懣やるかたない思いで、小十郎は動向を見守る。和賀の使者は伊達の助勢を求めて北目城に幾度も現れる。政宗に頼り切っていた。もはや勝敗は見えた。

大雪で延期になっていた南部利直の岩崎城攻めは、三月の雪解けを待って開始された。一揆勢は千人ほどで、南部利直の四倍の兵力には到底及ばない。夏油《げとう》川河原敷の衝突では、後詰めの伊達軍まで敗退し、岩崎城は炎上した。和賀忠親は逃げのびたという。

致し方あるまい。和賀忠親を遠国に隠棲《いんせい》させれば、伊達の関与が表沙汰になることもない。それでよしとしよう、と小十郎も諦めていた。

だが事態はさらに暗い陥穽《かんせい》へと傾いていく。南部氏に潜ませた間諜《かんちょう》の者から、小十郎のもとに情報が入った。

「江戸の旗本・大谷《おおや》小右衛門《しょうえもん》なる者が御鷹《たか》師《し》となり、蝦夷《えぞ》に赴く途上、たまたま当地に逗留しておりました」

「見られたのか」

「申し訳もございませぬ」

間者は己のしくじりだったかのように詫びた。

関ヶ原の合戦からすでに半年。いまだに南部領で合戦が行われるのを垣間見《かいまみ》た鷹匠《たかじょう》は不審に思った。南部家を訪ねて事の実相を知るに至る。江戸表に報告せねばならぬと考え、南部家から使者を借りて書状を託し、徳川家に送ったという。

すぐに徳川から伊達家に書状が届き、和賀忠親に真相を確かめるから上洛させるよう指示が届いた。小十郎は拳で板壁を叩いた。和賀忠親に怒りが湧き、その怒りは己にも向かった。上杉の動向に気を取られ、和賀の蜂起に用心を怠った。百万石の恩賞に浮かれることを戒めながら、その一方で隙があった。徳川の警戒は上方に向けられ、奥羽まで行き届くことはないと見くびったのだ。

万事休すというほかない。小十郎は和賀を城下に呼び寄せた。逃亡の準備をさせると伝え、国分尼寺で待機させた。

和賀忠親は導かれるままにやって来た。本堂の広間で郎党七名といる。疲労は隠せないが、その表情は精悍さを保っていた。

小十郎が広間に入ると、和賀忠親は頭を垂れた。

「恐れ入りまする。ここでしばし体を休めて、明後日《あさって》には会津に向かいまする。会津はいま混乱のさなかにて、われらに目を留める者もおりますまい」

会津の上杉は関ヶ原の結果を受けて、その後は徳川との和睦交渉を開始していた。和睦がまとまっても、会津領が上杉から没収されるのは明らかな情勢である。紛れ込むにはうってつけかもしれない。

小十郎は立ったまま、和賀忠親を見ていた。

その時、奥の襖が開き、武具に身を固めた十数名の衛兵がなだれ込むように入ってきた。同時に板戸が開け放たれた庭からも、衛兵が走り寄る。

和賀忠親はすぐに計画された謀《はかりごと》を見て取った。郎党どもと一緒に素早く立ち上がると、背中を合わせて一塊となり、刀を抜いた。

「静まれ」

小十郎は一声かけると、奥の間に至る襖を開けた。和賀忠親は部屋の奥に視線を移した。

畳部屋の中央には、白木の三方が和賀たちの数だけ置かれている。奉書紙を載せ、その上には短刀の刃が光っていた。

衛兵の一人が、かん高い声で叫んだ。

「お召しあれ。さもなくば――」

衛兵全員が体を火照らせてにじり寄る。

和賀は鞘《さや》を左手に、刀を右手に握り、仁王立ちした。周囲を防御する郎党の中には、衛兵に挑みかかろうとする者もいる。

「口封じか」

和賀が小十郎に向かって怒鳴った。

「狡《ずる》いのう。一揆を後押ししながら、明るみに出るのを恐れて闇に葬り去る気か」

それを聞いて、小十郎は即座に一喝した。

「言いたいことはそれだけか。愚か者が」

激流の渦が体の中を駆け巡るかのような感覚を覚えた。和賀をにらみつけた。ことばは堰を切ってほとばしった。

「威勢だけはいいが、目を閉じて、少しは考えてみるがよかろう。虚心に己を振り返るがよかろう。伊達に匿《かくま》われ、援護に甘やかされ、そのほうたち一揆を起こした者どもは、腰抜けに成り下がった。花巻城の夜討ちでは、奇襲をかけながら、少数の城兵相手によくも見事に追い立てられたな。伊達家に臣従を誓ったのなら直臣も同然。直臣なら、夜討ちの失態だけで腹を切らされておるわ。今さら刀を抜いても、もう遅いぞ。おぬしらの刀では、命がけの相手を斬ることなどできまい」

激情はことばにした途端に、急速に冷めていった。たじろぐ和賀を見据えながら、小十郎は声を和らげた。

「考えたこともないのなら、わかりやすく言うて進ぜよう。お家を再興するという美名に溺れて、おぬしは伊達家の温情に頼ってばかりいた。お家を永らえるというのは、おぬしが思うような生やさしいことではない。この乱世にあってお家を保つというのは——」

戦って勝つことだ。世間にいう忠義とは、主家の戦いに加わり勝ち続けることだ。そう言おうとして、やめた。考えを改めた。口で言うより体で示したほうがよい、と思ったのだ。

「本来なら討ち取るところだが、その若さで志半ばに死ぬるとなれば、悔いも残ろう。おのれ一人だけ、この小十郎が立ちおうてやるわ。それだけの勇は残っていよう。庭に降りよ」

返答を待たずに、かまわず小十郎は先に庭に出た。

衛兵には、手を出すな、と命じ、太刀の鞘を払って和賀を振り返った。

長い間、誰も動かない。やがて、和賀忠親一人が縁側を降り、小十郎に向き合った。

和賀の郎党たちはすでに観念したのだろう。衛兵らの刃を背に、武器を捨てて縁側に並んで座った。殊勝にも、生の最後に主人の戦いを見守る気でいる。

小十郎は太刀を正眼に構えた。それに合わせて、和賀も同じように刀を構えた。

死は目から侵入する。小十郎とかつて対峙し果てた敵方の死相は、まず目に表れた。小十郎が一の太刀を繰り出すと、相手は目に恐怖を浮かべるのが、常であった。小十郎の一の太刀を下がって避けるか、一歩前に出て受けるか、いずれを選ぶかで和賀の器量が決まる。

頭上に振りかぶり、体の重みを太刀に乗せた。鉄を打つ音が鈍く響き、和賀は前に出てその一振りを受け止めた。

そのまま二間ほども後ろに飛び退《の》き、和賀は身を低くしてかがむと刀を体の右側に置いた。

「ここまででござる。それがし、感じ入り申した。腹を切りまする」

郎党たちから、ため息が漏れた。

和賀は刀を捨てたまま、もう立ち上がっていた。

「ご家老、何ゆえご自身で立ち合いなされた。配下の誰ぞに命じれば済むものを」

小十郎は大きく息を吐いた。

「かような形で味方を斬るのは後味悪きもの。家臣に押しつけるより、己で済ませれば気にやまずに済む」

「損な気質でござるな。ご家老が負ける、とは、思いませなんだか」

謙遜《けんそん》は必要ない。小十郎はあからさまに思ったことを伝えた。

「この片倉小十郎、あまたの戦場であまたの武者と渡り合うも、一度として遅れを取ることがなかった。おぬしの腕では討てぬ」

和賀が大きくうなずいた。それきり、縁石を踏んで濡れ縁に上がり、奥の部屋に消えた。

和賀忠親と郎党七名、自害。

これで和賀一揆への伊達家の関与の証しが消えた……。とは、小十郎も思っていなかった。

その夜。

屋敷の寝所で休もうとして、着替えのために小袖を脱ごうとすると、小十郎は手のひらにぬめりを感じた。

何だろう。ふと見れば、小袖が赤い血に染まっていた。斬られていたのか。小十郎は体に傷を探した。だが、どこにも傷は見当たらない。

では、これは和賀忠親の血だ。返り血を浴びたのだと気づいた。いや待て。己は和賀を斬っていない。そのはずだが……。覚えていない。じつは斬っていたのか。頭の中は霧でもかかったようにくぐもっている。

小十郎は手のひらを見た。そして、一歩よろめいた。

不覚。驚いて一歩下がるとは……。一呼吸の間に悔いたが、疑問が頭をかすめる。

何ゆえ、手が血にまみれているのか。いや、それよりも手を洗わねばならぬ。少しでも早く穢《けが》れを洗い落とすのだ。

小十郎は井戸から汲んだばかりの手水鉢《ちょうずばち》の水を使い、幾度も幾度も手を洗い続けた。

36

関ヶ原合戦翌年の慶長六年（一六〇一）、本朝は静謐を取り戻していた。西軍諸将の改易と減転封、および東軍諸将への領地宛行《あてがい》も進んでいる。七月に上杉景勝と直江兼続は会津を発って上洛し、伏見の家康に降伏した。上杉領は会津百二十万石から、米沢の地の三十万石にまで減らされた。代わりに会津に入封したのは、蒲生氏郷の嫡男・秀行であった。

伊達家は——。いまだ百万石の約束は果たされていない。今井宗薫に恩賞の斡旋《あっせん》を依頼したが、家康から色よい返事は戻ってこなかった。

ただ、岩出山から居城を千代《せんだい》に移す願い出は認められ、すでに政宗は半年前から建築途中の城に移り住んでいた。政宗は千代の名を、仙台と改めた。

九月、政宗と小十郎は上洛の途に就き、十月に入って京に到着した。

関ヶ原合戦の直前、伏見城は西軍の攻撃を受けて炎上、城下町も焼き払われた。城下の跡地は新たに諸大名に与えられ、普請の槌音が鳴り響いている。

家康による伏見城再建が進む中、政宗と小十郎は、新しい伏見上屋敷に入った。近くには下屋敷の敷地も与えられている。

小十郎は徳川屋敷に赴くことになっていた。用件は、伊達家の知行の話だと察しがついた。

「最上は二十四万石から五十七万石へと大幅に加増された。さて、伊達家はどうなるやら」

政宗の顔は決して晴れ晴れしいとはいえない。和賀忠親の一揆に加勢したことは、徳川にも知られている。鷹匠が夏油川での戦いを目撃していたのは不運であった。その言が信用されれば、申し開きも難しい。

「あまり過度な期待を抱かずにお待ちくだされ」

「わかっておる。近頃、国の要《かなめ》は土地よりも人だとつくづく感じておる。小十郎が控えておる限り、伊達家は安泰」

　今では政宗も、居を移した仙台城の下、新たな城下町の建設に腐心している。仙台では徳川をはばかり天守閣は築かずにいるが、聚楽第を模した屋敷を並べた本丸を造営中だった。また、仙台平野の水利の便を高め、新田開発を行う計画が進行中でもある。さらに政宗は、遠くイスパニアまで航海できる船を考案中であった。

　土地を開墾し、田畑を広げ、作物を育て、外国と交易して栄える。生業で栄えることで、領民が豊かになる。今や、南蛮から伝わった技術で、生業を発展させる構想も浮かんでいた。

　領民を治める伊達家自体も、存続させなければならぬ。政宗の心は、正室愛姫との間に生まれた虎菊丸《とらきくまる》（のちの忠宗《ただむね》）の縁組に、早くも向けられていた。徳川との縁組を望んでいるのだ。

　政宗には側室との間にすでに兵五郎《ひょうごろう》（のちの秀宗《ひでむね》）がいて、石田三成挙兵の際には、三成側の宇喜多秀家の屋敷で人質にされたこともあった。こちらの取立ても徳川と交渉中である。

　世は徳川を中心に動き出した。関ヶ原合戦に勝利し、徳川が諸大名の恩賞配分を決定したことが大きい。知行の宛行を行うのは、武家の棟梁だけに許される役割である。

　伊達家に対しては百万石への加増の件をうやむやにしたままだが、小十郎は徳川の弱みを一つだけ見抜いていた。

恩賞給付では、徳川は自ら判物（領地宛行状）を発給せず、口頭にて行っている。なぜ判物を出せないのか、小十郎にはその理由がわかった。

豊臣秀頼をはばかったのだ。東軍も西軍も、名目上は豊臣家の執政のもとに戦っており、豊臣家の威光はまだ無視できない。口頭での領地宛行は、勝手に自分の名で判物を出せない徳川側の事情を表している。そうした状況を胸に納め、小十郎は向島の徳川屋敷へと出向いた。

豊後橋を渡ると、目の前に屋敷の門が見える。まだ太閤秀吉が存命中、幾たびこの橋を渡ったことか。家康が力をつけるよう、密かにその勢力拡大に寄与した。徳川家と伊達家の誼を強めるため、情報交換や縁談の取り決めに励んだのだ。今では、小十郎の齢も四十五を数えている。

門番は見覚えのある顔だった。

「お懐かしゅう」

駕籠が小十郎のものだと知ると、門番はきびきびとした動きで中へ通した。あの時の徳川はまだ五大老の一人に過ぎなかったが、今や天下人を目前にする大事な時だ。門番でさえ、天下人の門衛にふさわしい格式で装っている。小十郎が十六歳の時に陸奥国の置賜郡で出会った修験僧は、後ろ楯に寄りかからない実権を持つ者が現れれば戦はなくなる、と言った。今の家康はその地位に限りなく近づいている。

通されたのは書院造りの畳部屋だった。思ったより狭い。だが、清潔で風情はある。

板壁の床には鯉《こい》の群れの絵が掛けられ、その前に置かれた青磁の水差しには花が活《い》けてある。十数枚の緑の葉の中に開いた赤い花弁の花、ただ一輪であった。来客と真摯に向き合おうとする柔らかな意志が感じられた。

小者らしき者が現れて、小声でささやいた。

「法師天海《てんかい》殿がお会いになりまする」

その名を聞いて、小十郎は「承知した」とうなずいて返した。

天海――。

武蔵国は無量寿寺北院（のちの喜多院）の住持。小田原の北条攻めの際には徳川家の陣幕にいたと噂され、今では家康の参謀となって江戸の町の構図を定めたと聞く。まだ会ったことはないが、小十郎は、天海が古代中国の陰陽五行説にある「四神相応」の考えをもとに江戸の町を造っていると聞き及んでいた。

江戸は、東（青竜）に大川（隅田川）が流れ、西（白虎）に東海道が走り、北（玄武）に富士《ふじ》山《さん》、南（朱雀《すざく》）に江戸湾があったことから適所とされた。江戸城の鬼門鎮護は、天海の指示によって行われている。歳《とし》は七十を超えたとも、九十近いとも言われる。素性もわからずに、いきなり家康に重んじられたのだから、人々の憶測は多岐にわたる。

朝廷との交渉ごとを担っているとも聞いたが、今後は伊達家との取次も行うということか。

いきなり部屋の襖が開いた。

小十郎は虚を突かれた。近づく者がいれば、小十郎が気がつかぬことはない。だが、足音もしなければ気配も感じなかったのだ。

開いた襖のほうに目を向ける。冷たい風が流れ込み、僧形の男が部屋に足を踏み入れた。ふんだんに布を使った黒衣に覆われている。布袋《ほてい》像のような顔だが、耳はとりわけ大きく、二重のあごが目につく。大食漢を思わせる腹の膨らみがありながら、身のこなしは軽い。小十郎は、天海がすり足に近い歩き方で目の前に座るのを見ていた。

徳川家名代の天海が床の間を背に、胡座を組んだ。小十郎も胡座で頭を下げる。

「伊達家家中、片倉備中《びっちゅう》でござる」

小十郎は昨年の秋以降、備中守を名乗っている。

「徳川家取次役の天海だ。裁許の言い渡しを仰せつかっておる。話の趣意は察しておるかの」

天海は低く響く野太い声を発した。さっさと終わらせようとするかのように早口で語った。

小十郎はそれとなく、伊達家が徳川の命令に従って上杉と戦った事実をちりばめて返答する。

「徳川殿は諸大名に上杉家征伐を下知なされた。伊達家は仰せの通り、上杉と一戦を交えましてござる。こたびはその恩賞についてお達しがあると心得ております」

「察しておるのなら、話が早い。徳川殿の裁許を伝える」

天海は懐から書状を取り出すと、さっと目を通した。

「上杉攻めの伊達家の軍功に対し、新たに刈田郡一万三千石を与える」

一万三千石……。思った以上に少ない。三十万石以上加増された最上家には遠く及ばない。

仮にも加増を受けた以上、礼を述べるのが普通である。だが、小十郎は黙っていた。その続きはないのか。その問いを、無言で示したのである。

しばらくの間、天海と見つめ合った。天海は小十郎が礼を述べないのを見て取ると付け加えた。

「以上だ。これで伊達家は奥州に六十万石ほど得たことになるの」

白石城での戦いでは、片倉家も多大な損害を受けた。長年そばに仕えてきた家臣を失ったのだ。恐悦至極にございまする、と引き下がるわけにはいかない。

「一年前の八月、伊達家は内府様から百万石のお墨付きをいただいておりまする。徳川家はそれを反故《ほご》になさるおつもりか」

小十郎は堂々と抗弁してみせた。

「その件は承知しておる。だが、伊達家は和賀の残党をそそのかして南部領にて一揆を煽動《せんどう》した。南部は徳川方。その南部と争うのは、徳川に弓を引くのと同じ。鬼の口の中に手を入れたことになる。奥羽七ヵ所の加増は白紙に戻す」

なぜか奥羽の山々の風景が浮かんだ。小十郎は反論した。

「確かな証しがございまするか」

「ある。南部は幾度も徳川に書状で知らせてきた。むろん南部は当事者の一方ゆえ、普通ならそのまま受け取ることもできぬ。だが、鷹匠の大谷と申す者が、伊達家の白石勢が南部と戦うのをじかに見ておった。大谷はいずれの側にも与しておらず、その言は信用できる。伊達が和賀の一揆を後押ししたのは明白」

小十郎は黙り込んだ。これ以上食ってかかるのは恥の上塗りになる。が、言わずにはいられなかった。

「先ほどの知行宛行の言い渡しの折り、発給元の内府様の名を述べなかった。天海殿が手にするその書状。それは判物ではないのか」

天海が苦笑する。小十郎の問いに気負いを感じたのだろう。

「これはただの覚え書きにすぎぬ。加増は口頭にて言い渡す」

「判物がないならば、内府様の真意かどうかは判断つきかねるが」

呆《あき》れ顔をして天海がのけぞって見せた。しかし、動じている素振りはない。

「そのことにこだわって意地を張っても、手間が増えるだけだぞ。逆に、一揆加担の証しを表沙汰にすれば、徳川と姻戚になる伊達家であろうと、減封まである。だが――」

非難もいら立ちも見せず、むしろ親身になるかのような表情で天海は語る。

「内府殿はそこには目をつぶる。何も言わぬ。小十郎、百万石は諦めよ」

「どのみち、そうなりまするか」

和賀忠親に自害させても同じことか、という意味である。むろん、さすがの天海もそこまでは気づかない。

天海は小十郎を見据えている。

「得心したようだの。ほかに何か聞きたいことはあるか」

「聞きたいことなら、一つござる。出羽国置賜の山野を走り回る汚れた身なりの一介の修験僧が、いったいどうすれば内府様の信を得て参謀にまでなれるのか、是非とも知りとうござる」

聞こえるか聞こえないか。

そのぐらい微妙な天海のため息の音が耳に届いた。

「久しいのう、小十郎。初めて会うてから三十年ほどになるか。小十郎と呼んでしもうたのは迂闊だったわ」

低く野太い声が聞き覚えのある透き通る声に変わり、天海が笑った。

37

三十年の年月は人の見た目を変える。修験僧として奥羽の山々に分け入り、木の実で腹を満たす木食行を行っていた頃、天海はやせ細っていた。今やその目方は倍ほどにも増えている。

そして、立場は人の格式まで変える。十人将は十人の中に紛れてもわかるし、百人将は百人の中に紛れても見分けがつく。今の天海は万人の中に紛れても、功徳を積んだ僧侶だとわかるだけの風格を備えていた。

「お坊、いくつになられた」

遠い記憶が蘇った。侍崩れの野盗が村を襲っていた。修験者の男と出会った。あの時の修験僧を、小十郎は四十歳ほどだろうと、当たりを付けていた。あれから三十年が経っている。とうに死んでいても、おかしくない歳のはずだった。

「ふふ。氏も姓も生まれ年も忘れて、覚えておらぬ。わしのことより――」

改めて天海は、小十郎を眺め回した。

「見違えたぞ、小十郎。あの時の小僧がここまで登りつめるとはな。今や奥羽に聞こえた伊達政宗公の懐刀《ふところがたな》。たいしたものだ」

「そう言うてもらえると、これまで身を尽くした甲斐があったというものよ。お坊こそ、功徳をお積みになられたな。ありがたくて、思わず手を合わせて拝みたくなるわ。して、徳川家の取次にお坊が選ばれたのは何ゆえか。昔の誼で呼ばれたか」

「わしがおぬしを見知っておったこと、誰も知らぬ。ただ、徳川家からその役目を仰せつかっただけよ」

ただの気運のいたずらなのか……。小十郎は真実とは受け取らなかった。

「その割には、あの時の修験僧だとは言わなんだな」

「こちらは相手の手の内を知っているが、相手はこちらに気づかない。交渉ごとでこれほど有利な状況はないからな。おぬしが気づくかどうかにも、興を覚えておった。小十郎と呼ばなければ、わからなかったであろう」

そう言われて、自然と含み笑いが漏れた。抑えようとしたが、笑い声は饒舌に響いた。

天海が怪訝な顔を向ける。小十郎はわけを説明した。

「三十年前にも、鬼の口の中に手を入れるに等しい、と言った御仁がいた。その時、珍しい喩《たと》えをするものよ、と思ったものだ」

「ふむ。声音まで変えたというに、おぬしのような男に知られずにいるのは、存外と難しいものだな」

小十郎と天海は暫時、世間話を語り合った。天海は小十郎の嫡男・重綱の話を聞きたがり、小十郎の興味は天海の養生の秘訣《ひけつ》に注がれた。

話が一段落した頃――。小十郎は伊達家の知行の件に話を戻した。

「先刻、徳川は伊達の和賀一揆への関与には目をつぶる、と聞こえた。何ゆえそこに目をつぶるのか、理由をお聞かせあれ」

「理由か。順番に話したほうがよかろうな」

天海は禿頭《とくとう》をつるりとなでてから、穏やかな目で小十郎を見つめた。

「今から三十年前。おぬしとわしは、奥羽に新しい国造りが必要だと話し合った。覚えておるか」

忘れようにも、忘れるはずがない。すべてはあそこから始まった。強い領主が必要だと、天海が言った。

そうだ。その時のことなら、はっきり思い出せる。他の諸侯が名実ともに主人と仰ぐ者の治世が始まれば、もはや領土をめぐる争いは起きない。そんな内容だった。

「覚えておりまする」

「奥羽では伊達が芦名を滅ぼし、陸奥国の過半を占める領土をもつに至った。奥羽の諸侯はひれ伏し、伊達政宗公は奥羽の盟主となる目まであった。紙一重のところで、おぬしの望みは叶わなんだがな」

会津は秀吉に没収され、伊達家は米沢から岩出山に追いやられた。伊達家に苦難の日々が始まったのは、あの時期だ。

「おぬしには不服もあったろうが、豊臣が天下をとったことは、本朝にとっては悪いことではない。豊臣は惣無事を命じ、大名の勝手な領土紛争は禁じられたからな」

「されど、伊達は領土を減じられ申した」

小十郎が眉をひそめると、天海は笑った。

「低き所から虫のような目で物事を見るな。高き所から大局を見よ。武士どもの戦は唐入りで続いたが、本朝の民百姓はどうなった。少なくとも戦が減り、むやみに命を奪われることはなくなったであろう。今、わしは奥羽の話ではなく、天下の話をしておる」

天海は法衣に僧体を包んでいる。見た目は天台宗の僧侶なのに、その声は天下人のような自信に満ちていた。

「言うておくが、わしも奥羽の生まれでの。三十年前に新たな国造りの話はしたが、それはあくまで奥羽に限っての話だった。鎌倉の世ならともかく、群雄割拠が進んだ乱世において、日の本六十余州を新たに統一しようとする者が現れようとは、わしとて想像だにしなかったのだ。せいぜい、衰えた将軍家の再興を掲げて京を目指すぐらいが関の山よ、と思うていたのだ」

天海が織田信長に言及しているのは明らかだ。信長は畿内に潤沢な商業地を作って満足する道もあったが、家臣を酷使し多くの味方の命を犠牲にしてまで天下布武を目指した。

天海が己の間違いを認めたあと、話は奥羽の事情に移った。

「奥羽にはあまたの小国があるから戦がなくならぬ。だから奥羽に強大な国が必要だと考えたのだが、天下を統一できるなら、大名同士の戦は日の本からなくなる。無理とも思えるその難業を、新しい武器が成し遂げた。鉄砲だ」

鉄砲の普及により起きた軍事行動の変革は、天海にとっても慮外の出来事だったらしい。

信長は戦のやり方を変えた。莫大《ばくだい》な鉄砲と弾薬を調達することで、短期間に他家を席巻した。ただ、あまりにも性急すぎたために、酷使された部下の反感を買い、やがて本能寺で横死を遂げた。

「あのあと、世の中は大きく動いた。豊臣が惣無事を実践し、天下を治めた」

戦国の世では、領主間の領土紛争は自力で切り取ることで解決されてきたが、秀吉は諸大名の上に君臨し、惣無事を旗にして裁許を下した。秀吉の裁許に従わず、武力を行使して他国を攻めれば、惣無事違反として、秀吉の命により武力制裁を受けることになった。島津《しまづ》や北条、そして伊達は、惣無事違反を咎められ制裁されたのだ。

「だが、諸大名は領国という知行を得ている。領国内の仕置きは大名に任される定めだ。彼らに天下人の優位を認めさせるには、名分が必要となる。秀吉公が利用したのは帝であり、朝廷から授与された官位だった」

身一つで成り上がった秀吉は、自らは関白となる一方、他の大名たちには、自分より下位の官位に叙位任官させることによって、身分編成を作り上げた。授与された官位官職による序列化である。

「ここが徳川にとっては、頭の痛いところだ。おぬしには、その理由がわかっていよう」

関ヶ原の戦いに勝利しても、天下はまだ豊臣家のものだ。西軍は豊臣秀頼をかつぎあげたが、淀殿と秀頼は三成派により丸め込まれたとして、家康は穏便に済ませた。合戦後、豊臣家の所領は大幅に減らしたが、他方、家康も依然として豊臣公儀の執政の下における大老としての地位を抜け出るものではない。

徳川が下した諸大名への領地宛行において、宛行状も朱印状も発給しないのは、徳川が秀頼に忖度《そんたく》したせいだ。小十郎も、そうした徳川の弱みには気づいていた。

「その理に従えば、関白への道が開かれるのは秀頼様になりまするな。徳川はせっかく関ヶ原合戦に勝ったというのに、秀頼様の天下を受け入れなければならなくなる」

小十郎は天海の問いに応じた。

すでに家康は正二位・内大臣で、秀頼（従二位《じゅにい》・権大納言）より上だが、従三位《じゅさんみ》の秀忠は秀頼の下である。豊臣家は摂関家なので、世間では秀頼がやがて関白になると噂されている。家康亡きあと、秀頼の天下になる流れができている。

天海が小十郎の言に補足した。

「一年前、朝廷に働きかけて九条《くじょう》兼孝《かねたか》を関白にした。豊臣家の関白世襲は容易ではないが、秀頼がいずれ関白になると信じる公家や諸大名は伺候《しこう》の礼を欠かさずに今にいたっておる。豊臣の執政は続いている、と見ているということだ」

家康は大老で、秀頼は幼い。だが、大老に任じたのは豊臣家なのだから、いくら力があっても豊臣の上に立つのはいまだ難しい。

「太閤秀吉は傑物だ。低き身分から出て、公家にも武士にも頼らない一時代を築いた。だが、秀吉は暴君だった。唐入りで、諸将には反感も生まれた。暴君が治める世は、当人がいなくなれば分裂する。関ヶ原の大乱が起きたのがその証左だ。わしは、後ろ楯を必要としない強い君主がいれば、世は末永くまとまると見ていた。さりながら、そうではなかった。傑物といった『人による治政』ではなく、『仕組みによる治政』が必要なのだ。豊臣では長続きしない。戦が起きるのは止められぬ」

豊臣の世となり、一時は戦もなくなったが、伊達家や政宗は息苦しさを覚えていた。小十郎は強権を振るう豊臣ではなく、徳川家に誼を通じた。徳川家臣団のおおらかな気風を望んだのだ。

それとなく天海の顔に視線を向ける。その表情には迷いも不安も見えない。何か策があるのだ。

天海は落ち着いた様子でまなざしを上げて、小十郎を見据えた。

「では尋ねるが、徳川が天下を目指すならば次の一手はどう打てばよい」

「とんでもないことをお尋ねになる。さて、とんと思いつきませぬ」

小十郎は飄々ととぼけて見せた。小十郎なら諸大名同士を戦わせてその力を削《そ》ぐように努め、徳川家の軍事的優越を作り出す。圧倒的な軍事力で他の有力大名を服属させる道を進むだろう、と思った。だが、口を閉ざして黙していた。

天海は周りもはばからず、大胆に言い放った。

「内府殿は征夷大将軍《せいいたいしょうぐん》になる。来年……遅くとも再来年にはな」

「内府様は覚悟をお決めなされたか」

征夷大将軍――。源頼朝も足利尊氏《たかうじ》もその地位から開幕した。言われてみれば、ごく自然な一手だ。それに征夷大将軍には世襲の前例がある。家康が就任した暁には、早々に征夷大将軍の座を秀忠に譲り、徳川の世襲となすことができる。

「待てよ。内府様は藤原姓ではなかったか。藤原は摂政関白に甘んずるよりほかはあるまいに」

「内府殿は源氏を名乗ることになる。わしが、じかに調べ上げた」

天海は家康の祖先について、家系図や言い伝えを綿密に調べ上げ、遠祖の得川義季《とくがわよしすえ》の父をさかのぼると清和天皇《せいわてんのう》の皇子につながることを明らかにしたという。

「言い伝えで家系を定めるのは、いささか強引ではござらぬか」

「なんの。多かれ少なかれ、皆がやっていることだ」

天海は一笑に付した。

それだけで豊臣恩顧の大名が秀頼を見放すとも思えないが、徳川としては最善の手といえそうだ。源氏を名乗れば征夷大将軍の資格はある。

だが、そんな大事な計略を小十郎に話してよいのか。天海の本心はどこにあるのか。深入りは禁物、と小十郎の勘が戒める。

天海は小十郎をじろりと見た。

「徳川は将軍家を作る。その時、伊達はどう動く。徳川を引きずり下ろし、天下を狙おうとするのではないか」

「徳川を引きずり下ろすなど、滅相もないことでござりまする」

「滅相もないとは――」

小十郎の当惑を見透かしたように、天海が間をとった。

「言い切れまい。豊臣の執政に従うように見せかけ、伊達は五大老・五奉行の分裂を図った。徳川との縁組をもちかけ、徳川勢の拡大に意を尽くしておった。内府殿の命が狙われているなどと、流言を流したであろうが」

「異なことをお聞きするものよ。それが徳川を引きずり下ろす行いとは、よもや申されまい」

「むろん、豊臣の力を削る算段だったのであろうな。ともかく、豊臣の執政は混乱した。結束が乱れ、石田三成は佐和山に隠居、前田も宇喜多も力を失った。上杉には征伐軍が到着寸前であった。だが、伊達の動きは徳川への忠誠心から出たものではない。豊臣の政を分裂させるために、徳川を利用しただけよ。同じ手で徳川将軍家を引きずり下ろさぬとも限らぬ」

小十郎は苦笑して見せた。

「天海殿もお歳を召し、老耄《ろうもう》に取りつかれたと見える。いくらなんでも、考えすぎでござろう」

そうかな。と、天海はたじろぐことなくこちらを正視している。

「徳川将軍家は、大老は置かぬぞ」

そう言い放った。

一瞬にして、小十郎の背筋に冷たい感覚が走る。

豊臣家は五奉行を立て、政務を分掌させた。執政を行う者を複数置いて、相互に牽制させ、抜きんでた一人を作らない。これが、政を安定させる術である。ここまではいい。しかるに、実力をもつ五大老制を設け、彼らにまで知行の宛行などの政務を委ねたがゆえに、そこが弱点となった。政務と実力を分割しなければ、権力の簒奪《さんだつ》を招くからだ。かつて小十郎はその点を看破した。

天海は同じことに気づいている。だから、伊達家の動きの意味まで説いてみせたのだ。

小十郎は、その先の話に興味を覚えた。

「お坊。治世の秘密をお知りなら、ご高説をうかがいたい。徳川家は将軍家になって、いかなる仕組みを作るのか」

天海は不敵な顔で見返してくる。

「おぬしとは昔から縁があった。よし、言うて進ぜよう。将軍は、その権を臣下に奪われないような仕組みを作らねばならぬ――」

そこから一気《いっき》呵成《かせい》に、天海は話し出した。

臣下に権を奪われぬために、将軍の側で執政を取り仕切る年寄衆には、強大な軍事力を持たせない。せいぜい十万石前後の弱小の譜代に委ねる。将軍が自らの味方を強化しようとして年寄衆に大きな領国を与えれば、いつか彼らは将軍の敵になりかねない、という。執政に参与できるのは譜代の家臣だが、その代わりに独自の軍事力を持たせないのだ。年寄衆は、軍事力を持つ外様《とざま》大名を監視する役目も果たす。

一人だけ突出する大老は置かない。とくに軍事と執政を兼ねさせることはない。年寄衆はすべて同輩とし、互いに牽制させる。能力に秀でた、よほどの人格者でない限りは大老になれない、という。

「他方、外様の大名を敵と見ているわけではない。豊臣恩顧の大名も地方の雄として独自の軍事力をもち、石高が大ならば領国の治政は独自でうまくいく。公儀の執政に参加することはできないが、そうした存在は、譜代の者たちが専横に走らないための押さえでもある。さらに、他国が攻めてくれば、本朝の守りともなる」

要するに、と天海は声を高めた。

「譜代の年寄衆からすれば、数十万石の外様大名が反旗を翻せば、己だけではとても立ち向かえない。あくまで将軍の後ろ楯あっての自分たちだ、と実感することになる」

小十郎は、その卓越した考えに聞き入ってしまった。

「よいか、小十郎。泰平の世を作るには、他の大名が徳川将軍家を自分たちとは別格の存在と位置づけ、天下を奪えるなど思いもしない、そんな仕組みが必要なのだ」

独特の抑揚で、生きとし生けるものを救済するかのように、天海は語る。

その内容は、小十郎の考えた仕組みとほぼ同じだ。いや、自分の考えより少し上を行っているかもしれなかった。

小十郎は喉が詰まったような気がした。咳払《せきばら》いを一つして、平静を保った。

やがて天海の話は伊達家に向かう。

「翻って考えるに……。伊達家の存在はやっかいなのだ。伊達家は豊臣恩顧の家柄ではなく、徳川とは縁組で結ばれようとする仲にある。その伊達が百万石となって奥羽に存在すればどうなる。諸大名はもはや徳川家だけを別格とは思わぬ。徳川家以外にも別格の家がある。そう思うだろう。言わんとすることがわかるか」

「つまり、徳川家の威信が保てぬ、ということでござるか」

「ありていにいえば、そうなる。執政に参加する譜代に大きな知行を与えぬのと同じように、伊達家にも百万石は与えぬ、ということだ」

今の前田家なら百万石でもいい。前田はすでに徳川に膝を屈した。だが、伊達家に単独で百万石を与えれば、徳川将軍家にとって危険すぎる力をもつ。

「伊達宗家に百万石はやれぬが、分家を創るというなら話は別だ。おとなしく控えておれば、いずれどこぞに分家を創設できるよう、わしが掛け合ってやる。だから小十郎、それで折り合いをつけよ。百万石は諦めよ」

話を聞いた小十郎の体から力が抜けた。伊達家は百万石にはならない。先祖伝来の本領は戻ってこない。それは和賀一揆に加勢したからではなく、もっと大きな理由があった。少なくとも、徳川がそう判断したということだ。

天海は続ける。

「目をつぶると言っても、伊達家が一揆を通じて徳川に弓を引いた件が消えるわけではない。徳川家への貢献が一つ。徳川家への背反が一つ。差し引いて元のまま。今はこれで我慢せよ」

　売り物の茶道具の話でもするかのように、天海は小十郎に譲歩を迫る。天海の物言いに、小十郎は己でも顔がこわばるのを感じた。

　いったい自分は何の話をしているのか。一時の熱に浮かれて勝手な皮算用のもとに利に走りすぎたのを、小十郎は思い知った。

　常に己を戒めていたはずだ。ほとんどすべての転落は浮かれた時の見通しの甘さにある、と。それゆえに損得に走る者たちを見て、痴《し》れ者よ、とさげすんでいた。それがいつの間にか、百万石、百万石と、したたかな商人のように自ら銭勘定に励んでいた。己が命をかけて敵と戦ってきたのは、そんなもののためだったのか。

　否——。断じてそうではない。己が戦ってきたのは天下万民の安寧のためだったはずだ。奥羽の地に新しい秩序を作り、戦をなくすためであった。

「お坊が三十年前の望みを叶えてくれるのか」

「わしが叶えるのではない。時勢だ。窮すればすなわち変じ、変じればすなわち通ず。通じれば、すなわち久し」

　戦国の世は乱の極みであり、極まれば変化が生まれ、そこからまた新しい展開が生まれる。不変なるものはこの世になく、変化こそが永遠に続くもので、変化することで通じ、そして久しくなる。

「秀頼公はどうなりまするか」

時勢にとり残されるであろう者の名を、小十郎は口にした。

「豊臣に残った摂津・河内・和泉《いずみ》の三ヵ国で収まればそれでよし。天下を狙えばいずれ倒すことになろう」

関ヶ原合戦後の秀頼の所領は三ヵ国で六十五万石ほどしかない。以前はその三倍の所領があったが、合戦後、東軍の諸将の恩賞に配分された。

「天下を狙うでしょうな」

「おそらくは、な」

小十郎が見通しをつぶやくと、天海も同意した。

豊臣に恩を感じる大名はいまだ多い。秀頼が自ら望むと望まざるとにかかわらず、神輿《みこし》に担がれるだろう。

「その時、豊臣恩顧の大名は徳川につきますか」

「徳川家が将軍家を創設し世襲となれば、徳川につくであろう。そのために恩賞をはずんだのだ。黒田、池田、加藤、福島は大身の大名になった」

黒田長政は筑前《ちくぜん》に五十二万三千石。池田輝政は播磨《はりま》に五十二万石。加藤清正は肥後《ひご》に五十一万五千石。福島正則は五十万石に足りず安芸《あき》に四十九万八千石だが、二十九万八千石も加増された。たやすく徳川を見限れるものではない。

豊臣の世は終わる。それは小十郎が望んだ結末だった。それなのに、小十郎の口からはその結末を首肯しないかのような言葉が漏れた。

「太閤殿下の遺言に反することになりまするな」

天海は意に介さなかった。

「太閤が薨去《こうきょ》してから三年。今はまだ日が浅い。だが、あと十年も経ってみよ。遺言など、誰も覚えておらぬ」

そうかもしれない、と小十郎は思った。

天海は思い出したように小十郎の顔をのぞき込む。

「小十郎、知らぬのか。半年前に政宗公が徳川家に書状を送ったのを。秀頼公に関する書状だ」

「存じませぬ」

天海はかいつまんで、政宗の書状の内容を教えてくれた。

それによると、秀頼が成長した時に、日本国の政を執り行えない人物だと家康が判断したならば、秀頼に二、三ヵ国程度を与えて徳川の臣下とするのがよい、と書かれてあったという。

「殿はそこまで仰せになられたか」

小十郎は驚きを隠せなかった。

「今はまだ、形の上では公儀は豊臣だ。大名の多くも、いずれ秀頼の執政になると思うておる。伊達公のあからさまな物言いに驚かされたわ」

天海は笑い飛ばすが、いかに政宗であっても、そうした書状を残すには、それなりの覚悟があったはずだ。

今後、徳川と豊臣との間にもう一度、大乱が起こる。それを予感するからこそ、殿は秀頼公のお命だけは助かるような道を探られたか。

「伊達家の思い通りにはいたらなんだが、徳川が将軍家になれば、泰平の世は百年続く。戦のない世の中が百年だ。これが、おぬしへの別れの言葉だ」

「先のことはわかりませぬぞ」

それだけ返した。本当に百年の間、世の中から戦が消えるなら、小十郎に不満はない。

天海は温和な顔を見せた。

「伊達がいたから、上杉は江戸攻めをためらった。徳川軍が江戸を離れた時、常陸の佐竹や上田の真田《さなだ》と連携した上杉に江戸に攻め込まれておれば、全国の諸将がどう動くかは読めなかった。伊達の貢献は決して小さくはない、と思うておる。……わしはこのまま京に残って将軍家創設へと働きかける」

天海は、関ヶ原の際の伊達家の役割を理解していた。伊達家の尽力への言及が、それを表している。

陽はすでに傾きかけていた。最後に、天海は言った。

「ここまで長い道のりであったな。はるか年上のわしが言うのもおかしいが、達者で暮らせよ」

「お坊も」

挨拶を済ませ、小十郎は席を立った。この会見では天海にやられっぱなしだった。廊下にいたる襖を開ける寸前、床の間を背に座る天海を振り返った。

「そうそう、思い出したことがござる。百万石のお墨付きの書状は返しませぬぞ」

天海がぎょっと身をこわばらせて、目を丸くした。

「その困《こう》じた顔が見とうござった」

言い残して、小十郎は部屋を出た。

天海に表れた狼狽は、想像以上だった。その変化に不審さえ覚える。小十郎はただ困惑させようとしたにすぎなかったが、天海は明らかに動揺した。

この会見で、改めて天海の人となりは理解したつもりだ。筋金入りの硬骨漢。多少の揺さぶりでは、決してひるんだりしない。それが、小十郎の最後の一言で余裕を失ったのは、何か別の理由があるような気がした。

天海は今後の徳川の策を説明してみせた。そもそも、何ゆえ徳川にとって不利になる話を、小十郎にわざわざ打ち明けたのか。

小十郎は、ある物語を夢想した。それは、伊達家中心の物語だ。

天海の話の通りなら、諸大名は伊達家を別格の家柄と見ている。その状況で、征夷大将軍となった徳川家が、豊臣秀頼追討を宣言する。

その時に、伊達家が、天海の話した家康の数々の造反の動きを暴露する。徳川家と源家のつながりは捏造《ねつぞう》で、その血筋ではない。徳川家の征夷大将軍襲名は天下の簒奪《さんだつ》だった。最初から、いずれ豊臣を滅ぼす策略だったのだ、と。

その時、諸大名はどう動くだろうか。

徳川の力が突出したものでなければ、天下はさらに大きく二つに分かれるだろう。

上杉、毛利、島津、前田とはあらかじめ親好を深めておく。徳川軍が豊臣追討のため大坂に集結したところに、伊達軍と上杉軍で江戸に攻め込む。領国を大きく減らされた上杉は、徳川に義理はなく、伊達家と行動を共にするだろう。江戸城留守居の名目城代など、伊達・上杉連合の敵ではない。

江戸占拠に成功すれば、豊臣恩顧の大名の中で反徳川に回る家は、一つや二つではないだろう。関ヶ原で起きた裏切りを封じる策を講じれば、接戦にまでは持ち込める。伊達家の力の限りを尽くして、徳川と雌雄を決する。一《いち》か八《ばち》か、伊達家は天下を狙えるかもしれない。

さらに政宗は近頃、イスパニアとの通商の構想まで練っている。いずれ自前の大船でヨーロッパへ使節を派遣しようというのだ。イスパニア国王と親書を交わし、その武力を背景に朝廷に迫れば、来たる大戦の結果次第では、あるいは秀吉と同等の官職を得られるかもしれない。うまくいけば、伊達家の天下が生まれる——。

瞬時、そんな物語を想像した。

と、どこからともなく、そのことばは響いた。

控えよ小十郎——。

声は己の心が発したのだと思う。小十郎は首を横に振った。

これは、あくまで想像上の話なのだ。世の中はそんなふうには進まない。徳川が将軍家となり、豊臣を滅ぼす結末で、実際の物語は終わる。

改めて考えるに、天海が小十郎に今後の成り行きを話したのは、何ゆえか。

小十郎を信頼したからだ。そして、その信頼を理解した以上、小十郎が徳川の策を口にすることは決してない。

天海は、言わなくてもいいことまで打ち明けた。思えば、それが会見の目的だったのかもしれない。天海はあえて打ち明けることで、小十郎の心を縛ったともいえる。そうした意図だったのであれば、天海にそれなりの収穫はあったといえよう。

もっとも、天海が口にしたのは仕組みに限っての話だ。

在国治政にたずさわればわかる。惣無事の沙汰で大名同士の争いは訴訟で解決されることになるが、争い自体はなくならない。仕組みを動かすのが人間である以上、土地をめぐる人間同士の諍いは依然として続く。飢饉になれば作物は育たず、貢納をめぐる対立も起きる。

土地は人を縛る場であってはならない。開墾や灌漑《かんがい》を進め、土地というものを、人々が生業を広げる場にする必要があった。それを実現できて、初めて国は豊かになる。

帰り道、長年かけて何かを浪費したような感覚が、小十郎に残った。時の流れの速さを肌身で感じていた。

後ろ楯に頼らない新たな国を、政宗と共に奥羽に造る。天海によってもたらされた己の夢は、その天海本人によって打ち砕かれた。

いや、半分ぐらいは成就したと見るべきか。

半分――。小十郎は、己の胸の内に残る未練を笑った。

豊臣の世は終わる。もう一度、その意味を考えた。小十郎が望んだものではあったが、新たに徳川が天下人に変わるだけのような気がした。なるほど、家康や天海なら、百年やそこらの泰平の世は創るかもしれない。だが、その徳川の世とていずれ終わる。

そう考えるとすべてが徒労に思えるが、たとえ徒労に終わろうとも、人は変化を求めて日々を過ごす。

変化した先に永遠に続くもの。それが何なのか、知るものはいない。

主要参考文献

『片倉小十郎景綱関係文書』白石市教育委員会編　白石市歴史文化を活用した地域活性化実行委員会

『片倉小十郎景綱』近衛龍春著　ＰＨＰ文庫

『名参謀　片倉小十郎』飯田勝彦著　新人物文庫

『片倉小十郎と伊達政宗』永岡慶之助著　学陽書房

『白石城主片倉氏と家臣の系譜』川村要一郎訳・編　創栄出版

『伊達政宗の研究　新装版』小林清治著　吉川弘文館

『戦国大名伊達氏の研究』小林清治著　高志書院

『奥羽仕置と豊臣政権』小林清治著　吉川弘文館

『伊達三代記　晴宗・輝宗・政宗、奥州王への道』小川由秋著　ＰＨＰ文庫

『伊達政宗　野望に彩られた独眼竜の生涯』相川司著　新紀元社

『伊達政宗　戦国から近世へ』南奥羽戦国史研究会編　岩田書院

『蒲生氏郷』藤田達生著　ミネルヴァ書房

「小田原参陣前、弟・小次郎を殺してはいなかった!?」佐藤憲一著　『歴史街道』二〇一八年十一月号所収　ＰＨＰ研究所

『和賀一族の興亡　後編』北上市立博物館企画・編集　北上市立博物館

『南光坊天海の研究』宇高良哲著　青史出版

『関ヶ原合戦は「作り話」だったのか』渡邊大門著　ＰＨＰ新書

『関ヶ原前夜　西軍大名たちの戦い』光成準治著　NHKブックス
『関ヶ原大乱、本当の勝者』日本史史料研究会監修　白峰旬編著　朝日新聞出版
『謎とき東北の関ヶ原』渡邊大門著　光文社新書
『論争関ヶ原合戦』笠谷和比古著　新潮選書
『東と西の語る日本の歴史』網野善彦著　講談社学術文庫
『権力の日本史』本郷和人著　文春新書
『戦国日本の軍事革命』藤田達生著　中公新書

本書は、書き下ろし作品です。

装画・扉　吉成東温「仙台城下図屛風」（部分）
仙台市博物館所蔵
装　　丁　フィールドワーク（田中和枝）

佐藤巖太郎（さとう・がんたろう）

1962年、福島県生まれ。中央大学法学部卒業。2011年、「夢幻の扉」で第91回オール讀物新人賞を受賞。2016年、「啄木鳥《きつつき》」で第1回決戦！小説大賞を受賞。2017年、単行本デビュー作『会津執権の栄誉』が第157回直木賞の候補に。同作で、第7回本屋が選ぶ時代小説大賞を受賞。他の著書に『将軍の子』『伊達女』などがある。

控《ひか》えよ小《こ》十《じゅう》郎《ろう》

第一刷発行　二〇二四年五月二十七日
第二刷発行　二〇二四年十月二十四日

著　者　佐《さ》藤《とう》巖《がん》太《た》郎《ろう》

発行者　篠木和久

発行所　株式会社　講談社
〒112-8001東京都文京区音羽二—一二—二一
電話　出版　〇三—五三九五—三五〇五
　　　販売　〇三—五三九五—五八一七
　　　業務　〇三—五三九五—三六一五

本文データ制作　講談社デジタル製作

印刷所　株式会社ＫＰＳプロダクツ

製本所　株式会社若林製本工場

定価はカバーに表示してあります。

Printed in Japan　ISBN978-4-06-535481-0
N.D.C. 913　318p　20cm

KODANSHA